孔另境編

中國小說史料

中華書局印行

中國小說史料目錄

中國小說史料

小說考源

都城紀勝　說話有四家：一者「小說」，謂之「銀字兒」，如煙粉靈怪傳奇；「說公案」，皆是扑刀桿棒及發跡變態之事；「說鐵騎兒」，謂士馬金鼓之事。「說經」，謂演說佛書；「說參請」，謂賓主參禪悟道等事。「講史書」，講說前代書史文傳興廢爭戰之事。最畏小說人，蓋小說者，能以一朝一代故事，頃刻間提破。「合生」與起今隨今相似，各占一事。〔宋耐得翁〕（按說經與說參請合爲一家，故稱四家。小說又分銀字兒說公案說鐵騎兒等三類）。

武林舊事　淳熙八年正月元日，……上侍太上於欏木堂香閣內，說話宣押棊待詔幷小說人孫奇等十四人，下棊兩局，分賜銀絹，……〔宋周密〕

武林舊事　雄辯社小說〔宋周密〕

武林舊事〔演史〕　喬萬卷　許貢生　張解元　周八官人　檀溪子　陳進士　陳一飛　陳三官人　林宣教　徐宣敎　李郎中　武書生　劉進士　鞏八官人　徐繼先　穆書生　戴書生　王貢士　陸進士　丘機山陳刻機山　張小娘子　宋小娘子　陳小娘子

〔說經諢經陳刻無諢經二字〕　長嘯和尚　彭道名法和　陸妙慧女流　余信庵　周太辯和尚。陳刻春辯　陸妙靜女流　達

理和尚 嘯庵 隱秀 混俗 許安然 有緣和尚 借庵 保庵 戴悅菴 息庵 戴忻庵

〔小說〕 蔡和 李公佐 張小四郎陳刻小張 朱修德壽宮 孫奇德壽宮 任辯御前 施珪御前 葉茂御前 方端御前
·陳刻方瑞 劉和御前 王辯鐵衣教兵 盛顯 王琦 陳良輔 王班直洪 翟四郎升 粥張二 許濟 張黑剔陳刻賜
俞住庵 色頭陳彬 秦州張顯陳刻泰州 酒李一郎 喬宜陳刻喬宣 王四郎明 王十郎林國 王六郎古師 胡十五
郎彬 故衣毛三 倉張三 棗兒徐榮 徐保義 汪保義 張拍 張訓 沈佺 沈喝 湖水周 爊肝朱
掇條張茂 王三教 徐茂象牙孩兒 王主管 翁彥 嵇元 陳可庵 林茂 夏達 明東 王壽 白思義 史
惠英女流

〔說諢話〕 蠻張四郎〔宋周密〕，

夢粱錄 說話者，謂之舌辯，雖有四家數，各有門庭。且小說名銀字兒，如烟粉靈怪，傳奇公案，朴刀桿棒，發發踪參之事，有譚淡子，翁三郎，雍燕，王保義，陳良甫，陳郎婦棗兒余二郎等。談論古今，如水之流。談經者，謂演說佛書。說參請者，謂賓主參禪悟道等事，有寶庵，管庵，喜然和尚等。又有說諢經者，戴忻庵。講史書者，謂講說通鑑，漢唐歷代書史文傳，興廢爭戰之事，有戴書生，周進士，張小娘子，宋小娘子，邱機山，徐宣教。又有王六大夫，元係御前供話，爲幕士請洽，講諸史俱通，於咸淳年間，敷演復華篇及中興名將傳，聽者紛紛，蓋講得字眞不俗，記問淵源甚廣耳。但最畏小說人，蓋小說者，能講一朝一代故事，頃刻間揑合，與起令隨令相似，各占一事也。商謎者，先用鼓兒賀之，然後聚人猜詩謎字謎戾謎社謎，本是隱語，有道謎來客念思司語機謎，又名打謎，走智改物類以困猜者，正猜來客索猜下套，商者以物類相似者譏之。又名對知貼套貼，智思索橫下，許旁人猜問，因商者喝問句頭調爽，假作難猜，以走其智。杭之猜謎者，且言之一二，如有歸和尚及馬之齋記問博洽，厥名傳久矣。〔宋吳自牧〕

七修類稿：小說起宋仁宗時。蓋時太平盛久，國家閑暇，日欲進一奇怪之事以娛之，故小說得勝頭迴之後，即云「話說趙宋某年」。閭閻淘眞之本之起，亦曰太祖太宗眞宗帝四帝仁宗有道君。國初瞿存齋過汴之詩，有「陌頭盲女無愁恨，能撥琵琶說趙家，」皆指宋也。若夫近時蘇刻幾十家小說者，乃文章家之一體，詩話傳記之流也，又非如此之小說。〔明郎瑛〕

西湖遊覽志餘　杭州男女瞽者，多學琵琶，唱古今小說平話，以覓衣食，謂之「陶眞。」大抵說宋時事，蓋汴京遺俗也。瞿宗吉過汴梁詩云：「歌舞樓臺事可誇，昔年曾此擅豪華，尚餘艮嶽排蒼昊，那得神霄隔紫霞。廢苑草荒堪牧馬，長溝柳老不藏鴉，陌頭盲女無愁恨，能撥琵琶說趙家。」其俗殆與杭無異。若紅蓮，柳翠，濟顛，雷峯塔，雙魚扇墜等記，皆杭州異事，或近世所擬作者也。〔明田汝成〕

堅瓠九集　世之瞽者，多學琵琶，演唱古今小說，以覓衣食，謂之「陶眞，」蓋汴京遺俗也。瞿存齋過汴詩云：「歌舞樓臺事可誇，昔年曾此擅豪華，尚餘艮嶽排蒼昊，那得神霄隔紫霞。廢苑草荒堪牧馬，長溝柳老不藏鴉，陌頭盲女無愁恨，猶撥琵琶說趙家。」〔清褚人穫〕

通俗編　新論：小說家合叢殘小語，近取譬諭，以作短書。按古凡雜說短記，不本經典者，概比小道，謂之小說，乃諸子雜家之流，非若今之穢誕言也。輟耕錄言宋有諢詞小說，乃始指今小說矣。水東日記：書坊射利之徒，僞爲小說雜書，農工商販抄寫繪畫，家蓄而人有之；痴騃婦女，尤所酷好，因目爲女通鑑。七修類稿：小說起於宋仁宗時，蓋時太平日久，國家閑暇，欲進新奇之事以娛之，故小說每得勝回頭之後，卽云「話說趙宋某年。」〔清，翟灝〕

兩般秋雨盦隨筆　小說起於宋仁宗時，太平已久，國家閑暇，日進一奇怪之事以娛之，名曰小說；而今之小說，則紀載矣。傳奇者，裴鉶著小說，多奇異可以傳示，故號傳奇；而今之傳奇，則曲本矣。〔清，梁紹壬〕

歸田瑣記　小說九百，本自虞初，此子部之支流也。而吾鄉村里，輒將故事編成七言，可彈可唱者，通謂之小說。據七修類稿云，起於宋時，宋仁宗朝，太平盛久，國家閒暇，日欲進一奇怪之事以娛之，故小說輿如云「話說趙宋某年，」又云「太祖太宗眞宗帝四帝仁宗有道君。」瞿存齋詩所謂「陌頭盲女無愁恨，能撥琵琶說趙家，」則其來亦古矣。〔清，梁章鉅〕

九九消夏錄　永樂大典有平話一門，所收至夥，皆優人以前代軼事敷衍而口說之。見四庫全書提要雜史類附註，按七修類稿云，小說起於宋仁宗時，國家閒暇，日欲進一奇怪之事以娛之，故小說得勝回頭之後，卽云「話說趙宋某年」云云。此卽平話也。永樂大典所收，必多此等書；如得見之，亦足消閒而娛老矣。宋劉斧所著青瑣高議，每條各有七字標目，如張乘崖明斷分財，回處士磨鏡題詩之類，頗與平話體例相近。明萬曆間，播州宣慰使楊應龍叛，郭子章巡撫貴州，與李化龍同討平之。化龍時巡撫四川，進總督四川湖廣貴州軍務；事平，化龍有平播全書之作。其後一二武弁造作平話，以播事全歸化龍一人之功。子章不平，作平播始末二卷以辨其誣。據此，知明人於時事亦有平話也。〔清，俞樾〕

九九消夏錄 明楊東明所繪河南饑民圖，至今猶有刊本，乃東明萬曆中所上也。圖凡十有四：前十三圖繪饑民之狀，各繫以說；末一圖乃東明拜疏之象，亦有說曰，這望闕叩頭的就是刑科右給事中小臣楊東明。諸說皆俚俗之語，冀人主閱之易於動聽，亦深費苦心矣。明薛夢李教家類纂一書，首以圖說繪畫故事，而係之以說云，這一個門內站的人是某胡某人云云。疑明代通行小說平話，有此體也。〔清，俞樾〕

大宋宣和遺事

七修類稿　宋徽欽北擄事迹，刊本則有宣和遺事，抄本則有竊憤錄。二書較之，大事皆同，惟虜人侮慢之辭，醜汚之事，則竊憤有之也。至於彼地之險，彼國之事，風俗之異，時序之乖，則宣和較錄爲少矣。二書皆無著書人名，且宣事雖以宣和爲名，而上集乃北宋之事，下集則被擄之事，首起如小說院本之流，是蓋當時之人著者也。錄則竊遺事之下集，造飾其所多之事，必宣政間遺辱之徒，以發其胸中不逞之氣而爲之，是不足觀也。觀其年月地方死生大事俱同，惟多造飾之言，可知矣。故齊東野語辨南燼紀聞之事爲無有，予意竊憤或卽紀聞，後人讀之而憤之，故易此名也。觀周草窗歷辨之言，阿諛替之事，似與相同，故予特揭宋家大事錄於左方，使人瞬目可知其概，餘不必觀也。靖康元年丙午二月初二日，金人圍汴城。三月初三日，金人北去。十一月十九日，粘罕元帥再圍京城。二十五日，京城陷，金人入城。二十六日，粘罕遣使入城，求兩宮幸彼營，議和割地事。二年正月十一日，粘罕遣使入城，請帝車駕詣軍前議事。二月十一日，車駕出城，幸彼營。十七日，帝還宮。三月初三日，再幸彼營；次早，帝見太上皇亦至彼。初四日至十五日，皇族后妃諸王陸續到營。十六日，粘罕令以青袍易帝服，以常人女服易二后服，侍衞番奴以男女呼帝。十七日，金以張邦昌爲帝，國號大楚。十八日，上皇及帝二后乘馬北行。二十一日，次黃河岸。二十二日，入衞州。二十三日，入懷州。二十四日，至信安縣。二十六日，至徐州。二十七日，至泉鎭。四月一日，過眞定府。五月二十一日，到燕京，見金主。六月二日，朱后死（方二十六歲）。十三日，至安肅聽候。六月末，移居雲州。紹興二年，鄭后崩（年四十七歲；）二帝移居五國城。

紹興四年，金主死，孫完顏亶卽位。五年，移居西均從州。六年，上皇崩於均州（年五十六歲；）又移少帝往源昌州。八年，金人僞齊劉豫召少帝於源昌；本年十月九日，少帝復至燕京，與契丹耶律延禧同拘管鳩翼府。十三年，賜帝居燕京之寺。十八年，岐王完顏亮殺金主亶並后自卽位。紹興十五年，徙少帝出城東田玉觀。二十年復徙少帝入城，囚於左院。二十二年春，帝崩，乃爲彼奴射死馬足之下（年六十歲）。〔明，郎瑛〕

百川書志　宣和遺事二卷，載徽欽二帝北狩二百七十餘事。雖宋人所記，辭近瞽史，頗傷不文。〔明，高儒〕

古今書刻　福建書坊：宣和遺事。〔明，周弘祖〕

少室山房筆叢　世所傳宣和遺事極鄙俚，然亦是勝國時閭閻俗說。中有南儒及省元等字面；又所記宋江三十六人，盧俊義作李俊義，楊雄作王雄，關勝作關必勝，自餘俱小不同，並花石綱等事，皆似是水滸事本，倘出水滸後，必不更創新名。又郎瑛類藁記點鬼簿中亦具有諸人事迹，是元人鍾繼先所編。然則施氏此書所謂三十六人者，大概各本前人，獨此外則附會耳。郎謂此書及三國並羅貫中撰，大謬。二書淺深工拙若霄壤之懸，詎有出一手之理？世傳施號耐菴，名字竟不可考。友人王承父嘗戲謂是編南華太史合成；余以非猾胥之魁，則劇盜之靡耳（施某事見田叔禾西湖志餘）。〔明，胡應麟〕

也是園書目　宣和遺事四卷。〔清，錢曾〕

燈花婆婆

骨董續記　李日華味水軒日記：萬曆四十五年二十二日記云，從沈景倩借得燈花婆婆小說，閱之，乃鶯脰湖中一老獼猴精也。宋咸淳中攪震澤劉諫議家，遇龍樹菩薩降滅。〔當代，鄧文如〕

水滸傳

癸辛雜識續集　龔聖與作宋江三十六贊幷序曰：宋江事見於街談巷語，不足采著。雖有高如李嵩輩傳寫，士大夫亦不見黜。余年少時壯其人，欲存之畫贊，以未見信史載事實，不敢輕爲。及異時見東都事略中載侍郞侯蒙傳有書一篇，陳制賊之計云：「宋江以三十六人橫行河朔，京東官軍數萬，無敢抗者，其材必有過人，不若赦過招降，使討方臘，以此自贖，或可平東南之亂。」余然後知江輩眞有聞於時者。於是卽三十六人爲一贊，而箴體在焉。蓋其本撥矣，將使一歸於正，義勇不相戾，此詩人忠厚之心也。余嘗以江之所爲，雖不得自齒，然其識性超卓有過人者。立號既不僭侈，名稱儼然，猶循軌轍，雖託之記載可也。古稱柳盜跖爲盜賊之聖，以其守壹至於極處，能出類而拔萃。若江者，其殆庶幾乎。雖然，彼跖與江，與之盜名而不辭，躬履盜跡而無諱者也。豈若世之亂臣賊子，畏影而自走，所爲近在一身，而其禍未嘗不流四海。嗚呼，與其逢聖公之徒，孰若跖與江也！

呼保義宋江：　不假稱王，而呼保義。豈若狂卓，專犯忌諱。

智多星吳學究：　古人用智，乂國安民。惜哉所予，酒色物人。

玉麒麟盧俊義：　白玉麒麟，見之可愛。風塵大行，皮毛終壞。

大刀關勝：　大刀關勝，豈雲長孫？雲長義勇，汝其後昆。

活閻羅阮小七：　地下閻羅，追魂攝魄。今其活矣，名喝太伯。

尺八腿劉唐：將軍下短，貴稱侯王。汝豈非夫，腿尺八長？

沒羽箭張清：箭以羽行，破敵無頗，七札難穿，如游斜何。

浪子燕青：平康巷陌，豈知汝名？大行春色，有一丈青。

病尉遲孫立：尉遲壯士，以病自名，端能去病，國功可成。

浪裏白跳張順：雪浪如山，汝能白跳，願隨忠魂，來駕怒潮。

船火兒張橫：大行好漢，三十有六，無此火兒，其數不足。

短命二郎阮小二：灌口少年，短命何益，曷不監之，清源廟食。

花和尚魯智深：有飛飛兒，出家尤好，與爾同袍，佛也被惱。

行者武松：汝優婆塞，五戒在身，酒色財氣，更要殺人。

鐵鞭呼延綽：尉遲彥章，去來一身，長鞭鐵鑄，汝豈其人？

混江龍李俊：乖龍混江，射之卽濟，武皇雄爭，自惜神臂。

九文龍史進：龍數肖九，汝有九文，盍從東皇，駕五色雲。

小李廣花榮：中心慕漢，奪馬而歸，汝能慕廣，何憂數奇。

霹靂火秦明：霹靂有火，摧山破嶽，天心無妄，汝孽自作。

黑旋風李逵：風有大小，不辨雌雄，山谷之中，遇爾亦凶。

小旋風柴進：風有大小，黑惡則懼，一噫之微，香滿太虛。

插翅虎雷横：飛而食肉，有此雄奇，生入玉關，豈傷令姿。

神行太保戴宗：不疾而速，故神無方，汝行何之，敢離大行。

先鋒索超：行軍出師，其鋒必先，汝勿銳進，天兵在前。

立地太歲阮小五：東家之西，即西家東，汝雖特立，何有吾宫。

青面獸楊志：聖人治世，四靈在郊，汝獸何名，走曠勞勞。

賽關索楊雄：關索之雄，超之亦賢，能持義勇，自命何全。

一直撞董平：昔樊將軍，鴻門直撞，斗酒肉肩，其言甚壯。

兩頭蛇解珍：左嚙右噬，其毒可畏，逢陰德人，杖之亦斃。

美髯公朱仝：長髯郁然，美哉豐姿，忍使尺宅，而見赤眉。

沒遮攔穆横：出沒太行，茫無畔岸，雖沒遮攔，難離火伴。

拚命三郎石秀：石秀拚命，志在金寶，大似河魨，腹果一飽。

雙尾蝎解寶：醫師用蝎，其體貴全，反其常性，雷公汝嫌。

鐵天王晁蓋：毗沙天人，證紫金軀，頑鐵鑄汝，亦出洪爐。

金鎗班徐寧：金不可辱，亦忌在穢，盍鑄長殳，羽林是衛。

撲天鵰李應：鷙禽雄長，惟鵰最狡，毋撲天飛，封狐在草。

此皆羣盜之靡耳，聖與既各爲之贊，又從而序論之，何哉？太史序游俠而進姦雄，不免異世之譏，然其首著勝廣於列傳，且爲項籍作本紀，其意亦深矣。識者當自能辨之云。華不注山人戲書。〔宋周密〕

七修類稿　三國宋江二書，乃杭人羅本貫中所編。予意舊必有本，故曰編。宋江又曰錢塘施耐菴的本。昨於舊書肆中得抄本錄鬼簿，乃元大梁鍾繼先作，載宋元傳記之名，而於二書之事尤多。據此見原亦有跡，因而增益編成之耳。〔明郎瑛〕

七修類稿　史稱宋江三十六人橫行齊魏，官軍莫抗，而侯蒙舉討方臘，周公謹密載其名贊於癸辛雜志；羅貫中演爲小說，有替天行道之言；今揚子濟寧之地，皆爲立廟。據是，逆料當時非禮之禮，非義之義，江必有之，自亦異於他賊也。但貫中欲成其書，以三十六爲天罡，添地煞七十二人之名，又易尺八腿爲赤髮鬼，一直撞爲雙鎗將，以至淫辭詭行，飾詐眩巧，聳動人之耳目，是雖足以溺人，而傳久失其實也多矣。今特書其當時之名三十六於左：宋江、晁蓋、吳用、盧俊義、關勝、史進、柴進、阮小二、阮小五、阮小七、劉唐、張青、燕青、孫立、張順、張橫、呼延綽、李俊、花榮、秦明、李逵、雷橫、戴宗、索超、楊志、楊雄、董平、解珍、解寶、朱仝、穆橫、石秀、徐寧、李英、花和尚、武松。〔明郎瑛〕

續錄鬼簿　羅貫中，太原人，號湖海散人，與人寡合。樂府隱語，極爲清新。與余爲忘年交，遭時多故，天各一方。至正甲辰復會，別後又六十年，竟不知其所終。〔元賈仲名〕

百川書志　忠義水滸傳一百卷。錢塘施耐菴的本，羅貫中編次。宋寇宋江三十六人之事，幷從副百有八人，當

世尙之，周草窗癸辛雜志中具百八人混名。〔明，高儒〕

西湖遊覽志餘 錢塘羅貫中本者，南宋時人，編撰小說數十種，而水滸傳敍宋江等事，姦盜脫騙機械甚詳。然變詐百端，壞人心術，其子孫三代皆啞，天道好還之報如此。〔明田汝成〕

續文獻通考 水滸傳，羅貫著。貫字貫中，杭州人，編撰小說數十種，而水滸傳敍宋江事，奸盜脫騙機械甚詳。然變詐萬端，壞人心術，說者謂子孫三代皆啞，天道好還之報如此。〔明王圻〕

古今書刻 都察院：水滸傳。〔明周弘祖〕

遊居柿錄 袁無涯來，以新刻卓吾批點水滸傳見遺，予病中草草視之。記萬曆壬辰夏中，李龍湖方居武昌朱邸，予往訪之，正命僧常志抄寫此書，逐字批點。常志者，乃趙瀫陽門下一書史，後出家，禮無念爲師；龍湖悅其善書，以爲侍者，常稱其有志，數加讚嘆鼓舞之，使抄水滸傳。每見龍湖稱說水滸諸人爲豪傑，且以魯智深爲眞修行，而笑不喫狗肉諸長老爲迂腐，一一作實法會。初尙恂恂不覺，久之，與其儕伍有小忿，遂欲放火燒屋。龍湖聞之大駭，微數之，卽嘆曰：李老子不如五台山智證長老遠矣。智證長老能容魯智深，老子獨不能容我乎？時時欲學智深行徑。龍湖性褊，爲嗔見其如此，恨甚，乃命人往麻城招楊鳳里至右轄處，乞一郵符，押送之歸湖上。道中見郵卒牽馬少遲，怒目大罵曰：汝有幾顆頭？其可笑如此。後龍湖惡之甚，遂不能安於湖上，北走長安，竟流落不振以死。痴人前不得說夢，此其一徵也。今日偶見此書，諸處與昔無大異，稍有增加耳。〔明，袁中道〕

遊居柿錄 赴蕉先生之招，因論學，次予問先生曰：若李卓吾者，先生能信其了此大事否？先生曰：是非所知也。

然其見地亦甚高，乃世之學者，比之於魔焉，則過矣。卓吾初官南都，予友人謂予曰：李卓吾有仙風道骨，若此人得入道，進步可量。後見其人果然。久之，乃向學，每聚會之中，嘿無一言，沉思而已。如此數年，談鋒始發，然亦時時有疑，及至楚，有書來曰：今之卓吾非昔日之卓吾也。若如昔之卓吾，亦何貴卓吾哉！其自任如此。〔明，袁中道〕

戲瑕　詞話每本頭上有請客一段，權做過德勝利市頭迴。此政是宋朝人借彼形此，無中生有妙處。游情泛韻，膾炙人口，非深於詞家者，不足與道也。微獨雜說爲然，即水滸傳一部，逐迴有之。全學史記體。文待詔諸公，暇日喜聽人說宋江，先講攤頭半日，功父猶及與聞。今坊間刻本，是郭武定刪後書矣。郭故跗注大僚，其於詞家風馬，故奇文悉被剗薙，眞施氏之罪人也。而世眼迷離，漫云搜求武定善本，殊可絕倒。胡元瑞云：二十年前所見水滸傳本，尚極足尋味，今爲閩中坊賈刊落，遂幾不堪覆瓿，更數十年，無原本印證，此書將永廢矣。然則元瑞猶及見之，微余所聞，罪似不在閩賈。（點鬼簿中具有宋江三十六人事跡，是元人鍾繼先所編。宣和遺事亦載宋江幷花石綱事，施氏水滸，蓋有所本耳。一云，施氏得宋張叔夜擒賊招語，因潤飾以成篇者也。）〔明，錢希言〕

識餘　水滸余尚戲以擬琵琶，謂皆不事文飾，而曲盡人情耳。然琵琶自本色外，長空萬里等篇，即詞人中不妨翹舉，而水滸所撰語，稍涉聲偶者，輒嘔噦不足觀，信其伎倆易盡。第述情敍事，針工密緻，亦滑稽之雄也。世所傳宣和遺事，極鄙俚，然亦是勝國時閭閻俗說。中有南儒及省元等字面，又所記宋江三十六人，盧俊義作李俊義，楊雄作王雄，關勝作關必勝，自餘俱小不同，幷花石綱等事，皆似是水滸事本，倘出水滸後，必不更創新名。又郎瑛類藁記點鬼簿中亦具有諸人事迹，是元人鍾繼先所編，然則施氏此書，所謂三十六人者，大概各本前人，獨此外則附會耳。郎謂此書及三國，並羅貫中撰，大謬，二書淺深工拙，若霄壤之懸，詎有出一手理。世傳施號耐菴，名字竟不可考，友人王承父嘗戲謂是編南華太史合成，余以非滑稽之魁，則劇盜之靡耳。〔明，惠康野叟〕

野獲編　武定侯郭勳，在世宗朝，號好文多藝，能計數，今新安所刻水滸傳善本，即其家所傳，前有汪太函序，託名天都外臣者。〔明，沈德符〕

少室山房筆叢　今世傳街談巷語，有所謂演義者，蓋尤在傳奇雜劇下。然元人武林施某所編水滸傳，特爲盛行；世率以其鑿空無據，要不盡爾也。余偶閱一小說序，稱施某嘗入市肆，紬閱故書，於故楮中得宋張叔夜擒賊招語一通，備悉其一百八人所由起，因潤飾成此編。其門人羅本亦效之爲三國志演義，絕淺陋可嗤也。楊用修詞品云：甕天脞語載宋江潛至李師師家，題一詞於壁云：「天南地北，問乾坤，何處可容狂客？借得山東烟水寨，來買鳳城春色。翠袖圍香，鮫綃籠玉，一笑千金值。神仙體態，薄倖如何銷得？想蘆葉灘頭，蓼花汀畔，皓月空凝碧。六六雁行連八九，只待金雞消息。義膽包天，忠肝蓋地，四海無人識。閒愁萬種，醉鄉一夜頭白。」小辭盛於宋，而劇賊亦工如此。案此即水滸詞，楊謂甕天，或有別據；第以江嘗入洛，則太慣慣也。水滸余嘗戲以擬琵琶，謂皆不事文飾而曲盡人情耳。然琵琶自本色外，長空萬里等篇，即詞人中不妨翹舉；而水滸所撰語，稍涉聲偶者，輒嘔噦不足觀。信其伎倆易盡；第述情敘事，針工密緻，亦滑稽之雄也。今世人耽嗜水滸傳，至縉紳文士亦間有好之者。第此書中間用意，非倉卒可窺。世但知其形容曲盡而已；至其排比一百八人，分量重輕，纖毫不爽，而中間抑揚映帶，回護咏嘆之工，眞有超出語言之外者。余每惜斯人以如是心用於至下之技。然自是其偏長，假使讀書執筆，未必成章也。此書所載四六語甚厭觀，蓋主爲俗人說，不得不爾。余二十年前所見水滸傳本，尙極足尋味。十數載來，爲閩中坊賈刻落，止錄事實，中間游詞餘韻，神情寄寓處，一概刪之，遂幾不堪覆瓿。復數十年，無原本印證，此書將永廢。今因嘆是編初出之日，不知當更何如也。宋鄭叔厚以孫武子配論語，易傳，明韓苑洛以關漢卿配司馬子長，皆大是詞長猛諢。因論水滸，得二事，絕可作對。嘉隆間，一鉅公案頭無他書，僅左置南華經，右置水滸傳各一部。又近一名士聽人說水滸，作歌謂奄有丘明太史之長。二語本滑稽，與前意稍不同，然詞若符節，信宇宙間未嘗無對也。〔明胡應麟〕

寒夜錄　予閱文山傳，如劉岳申胡廣所撰，皆萎薾不足動人。淮陰有龔開者，字聖予，嘗傳宋瑞事，或以爲類司馬遷，惜無從索覽。又癸辛雜識載聖予有呼保義宋江等三十六贊，序云：宋江事見於街巷談語，不足採著，雖有高人如李嵩輩傳寫，士大夫亦不見黜。余年少壯時，慕其人，欲存之畫贊，以未見信書載事實，不敢輕爲。及異時見東都事略中書侍郎侯蒙傳，有書一篇，陳制賊之計，云：宋江三十六人，橫行河朔，京東官軍數萬，無敢抗者，其材必有過人。不若赦過招降，使討方臘，以自贖，或可平東南之亂。予然後知江輩眞有聞於時者。於是卽三十六人，人爲一贊，而箴體存焉。蓋其本撥矣，將使一歸於正，義勇不相戾，此詩人忠厚之心也。余嘗以江之所爲，雖不得自齒，然其識趣超卓，有過人者，立號既不僭侈，名稱儼然，猶循軌轍，雖託之紀載可也。古稱柳盜跖爲盜賊之聖，以其守一，至於極處，能出類而拔萃，若江者，其殆庶幾乎。雖然，彼跖與江，與之盜名而不辭，躬履盜跡而無諱者也，豈若世之亂臣賊子，畏影而自走，所爲近在一身，而其禍未嘗不流四海。嗚呼，與其逢聖人之徒，孰若跖與江也云云。贊語文多，茲不備錄。按聖予乃宋末遺老，忠誼激烈，大類謝皐羽鄭所南。其文章可見者止此。近稗海所刻癸辛雜識，此文悉遭刪去，遂使殘珪斷壁，澌

然無存，亦搜奇之一恨也。〔明，陳宏緒〕

識小錄　水滸傳有鄆哥不忿鬧茶肆，初謂是俗語耳。乃唐人李端閨情云：「月落星稀天欲明，孤燈未滅夢難成，披衣更向門前望，不忿朝來鵲喜聲。」始知施耐菴之有所本。〔明，徐樹丕〕

也是園書目　舊本羅貫中水滸傳二十卷。〔清，錢曾〕

因樹屋書影　故老傳聞羅氏為水滸傳一百回，各以妖異語引其首。嘉靖時，郭武定重刻其書，削其致語，獨存本傳。金壇王氏小品中亦云此書每回前各有楔子，今俱不傳。予見建陽書坊中所刻諸書，節縮紙板，求其易售，諸書多被刊落。此書亦建陽書坊翻刊時刊落者。六十年前，白下吳門虎林三地書未盛行，世所傳者，獨建陽本耳。〔清，周亮工〕

因樹屋書影　予又見續文獻通考以琵琶記水滸傳列之經籍志中，雖稗官小說，古人不廢，然羅列不倫，何以垂遠。〔清，周亮工〕

因樹屋書影　續文獻通考載羅貫中為水滸傳，三世子弟皆啞。此書未大傷元氣，尚受報如此，今人為種種宣淫導慾之書者，更當何如？可畏哉！水滸傳相傳為洪武初越人羅貫中作，又傳為元人施耐菴作。田叔禾西湖遊覽志又云此書出宋人筆。近金聖嘆自七十四之後，斷為羅所續，因極口詆羅，復偽為施序於前，此書遂為施有矣。予謂世安有為此等書人，當時敢露其姓名者，闕疑可也。定為耐菴作，不知何據？〔清，周亮工〕

湖壖雜記　武林有三塔：寶所塔實其中而不能登，雷峯塔虛其中而亦不能登，可登者，惟六和塔。塔在濉浦上，歷波浚江，巍然作鎮。舊傳塔燈夜燦，海舶望此而歸。此似在錢塘未作前語。今則長隄綿亙，去海甚遙，賈舶亦亡到此者。塔下舊有魯智深像，今毀矣。當日聽潮圓寂，應在此處。進瀧浦下有鐵嶺關，說是宋江藏兵處，有石門，進此者每爲伏弩所射。又國初江滸人掘地得石碣，題曰武松之墓。當日進征青溪，用兵於此，稗乘所傳，殆不誣也。〔清陸次雲〕

堅瓠集　李師師汴京名妓。徽宗微行幸之，見宣和遺事。甕天脞語：宋江潛至李師師家，題念奴嬌詞於壁云：「天南地北，問乾坤何處可容狂客？借得山東煙水寨，來買鳳城春色。翠袖圍香，鮫綃籠玉，一笑千金值。神仙體態，薄倖如何銷得！回想蘆葉灘頭，蓼花汀畔，皓月凝空碧。六六雁行連八九，只待金雞消息。義膽包天，忠肝蓋地，四海無人識。閒愁萬種，醉鄉一夜頭白。」小詞盛於宋，而劇盜亦工章句如此。〔清褚人穫〕

五石瓠　張獻忠之狡也，日使人說水滸三國諸書，凡埋伏攻襲，皆效之。其老本營筦隊楊興吾語孔尚大如此，〔清劉鑾〕

觚賸續編　傳奇演義，卽詩歌紀傳之變，而爲通俗者，哀豔奇恣，各有專家，其文章近於遊戲。大約空中結撰，寄姓氏於有無之間，以徵其詭幻。然博考之，皆有所本。如水滸傳三十六天罡，本於龔聖與之三十六贊，其贊首呼保義宋江，終撲天鵰李應。水滸名號，悉與相符。惟易尺八腿劉唐爲赤髮鬼，易鐵天王晁蓋爲托塔天王，則與龔贊稍異耳。琵琶記所稱牛丞相，卽僧孺。僧孺子牛蔚，與同年友鄧敞相善，强以女弟妻之，而牛氏甚賢，鄧元配李氏亦婉順，有謙德。鄧攜牛氏歸，牛李二人各以門第年齒相讓，結爲姊妹。其事本玉泉子。作者以歸伯喈，蓋憾其有愧於忠，而以不盡孝讖之也。古以孝稱者，莫著於王氏，裒祥其首也。若夫萬里尋親，則滇南慟哭記亦係王紳之事。故近時傳奇行世者，兩孝子皆姓王，豈無所本而命意乎？〔清、鈕琇〕

香祖筆記　徐神翁謂蔡京曰：天上方遣許多魔君下生人間，作壞世界。蔡曰：安得識其人？徐笑曰：太師亦是。按水滸傳傳奇首述誤走妖魔，意亦本此。然不識蔡京爲是天罡，爲是地煞耳。神翁語見錢氏私誌。〔清、王士禎〕

居易錄　稗官小說，不盡鑿空，必有所本。如施耐菴水滸傳，徵獨三十六人姓名見於龔聖予贊，而首篇敍高俅出身，與揮麈後錄所載一一脗合。俅本東坡先生小史，工筆札，坡出帥中山，留以予曹子宣辭之，以屬王晉卿。晉卿一日遣俅送篦刀子於端王邸，值王在園中蹴鞠，俅睥睨之。王呼來前，詢曰：汝亦解此耶？曰：能之。令對蹴，大喜，呼隸云：往傳語都尉，謝篦刀之貺，並送人皆輟留矣。踰月，王登大寶，眷渥日厚，不次遷拜，數年間持節至使相，父敦復復爲節度使，兄伸亦登八座，子姪皆爲郎。傳所云小蘇學士，即東坡，而稍變其文耳。都尉，即詵也。俅富貴不忘蘇氏，每子弟入都，問卹甚厚，亦有可取。時梁師成自詭東坡之子，二人皆嬖倖，擅權勢；而叔黨卒終於小官，可以知其賢矣。或謂二蘇黨禁方嚴，李公麟遇蘇氏子弟至，以扇障面而過之。坡族孫元老上時相啓，乃至云念與黨人偶同高祖，此輩愧俅師成不亦多乎。（鄒浩道鄉集有高俅轉官制）〔清、王士禎〕

居易錄　宋張忠文公叔夜招安梁山濼榜文云：有赤身爲國，不避凶鋒，拏獲宋江者，賞錢萬萬貫，雙執花紅。拏獲李進義者，賞錢百萬貫，雙花紅。拏獲關勝、呼延綽、柴進、武松、張清等者，賞錢十萬貫，花紅。拏獲董平、李進者，賞錢五萬貫，有差。今鬪葉子戲有萬萬貫、千萬貫、百萬貫、花紅遞降等采，用叔夜榜文中語也。又傳中方臘賊黨呂師囊，台州他居人，亦非杜撰。但賊所陷乃杭睦歙處衢婺六州耳，詳泊宅編。又七修類稿言錄鬼簿元汴梁鍾繼先作，載宋元傳記之名，而於此傳之事尤多。〔清王士禛〕

通俗編　甕天脞語載宋江潛至李師師家，題詞於壁。鍾嗣成點鬼簿康進之樂府有梁山泊黑旋風負荊黑旋風老收心。按此等事今俱見續傳中。又陸友仁題宋江三十六人畫贊云：「睦州盜起塵連北，誰挽長江洗兵革，京東宋江三十六，懸賞招之使擒賊後來報國收戰功捷書夜報甘泉宮。」則江降後自有攻討方臘等事，續傳所演，皆不爲無因。或謂宋鑑劉豫所害關勝，即大刀關勝，想亦有之。〔清翟灝〕

簷曝雜記　居易錄載宋張忠文公叔夜招安梁山泊榜文，有拿獲宋江者，賞錢萬萬貫；拿獲盧俊義者，賞錢百萬貫；拿獲關勝呼延灼柴進武松張清者，賞錢十萬貫；拿獲董平李進者，賞五萬貫有差。今葉子戲有萬萬貫、千萬貫、百萬貫、遞降，皆用張叔夜榜文也。〔清趙翼〕

丙辰劄記　稗史記王圻續文獻通考載琵琶記水滸傳，此亦別有一說，未可輕議。但余見續通考，止有水滸傳，未見琵琶記也。又云：通考載羅貫中爲水滸傳，三世子弟皆啞。余見續通考題水滸爲羅貫著，不名貫中；三世子弟皆啞，並無其文，豈刻本有互異耶，抑稗史之誤識耶？〔清章學誠〕

浪跡叢談　水滸傳之作，亦依傍正史，而事蹟不能相符。宋史徽宗本記：宣和三年二月，淮南盜宋江等犯淮陽軍，又犯京東江北，入楚海州界，命知州張叔夜招降之。侯蒙傳：宋江寇京東，蒙上書言宋江以三十六人橫行齊魏，官軍數萬，無敢抗者，其才必過人。今青溪盜起，不若赦江，使討方臘以自贖。張叔夜傳：叔夜再知海州，宋江起河朔，轉略十郡，官軍莫敢攖其鋒。聲言將至，叔夜使間者覘所向，賊往趨海濱，刦巨舟十餘載鹵獲，於是募死士得千人，設伏近城，而出輕兵距海誘之戰，先匿壯卒海旁，伺兵合，舉火焚其舟，賊聞之皆無鬥志，伏兵乘之，擒其副賊，江乃降。按侯蒙傳雖有使討方臘之語，事無可考。宋江以二月降，方臘以四月擒，或藉其力。但其時擒臘者，據徽宗本記以爲忠州防禦使辛興宗；據童貫傳以爲宣撫制使童貫；據韓世忠傳則世忠以偏將窮追至青溪峒，問野婦得徑，渡險數里，擣其穴，辛興宗掠其俘以爲己功，皆與宋江無涉也。陸次雲湖壖雜記謂六和塔下舊有魯智深像；又言江滸人掘地得石碣，題曰武松之墓。當時進征青溪，或用兵於此，稗乘所傳不盡誣。惟汪韓門以爲杭人附會爲之，恐不足信。〔清，梁章鉅〕

埋憂集 六和塔在進瀧浦上，塔下舊有魯智深像，今毀矣。當日聽潮而圓寂，應在此處。進瀧浦下有鐵嶺關，說是宋江藏兵處。昔江中有盜，刼得商舟財物，相與擱而藏其中，爲伏弩所射而斃，自是人不敢入。國初時，江滸人掘地得石碣，題曰武松之墓，當日進征青溪，用兵於此，稗乘所傳，當不誣也。惟湧金門金華將軍，俗傳即張順歸神，則無稽矣。今又謂爲青蛙將軍。史言劉豫降金，驍將關勝不從，殺之，是關勝亦有其人，但不可据爲水滸之關勝耳。一則死於忠，一則傳以盜，是耐菴之罪也。〔清，朱梅叔〕

小浮梅閒話 宋江事，見張叔夜傳。叔夜再知海州，宋江起河朔，轉略十郡，官兵莫敢嬰其鋒。聲言將至，叔夜使間者覘所向，賊徑趨海瀕，刼鉅舟十餘載虜獲，於是募死士得千人，設伏近城，而出輕兵距海誘之戰，先匿壯卒海旁，伺兵合，舉火焚其舟，賊聞之，皆無鬭志，伏兵乘之，擒其副賊，江乃降。宋江降後，無使討方臘事。方臘事見童貫傳云：方臘者，睦州青溪人也世居縣堨村，託左道以惑衆。初唐永徽中，睦州女子陳碩眞反，自稱文佳皇帝，故其地相傳有天子基萬年樓。臘益得憑藉以自信。時吳中困於朱勔花石之擾，比屋致怨，臘因民不忍，宣和二年十月，起爲亂，自號聖公，建元永樂，蘭溪靈山賊朱言吳邦，剡縣仇道人，仙居呂師囊，方岩山陳十四，蘇州石生，歸安陸行兒，皆合歛應之。徽宗始大驚，遣童貫譚稹爲宣撫制置使，帥禁旅以東。三年四月，生擒臘及妻邵子毫二太子僞相方肥等五十二人。又韓世忠傳：方臘反，世忠以偏將從王淵討之。時有詔能得臘首者，授兩鎮節鉞。世忠窮追，至睦州青溪峒，問野婦得徑，卽挺身仗戈直前，度險數里，擣其穴，格殺數十人，擒臘以出。辛興宗領兵截峒口，掠其俘爲己功，是擒方臘者韓世宗也。乃生前既爲辛興宗冒功，而數百年後，稗官演說，又歸之於武松。抑何蘄王之不幸也！唯侯蒙傳：宋江寇京東，蒙上書，言宋江以三十六人橫行齊魏，官軍數萬，無敢抗者，其才必過人。今青溪盜起，不若赦江，使討方臘以自贖。帝曰：蒙居外不忘君，忠臣也。命知東平府，未至而卒。是赦宋江以討方臘，侯蒙有此議，而實未之行。小說家卽本此附會爾。〔清，俞樾〕

茶香室叢抄　癸辛雜識載龔聖與作宋江等三十六人贊，每人各四句，今不錄。惟其名號與世所傳小有異同，故備錄於此：呼保義宋江，智多星吳學究，玉麒麟盧俊義，大刀關勝，活閻羅阮小七，尺八腿劉唐，沒羽箭張清，浪子燕青，病尉遲孫立，浪裏白跳張順，船火兒張橫，短命二郎阮小二，花和尚魯智深，行者武松，鐵鞭呼延灼，混江龍李俊，九文龍史進，小李廣花榮，霹靂火秦明，黑旋風李逵，小旋風柴進，插翅虎雷橫，神行太保戴宗，先鋒索超，立地太歲阮小五，青面獸楊志，賽關索楊雄，一直撞董平，兩頭蛇解珍，美髯公朱仝，沒遮攔穆橫，拼命三郎石秀，雙尾蝎解寶，鐵天王晁蓋，金鎗班徐寧，撲天鵰李應。按「鐵天王」今作「托塔天王，」然其贊有頑鐵鑄汝之句，則當時固作鐵矣。「尺八腿」「一直撞」亦與今異。大刀關勝贊曰大刀關勝，豈雲長孫？雲長義勇，女其後昆。俗傳關勝爲關公之裔，亦非無因。今所傳有一丈青扈三娘，此則無之，然浪子燕青贊云：平康巷陌，豈知汝名？大行春色，有一丈青。未知何指。

香茶室叢抄　蓮社高賢佛馱邪舍傳云：羅什在姑臧，遣信要之。師恐國人止其行，取淸水以藥投之，呪數十言，與弟子洗足，卽夜便發，比旦行數百里。問弟子何所覺邪？答曰：惟聞疾風流響，兩目有淚。師又呪水洗足，乃止。按小說書有神行之術，本此。〔淸俞樾〕

茶香室叢抄　宋孫升孫公談圃云：蒲恭敏宗孟知鄆州日，有盜黃麻胡者，刼良民，使自掘地倒埋之，觀其足動以爲戲。恭敏獲其黨，先剔去足筋，然後置於法。先是寇依梁山濼，恭敏下令，禁毋得乘小舟出入濼中。賊既絕食，遂散去。按梁山泊巨盜宋江等三十六人，人所知也，迺當時更有黃麻胡，則知者鮮矣。又謝肇淛文海披沙：宋徽宗時，山東賊宋江等三十六人，聚衆橫行。元順帝時，花山賊畢四等亦三十六人，聚集茆山，出沒無忌。宋江中有一丈青花和尙，而畢四中亦有一婦一僧最勇健，豈皆天罡之數與？〔淸俞樾〕

茶香室續抄　宋洪邁夷堅乙志云：宣和七年，戶部侍郎蔡居厚罷知青州，以病不赴，歸金陵，疽發於背，卒。未幾，所親王生暴亡，三日復蘇，云如夢中有人相追逮至公庭。俄西邊小門開，獄卒護一囚，杻械聯貫，立庭下；別有二人舁桶血自頭澆之，囚大叫痛苦，如不堪忍者。細視之，乃侍郎也。復押入小門，回望某云：汝今歸，便與吾妻說，速營功果救我，今衹是理會鄆州事。夫人慟哭曰：侍郎去年帥鄆時，有梁山濼賊五百人受降，既而悉誅之，屢諫，不聽也。乃作黃籙醮，爲謝罪乞命。按此梁山濼賊，即宋江等也。宋江事見宋史張叔夜傳，但云擒其副賊，江乃降。至降後爲蔡居厚所殺，而蔡居厚又以殺降獲冥譴，則人所未知也。國朝施可齋閩雜記云：宋史鄭文龍傳：先是，興化有石手軍，能投石中人，議者以爲不足用，罷之，遂叛，文龍討平之。今興化各鄉人多善投石，志眉中眉，志目中目。聞其人多於正月至三月先聚空曠處，畫地爲圈，大經三四尺，去十步內，以石投之，屢中屢遠，圈亦寖小，至遠及百步，圈小如錢而止，故其技獨精。宋史所言當即此。按水滸傳中有善投石者，蓋亦有所本也。〔清俞樾〕

茶香室續抄　周亮工書影云：故老傳聞，水滸傳一百回，各以妖異語引其首。嘉定時，郭武定重刻其書，削其致語，獨存本傳。金壇王氏小品中亦云，此書每回前各有楔子，今俱不傳。〔清俞樾〕

茶香室續抄　書影：水滸傳爲洪武初越人羅貫中作，又傳爲元人施耐庵作。田叔禾西湖游覽志，又云此書出宋人筆。近日金聖歎自七十回之後，斷爲羅所續，極口詆羅，復僞爲施序於前，此書遂爲他有矣。書影又云：葉文通名晝，無錫人，多讀書，有才情，故爲詭異之行。或自稱錦翁，或稱葉不夜，最後名梁無知，謂梁溪無人知之也。當溫陵焚藏書盛行時，坊間種種借溫陵之名以行者，如四書第一評、第二評、水滸傳、琵琶、拜月諸評，皆本文通手。按今人止知有金聖歎水滸評本，前乎此有葉文通，則無聞矣。〔清俞樾〕

茶香室三鈔　宋王明清揮麈後錄云：高俅者，本東坡先生小僮，筆札頗工。東坡自翰苑出帥中山，留以予曾文肅，文肅以使令已多辭之，東坡以屬王晉卿。元符末，祐陵爲端王，在潛邸日，與晉卿善，在殿廬解後，王云：今日偶忘記帶篦刀子，欲解以掠鬢，晉卿從腰間取之。王云：此樣甚新可愛。晉卿云：近刱造二副，一猶未用，少刻當與馳內。至晚遣俅齋往，直王在園中蹴鞠，俅睥睨不已。王呼來前曰：女亦解此技耶？曰能之。漫令對蹴，遂愜王意。因大呼隸輩云：可傳語都尉，既謝篦刀之賜，並所送人皆輒留矣。由是日見親信。踰月王登寶位，不次遷拜，循至使相，徧歷三衙者二十年，領殿前司職事。然不忘蘇氏，每其子弟入都，給養問卹甚勤。靖康初，祐陵南下，俅從駕至臨淮，以疾辭歸京師。當時如童貫梁師成皆坐誅，而俅獨死牖下。今小說衍說高俅事與此正合。〔清俞樾〕

巾箱說　往讀施耐菴水滸記，疑作者譏宋失政，其人其事，皆理之所必無者。繼讀綱目，載宋江以三十六人轉掠河朔，莫能攖鋒。又宣和遺事備書三十六人姓名，宋龔開有贊，侯蒙有傳，其人旣匪誣矣。意梁山者，必峰巒深過於孟門劍閣，爲天下之險，若輩方得憑持爲雄。及予親履其境，又曾輯修兗志，梁山爲今壽張治屬，其山不過周遭五十里，耐菴乃云八百里，即宋江寨山岡上一小垣耳。記中鋪張其事，使天下後世愚民不至其地者，信以爲然，長奸萌亂，莫此爲甚！因拈出之，以告司治君子，且使天下後世之人，知水滸記所載，雖有其人，而其事則不可盡信也。梁山濼音薄，作泊誤。〔清金植〕

骨董瑣記　周櫟園書影云：故老傳聞，羅本字貫中，爲水滸傳一百回，各以妖異語引其首。嘉靖時，郭武定重刻其書，削其敍語，獨存本傳。金壇王氏小品中亦云：此書每回前各有楔子，今俱不傳。予見建陽書坊中所刻諸書，節縮紙板，求其易售，諸書多被刊削，此書亦建陽書坊翻刊時刪落者。沈德符野獲編云：武定侯郭勳，在世宗朝，號好文多藝，所刻水滸，前有汪大函序，託名天都外臣。按武定侯郭英，開國侯也；郭勳最豪橫，後以罪庾死獄中。明末嗣侯培民，甲申死於闖難。今有武定侯胡同，在錦什坊街。聞繆藝風丈云：光緒初葉，曾以白金八兩得郭本於廠肆，書本闊大至

一尺五六寸，內赤髮鬼當作尺八腿，雙鎗將作一直撞云。〔當代，鄧文如〕

儒餘漫墨　包倦翁閘河日記云：阿井周圍百步，屬東阿，故東阿有貢膠役，士人頌之曰：山東有二寶：東阿驢膠，陽穀虎皮。虎皮今藏陽穀庫，相傳爲武松打死於景陽岡者。景陽岡在阿城東南二十五里。士人又言明初有陽穀知縣武姓者，甚貪虐，有二妻，一潘一金，俱助夫婪索，西門有慶大戶，尤被其毒，人民切齒，呼之爲武皮匠，言其剝削也。又呼爲賣餅大郎，言其於小民口邊求利也。據此，則作者不爲無本。按施耐庵爲元人，此云明初，時代不合，待考。

娛萱室隨筆　小說中事實，皆係悠謬無稽之言，不能據爲典要。而王漁洋香祖筆記，謂陽穀縣有潘吳二姓，自言是西門適室吳氏妾潘氏之族，且因演水滸記戲劇，致成訟事。是耐庵之書固非盡出於讕言也。至翠屏山楊雄妻潘巧雲爲石秀所殺，水滸雖詳記其事，然知其必出於杜譔，斷不能求其人其地以實之。乃近讀冒氏小三吾亭詩，有翠屏山五古一首，并有自注云：舞鶴樓在薊州城內大街，相傳卽潘氏妝樓。據此則潘巧雲竟有其人，翠屏山竟有其地矣。落鳳坡弔龐士元，昔賢曾見之題詠，然則郢書燕說，何嘗不足爲作詩之好資料耶。茲錄其詩云：「日落翠屏山，驅車過其右，人言潘家女，昔作楊家婦，府吏府中趨，空房愁獨守，情天有壞空，佛法無淨垢，阿難戒體毀，觀音鏁骨朽，至今梳妝樓，隱約蔽垂柳。一客聽未終，整襟屢搖首，虞初說九百，君子不上口，悠悠滕薛爭，誰能置可否？呼童且晚炊，爲我煮斗酒，宜和世已遙，茲事莫須有。」夫漢代叢書，唐人小說，當時亦不過爲文人一時之遊戲，流傳既久，詞章家遂爲故實，安知數百年後，不卽引此詩以爲徵耶。是在好事者之廣爲傳播耳。

三國志演義

七修類稿　雲南孟密安撫司，即漢孟獲之地。朝廷每歲取辦寶石於此。其地夷俗鬼術甚怪，有名地羊鬼者，擅能以土木易人支藏，當其易時，中術者不知也。憑其術數，幾時而發，發則腹中痛矣。痛至死而五藏盡為土木，或惡人不深，但易其一手一足，其人遂為殘疾。又有名撲死鬼者，唯欲食人屍骸，人死，親朋金鼓防之，少或不嚴，則鬼變為禽獸飛蟲，突入而食之矣。皆不可以理喻者。嘗讀衍義三國志諸葛亮七擒孟獲，蠻居多有怪術，於今驗之果然。今孟獲子孫尚繁。〔明郎瑛〕

七修續稿　桑渝漫志關侯聽天師台使受戒護法，乃陳妖僧智覬，宋佞臣王欽若附會私言；至於降神助兵諸怪誕事，又為腐儒收冊，疑以傳疑。予以既為神將，聽法使矣；解州顯聖有錄據矣；諸所怪誕，或黠鬼假焉，亦難必其無也。玉泉顯聖，羅貫中欲伸公冤，既援作普淨之事，復輳合傳燈錄中六祖以公為伽藍之說，故僧家即妄以公與顏良為普安侍者。殊不知普淨公之鄉人，曾相遇以禮，而普安元僧，江西人（見佛祖通載）隔絕甚遠，何相干涉？是因伽藍為監從之神，普安因人姓之同，遂訛為監壇門神侍者之流也。此特褻公之甚。〔明郎瑛〕

百川書志　三國志通俗演義二百四卷。晉平陽侯陳壽史傳，明羅本貫中編次，據正史，採小說，證文辭，通好尚，非俗非虛，易觀易入，非史氏蒼古之文，去瞽傳詼諧之氣，陳敍百年，該括萬事。〔明高儒〕

古今書刻　都察院三國志演義。〔明周弘祖〕

少室山房筆叢　古今傳聞譌謬，率不足欺有識，惟關壯繆明燭一端，則大可笑。乃讀書之士，亦什九信之，何也？蓋繇勝國末村學究編魏吳蜀演義，因傳有羽守下邳，見執曹氏之文，撰爲斯說；而俚儒潘氏又不考而贊其大節，遂致談者紛紛。案三國志羽傳及裴松之注及通鑑綱目，並無此文，演義何所據哉？〔明胡應麟〕

少室山房筆叢　赤壁破曹，玄德功最大。考昭烈傳：與曹公戰於赤壁，大破之。操傳：公至赤壁，與備戰不利，而不言周瑜及魯肅傳俱言與備幷力；陳壽書諸葛傳後亦言權遣兵三萬助備，備得用與曹公交戰，大破其軍，則當日戰功可見。今率歸重周瑜，與陳志不甚合。〔明胡應麟〕

黔游記　霸陵橋即關索橋，水從西北萬山來，亦合盤江而趨粵西以入海。關索嶺爲黔山峻險第一，路如之字，盤折而上，山半有關壯繆祠，即龍泉寺，中有馬跑泉，甘碧可飲，相傳壯繆少子索用鎗刺出者。寺內大竹千竿，青葱可愛，寺外道旁，有啞泉，今已閉。碣曰「亙古啞泉。」西巔即順忠王索祠，鐵鎗一株，重百餘斤，以鎮山門。按陳壽三國志：壯繆長子平從死寧沮之難，次子興爲侍中，數年歿，未有名索者。意者建興初丞相亮南征，從者其索乎？有功於黔，土人祀之，黔人呼父爲索，尊之至而以父呼之耶？相傳索從亮南征爲先鋒，開山通道，忠勇有父風，今水旱災癘，禱之輒應，故血食千古。一路至滇爲關索嶺者三，而滇中亦有數處，似爲壯繆子不謬也。或謂關鎖嶺之訛。程江夏滿江紅末句云：「當年陳壽是何人？」史獨缺，賦爲千載疑案。然正史缺者頗多，不獨索一人已也。但不知王實甫作三國衍義，據何裨史而忽插入索乎？是皆不得而考也。〔清陳鼎〕

也是園書目　古今演義三國志十二卷。〔清錢曾〕

蕙櫋雜記　演義傳奇，其不足信一也，而文士亦有承譌襲用者。王文簡雍益集有落鳳坡弔龐士元詩，士元死於落鳳坡自演義外更無確據，元人撰漢壽廟碑，其銘云：「乘赤兔兮隨周倉，」亦祖襲演義。〔清嚴元照〕

山陽志遺　郡城有都土地祠，其神封山陽公，本不必實有其人，俗人讀三國演義，見曹丕奉漢獻帝爲山陽公，遂認以爲實書廟榜稱之。不知後漢書獻帝本記註明言河內三陽，何得移置此地？郡志亦知此言不典，改云：漢世祖建武十五年，封子荊爲山陽公，治山陽，十七年爲王國，荊乃世祖之子。按此說見於酈道元水經注，宜爲可據，然酈注亦誤。光武時，此地郡縣皆無山陽之名；建武十五年封皇子十人，如右翊，如楚，如東海，如濟南，如東平，如淮陽，如臨淮，如左翊，如琅邪。九處非郡卽國，何獨子荊乃封之於非郡非國之山陽乎？古人封國無是例也。道元因明帝本記永平元年徙山陽王荊爲廣陵王，後世接壤，遂誤認耳。荊所封實兗州山陽也。〔清吳玉搢〕

通俗篇　少室山房筆叢：古今傳聞譌謬，率不足欺有識，惟關壯繆明燭一端，乃讀書之士，亦什九信之，何也？蓋由元末郇學究編三國演義，因傳有壯繆守邳，見執曹氏之文，撰爲斯說，而俚儒潘氏，又不考而贊其大節，遂至談者紛紛。考三國志本傳及裴松之注及通鑑，並無此文，演義何所據哉？蜀志劉封傳：孟達與封書曰：自立阿斗爲太子以來，有識之人，相爲足下寒心。按阿斗太子四字連綴見此。〔清翟灝〕

通俗編　三國志關羽傳，先主與羽飛兩人，寢則同床，恩若兄弟，而稠人廣坐，侍立終日。又，羽謂曹公曰：吾受劉將軍厚恩，誓與共死，不可背之。刻世俗桃園結義之說，由此敷衍。〔清翟灝〕

通俗編　三國志魯肅傳：備遣羽爭三郡，肅住益陽相拒。肅邀羽相見，各駐兵百步上，但請將軍單刀相會，此正史文原有單刀相會三字也。升菴外集世傳呂布妻貂蟬史傳不載。唐李長吉李將軍歌:「榼榼銀龜搖白馬，傅粉女郎大旗下，」似有其人也。元人有關公斬貂蟬劇，事尤悠繆。然羽傳注稱羽欲娶布妻，啓曹公，公疑布妻有殊色，因自留之，則亦非全無所自。按原文，關所欲娶乃秦氏婦，難借爲貂蟬證。杜牧之赤壁詩:「東風不與周郎便，銅雀春深鎖二喬。」按此詩人推擬之詞，非曹氏當日果蓄此念也。演義附會之，有改二橋爲二喬之說。據正史周瑜傳，橋公兩女，皆國色，策自納大橋，瑜納小橋。則喬字本當作橋。〔淸，翟灝〕

隨園詩話　崔念陵進士詩才極佳，惜有五古一篇責關公華容道上放曹操一事。此小說衍義語也，何可入詩?何屺瞻作札，有生瑜生亮之語，被毛西河誚其無稽，終身慚悔。某孝廉作關廟對聯，竟有用秉燭達旦者，俚俗乃爾。人可不解學耶?〔淸，袁枚〕

丙辰箚記　三國衍義固爲小說，事實不免附會，然其取材則頗博贍。如武侯班師瀘水，以麵爲人首，裹牛羊肉以祭厲鬼，正史所無，往往出於稗記，不可盡以小說亡稽斥之。其最不可訓者，桃園結義，其至忘其君臣，而直稱兄弟，且其書似出水滸傳後，敍昭烈關張諸葛，俱以水滸傳中萑苻嘯聚行徑擬之。諸葛丞相生平以謹愼自命，却因有祭風及製造木牛流馬等事，遂譔出無數神奇詭怪，而於昭烈未卽位前，君臣僚寀之間，直似水滸傳中吳用軍師，何其陋耶。張桓侯史稱其愛君子，是非不知禮者，衍義直以擬水滸之李逵，則侮慢極矣。關公顯聖，亦情理所不近。蓋編演義者本亡知識，不脫傳奇習氣，固亦無足深責，却爲其意欲尊正統，故於昭烈忠武，頗極推崇，而無如其識之陋耳。凡衍義之書，如列國志，東西漢，說唐及南北宋，多紀實事；西游記金瓶梅之類，全憑虛構，皆無傷也。唯三國演義則七分實事，三分虛構，以致觀者往往為所惑亂。如桃園等事，士大夫有作故事用者矣。故衍義之屬，雖無當於著述之倫，然流俗耳目漸染，實有益於勸懲。但須實則概從其實，虛則明著寓言，不可錯雜如三國之淆人耳。〔清章學誠〕

秋鐙叢話 玉泉山在當陽西三十里，形如覆舟，疊嶂回環，飛泉迤邐，為四大名山之一。山麓有寺，剏自隋開皇間，有禪師智顗者，來自天台，愛此山佳勝，欲建寺而沮洳旋遶，無基可卜。乃入定喬木之下，見金甲神謂曰：余漢亭侯也，願捨此地為挂錫處，請安禪七日，以觀其效。至期之夕，萬壑震動，風號雷厲，化湫潭為基址，而寺果成。事上，隨主賜額玉泉。其說載山志及邑乘中。前明孫松山作關廟記，謂浮屠立不經說，以侯願護法玉泉，誣侯實甚。余宰當陽，詢諸父老，皆稱其異，且云掘地尺餘，即水，試之良然。又理之不可解也。寺東為顯烈廟，有華表，勒漢壽亭侯顯烈處，蓋因帝顯聖建寺以答神功者。三國衍義謂帝殉節後，顯聖於普淨禪師，考之志乘，並無其事，未知何據。〔清戴延年〕

竹葉亭雜記 三國衍義不知作於何人？東坡嘗謂兒童喜看三國志影戲，則其書已久。嘗聞有談三國志典故者，其事皆出於演義，不覺失笑。乃竟有引其事入奏者，輟耕錄載院本名目，有赤壁鏖兵罵呂布之目。雍正間，扎少宗伯因保舉人才，引孔明不識馬謖事，憲宗怒其不當以小說入奏，責四十，仍枷示焉。乾隆初，某侍衛擢荊州將軍，人賀之，輒痛哭。怪問其故，將軍曰：此地以關瑪法尚守不住，今遣老夫，是欲殺老夫也。聞者掩口。此又熟讀衍義而更加憒憒者矣。「瑪法」國語呼祖之稱。〔清姚元之〕

歸田瑣記 關西故事載蒲州解梁關公本不姓關，少時力最猛，不可檢束，父母怒而閉之後園空室。一夕，啓窗越出，聞牆東有女子啼哭甚悲，有老人相向而哭。怪而排牆詢之，老者訴云：我女已受聘，而本縣舅爺聞女有色，欲娶爲妾我訴之尹，反受叱駡，以此相泣。公聞大怒，仗劍徑往縣署，殺尹並其舅而逃。至潼關，聞關門圖形捕之甚急，伏於水旁，掬水洗面自照，其形顏色變蒼赤，不復認識，挺身至關，關主詰問，隨口指關爲姓，後遂不易。東行至涿州，張翼德在州賣肉，其賣止於午，午後卽將所存肉下懸井中，舉五百斤大石掩其上，曰：能舉此石者與之肉。公適至，舉石輕如彈丸，攜肉而行。張追及，與之角力，相敵莫能解，而劉玄德賣草履亦至，從而爨止。三人共談，意氣相投，遂結桃園之盟云云。語多荒誕不經，殆演義所由出歟？……按今演義所載周倉事，隱據魯肅傳，貂蟬事隱據呂布傳，雖其名不見正史，而其事未必全虛。余近作三國志旁證，皆附著之。〔清，梁章鉅〕

歸田瑣記　按今時以五月十三日爲關帝生日，見明會典，今會典亦循舊致祭，但子平家推算八字，爲四戊午，則非也。公死於建安二十四年己亥，元胡琦考之，當在六十上下，果戊午，僅四十有二耳。戊午乃光和元年，考通鑑綱目，是年四月庚午朔，五月己卯朔，無戊午日，且古人始生，只記年月日，不及時，故唐李虛中推命，猶不以時，見韓昌黎集。按今演義所載周倉事，隱據魯肅傳，貂蟬事隱據呂布傳，雖其名不見正史，而其事未必全虛。余近作三國志旁證，皆附着之。〔清，梁章鉅〕

浪跡續談　三國志衍義言王允獻貂蟬於董卓，作連環計，正史中實無貂蟬之名，唯董卓傳云：卓嘗使布守中閤，布與卓侍婢私通云云。李長吉作呂將軍歌云：「榼榼銀龜搖白馬，傅粉女郎大旗下，」蓋卽指貂蟬事，而小說從而演之也。黃右原告余曰：開元占經卷三十三熒惑犯須女占注云：漢書通志，曹操未得志，先誘董卓，進貂蟬以惑其君。此事異同不可考，而刁蟬之卽貂蟬，則確有其人矣。漢書通志今亦不傳，無以斷之。〔清，梁章鉅〕

浪跡續談　三國志演義言關公有裨將周倉，甚勇；而正史中實無其人。惟魯肅傳云：肅邀與關相見，各駐兵馬百步上，但諸將軍單刀俱會。肅因責數關，云云。語未究，竟坐有一人曰：夫土地者，惟德所在耳，何常之有？肅厲聲呵之，詞色甚切。關操刀起謂曰：此自國家事，是人何知？目之使去。疑此人即周倉；明人小說似即因此而演，單刀二字，亦從此傳中出也。然元人魯貞作漢壽亭侯碑，已有「乘赤兔兮從周倉」語，則明以前已有其說矣。今山西通志云：周將軍倉，平陸人，初爲張寶將，後遇關公於臥牛山，遂相從；於樊城之役，生擒龐德，後守麥城，死之。亦見順德府志，謂與參軍王甫同死，則里居事跡，卓然可紀，未可有正史偶遺其名而疑之。又王緘秋鐙叢話：周將軍倉殉節麥城，而墓無可考，稽其遺跡，即長坂坡，曹劉交兵處焉。因訪麥城故址，在邑東南四十里，久被沮水衝坍成河，僅存堤塍，名曰麥城堤。有任生者，夢將軍示以葬所，遂告知縣陳公，掘其地，深丈許，露石墳一座，頗堅古，乃掩之而封樹其上，植碑以表焉。或有疑任生之作僞者，夫去地丈餘，烏知有墓，且一經掘覗，昭然不爽，英靈所格，豈子虛哉！〔清梁章鉅〕

江州筆談　三國演義可以通之婦孺，今天下無不知有關忠義者，演義之功也。忠義廟貌滿天下，而有使其不安者，亦誤於演義耳。演義結義本於昭烈遇關張，寢則同床，恩若兄弟；費詩亦曰：王與君侯，譬猶一體，同休等戚，禍福共之。三義二字何嘗見於紀傳？而竟廟題三義，像列君臣三人，以侯於未王未帝之前稱爲故主者與之並坐，侯心安乎？士大夫且據演義而爲之文，直不知有陳壽志者，可勝慨嘆。〔清王侃〕

燕下鄉脞錄　羅貫中三國演義多取材於陳壽習鑿齒之書，不盡子虛烏有也。太宗崇德四年，命大學士達海譯孟子、通鑑、六韜，兼及是書，未竣。順治七年，演義告竣，大學士范文肅公文程等，蒙賞鞍馬銀幣有差。國初，滿洲武將不識漢文者，頗多得力於此。嘉慶間，忠毅公額勒登保初以侍衛從海超勇公帳下，每戰輒陷陣，超勇曰：爾將才可造，須略識古兵法。因以翻清三國衍義授之，卒爲經略，三省敎匪平，論功第一，蓋超勇亦追溯舊聞也。（明末李定國初與孫可望並爲賊，蜀人金公趾在軍中爲說三國衍義，每斥可望爲董卓曹操，而許定國以諸葛。定國大感，曰，孔明不敢望，關張伯約，不敢不勉，自是遂與可望左。及受明桂王封爵，自誓努力報國，洗去賊名，百折不回，殉身緬海，爲有明三百年忠臣之殿，則亦傳習郢書之效矣。）〔清陳康祺〕

交翠軒筆記　明人作琵琶記傳奇，而陸放翁已有「滿村都唱蔡中郎」之句。今世所傳三國衍義，亦明人作。然東坡集記王彭論曹劉之澤云，塗巷小兒薄劣，爲其家所厭苦，輒與數泉，令聚坐聽說古話，至說三國事，聞玄德敗，則嚬蹙有出涕者，聞曹操敗，則喜躍暢快，以是知君子小人之澤，百世不斬云云。是北宋時已有衍說三國野史者矣。又李義山驕兒詩，或謔張飛胡，或笑鄧艾吃，似當日俳優已有以益德爲戲弄者。〔清沈濤〕

小浮梅閒話　王允與呂布謀誅董卓，初無婦人預其事。惟後漢書呂布傳曰：卓以布爲騎都尉，誓爲父子，甚愛信之。嘗小失意，卓拔手戟擲之，布拳捷得免，由是陰怨於卓。卓又使布守中閤，而私與傅婢情通，益不自安。然則鳳儀擲戟，俗傳固出有因，而所謂貂蟬者，殆即因婢事而附會成之也。後漢書董卓傳：卓朝服升車，既而馬驚墮泥，還入更衣，其少妻止之，卓不從。此少妻當別一人，非即呂布所通之傅婢也。至呂布妻，不詳何人。三國志呂布傳注，引英雄記曰：布見備，甚敬之，請備於帳中坐婦牀上，令婦向拜，酌酒飲食。又云：建安元年六月夜半時，布將河內郝萌反，將兵入布所治下邳府，詣廳事閤外，同聲大呼，布不知反者爲誰，直牽婦，科頭袒衣，相將從溷上排壁出，詣都督高順營。又曰：

布欲令陳宮高順守城，自將騎斷太祖糧道。布妻謂曰：宮順素不和，將軍一出，宮順必不肯同心共守城也。如有蹉跌，將軍當於何自立乎？妾昔在長安，已爲將軍所棄，賴得龐舒私藏妾身耳，今不須顧妾也。布得妻言，愁悶不能自決，是布固唯婦言是用，然不知妻爲誰氏也。又關雲長傳注，引蜀記曰：曹公與劉備圍呂布於下邳，雲長啓公，布使秦宜祿行求救，乞娶其妻，公許之。臨破，又屢啓於公，公疑其有異色，先遣迎看，因自留之。雲長心不自安。據此則呂布妻必美，且又牽涉關公，雜劇有關公月下斬貂蟬事，亦因此附會也。〔淸俞樾〕

小浮梅閒話　俗傳關公善用刀，至今有關刀之名。考之正史，張益德之用矛，則洵有之。本傳云：先主奔江南，曹公追之，一日一夜，及於當陽之長坂，飛據水斷橋，瞋目橫矛曰：身乃張益德也，可來共決死。此張益德用矛之證也。關公本傳，無一刀字。傳云：紹遣大將軍顏良攻東郡太守劉延於白馬，曹公使張遼及羽爲先鋒擊之。羽望見良麾蓋，策馬刺良於萬衆之中。按周禮考工記：刺兵欲無蜎。鄭注云：刺兵，矛屬。古人用字精審，關公既用刺字，則其殺顏良，疑亦用矛，若用刀，必不云刺也。吳志魯肅傳：肅住益陽，與羽相距，肅邀羽相見，各駐兵馬百步上，但諸將軍單刀俱會。此却有一刀字，然恐是佩刀爾。明章潢圖書編軍器類中，列鞭鐗二圖，稱鞭爲尉遲敬德所用，鐗爲秦叔寶所用，識者譏之，世稱關刀，殆亦秦鐗尉遲鞭之類也。又考殺顏良事，見本傳，至文醜則非關公所殺。魏志武帝記云：紹騎將文醜與劉備將五六千騎前後至，縱兵擊，大破之，斬醜。世以顏良文醜並關公所殺，非事實矣。又殺良醜，在建安五年之六年，紹使劉備略汝南，汝南賊共都等應之。遣蔡揚擊都，不利，爲都所破。是蔡揚事與顏良文醜事，不在一年，世幷以蔡揚，爲關公所殺，更失之矣。諸葛武侯六出祁山，亦增飾之談。考蜀志諸葛亮傳：建興五年，帥諸軍北駐漢中。六年，身帥諸軍攻祁山，馬謖為張郃所破，亮拔西縣千餘家還於漢中，此一出也。是年冬，亮復出散關，圍陳倉，曹眞拒之，亮糧盡而還，此再出也。七年，亮遣陳式攻武都陰平，魏雍州刺使郭淮帥衆欲攻式，亮自出至建威，淮退，還遂平二郡，此三出也。九年，亮復出祁山，糧盡退軍，此四出也。十二年春，亮帥大衆由斜谷出，據武功五丈原，其年八月，亮疾病，卒於軍，此五出也。然亮自出伐魏，止有五次，且惟第一次第四次至祁山，則六出祁山，非事實矣。後主傳建興五年春，書丞相亮出屯漢中，六年春，又書亮出攻祁山，以亮本傳考之，此實一役，蓋以五年出，六年還也。俗傳六出，或即因後主傳分書兩年而致誤耳。〔清俞樾〕

茶香室叢抄　宋范公稱過庭錄曰：忠宣守信陽時，漢上有巨賊曰羅塹，擁衆直壓郡界，忠宣集郡僚謀守御，皆懦怯無敢當者。有酒吏秦生請行，獨以數十騎直對敵壘。賊副小關索者，領十餘騎，飲馬河側，秦射中賊關索心而死，賊衆竄走。世俗以關索為漢前將軍之子，實無其人。乃宋時盜賊中即有小關索之名，即其流傳亦遠矣。〔清俞樾〕

茶香室續抄　宋洪邁容齋二筆云：關公手殺袁紹二將顏良文醜於萬衆之中。按三國志本傳，但有殺顏良事；文醜，非公所殺也。乃宋時即有此說，則今演義流傳，亦有所本矣。〔清俞樾〕

荀學齋日記　詣廣和樓觀劇，演諸葛武侯金雁橋擒張任事。余素惡三國志演義，以其事多近似而亂眞也。然此事則茫然。檢陳志惟先主傳建安十八年，先主據涪城，劉璋遣劉璝冷苞張任鄧賢等拒先主於涪，皆破敗，退保緜竹，僅一見姓名耳。裴注兩引益部耆舊雜記曰：張任，蜀郡人，家世寒門，少有膽勇，有志節，仕州為從事。又曰：劉璋遣張任劉璝率精兵拒捍先主於涪，為先主所破，退與璋子循守雒城。任勒兵出於雁橋戰，復敗，擒任；先主聞任之忠勇，令軍降之。任厲聲曰：「老臣終不復事二主矣！」乃殺之，先主歎息焉。華陽國志劉二牧志與陳志同。通鑑：建安十八年，劉璝張任與璋子循退守雒城，備進軍圍之，任勒兵出戰於雁橋，軍敗任死。胡注：雁江在雒縣南，曾有金雁，故名爲雁橋。是金雁橋實爲有本，深媿史學之疏，乃知郵書市劇，亦有益也。考雒爲今四川成都府之漢川，去成都僅九十里，無山川之險，而當日先主親自攻圍至一年有餘，龐統死焉，知循等之守，必有以過人者。陳志簡略，故事多湮沒，使無注，則任之志節不傳矣。〔清，李慈銘〕

五餘讀書廛隨筆　本朝滿員，不冠本姓，概以名上一字通稱。惟宗室之有封爵者，則用下一字。蓋以上一字，乃係派行，同者太多，恐難區別也。昔有宗室載齡，以公爵任尚書，當時稱爲齡公。後入相，稱爲齡中堂。今之某貝勒某貝子，用下一字，更爲人所共知。而居鄉之人，亦有不謀而合者。南方聚族而居，其傭媪彼此往來，呼其家長之族屬，必冠其人之小名或別號，稱其妻，則冠以夫之小名或別號。蓋以同姓太多，非此不能分別也。帝王子孫衆多，漢代之例，冠以母家之姓。戾太子乃衞皇后所生，故稱衞太子。史皇孫其母史氏，故稱史皇孫。但此亦親支適屬則然，若旁支宗室，偏於天下，其昭穆長於天子一輩者何限。（卽長數輩者，諒亦不少。）豈能概加以皇叔之稱？尤無統稱以劉皇叔之理。作演義者，但欲表章昭烈之爲宗室，而實未悉當時情事也。魏晉以後，篡弒相仍，效尤接踵，故於曹操不加貶抑。唐人頌太宗者，有「神武同魏祖」之語。而杜子美「贈曹將軍詩」，首句卽云「將軍魏武之子孫」，若在今日，施之於人，必怒詈不受，況敢以擬君上哉！蓋自三國演義盛行，又復演爲戲劇，而婦人孺子，牧豎販夫，無不知曹操之爲奸，關張孔明之爲忠，其潛移默化之功，關係世道人心，實非淺鮮。按東坡志林云：小兒聽人說古，聞曹操敗則喜，聞玄德敗則泣。此卽三國衍義之先聲。北宋太祖得國，雖亦非正，而諸儒輩出，修身立品，遠勝前朝，（韓范富歐已然，不始於濂洛關閩也。）一時風俗人心，為之丕變。沿及金元，雖以外域帝中邦，而理學大昌，人存直道。傳奇院本所衍劉關張曹操之事，亦往往與三國衍義相出入。以此知羅貫中之實有所本也。杜牧詩：「東風不與周郎便，銅雀春深鎖二喬。」蓋謂周郎藉東風之力，僥倖成功耳。作注者但照正史本事釋之足矣，若東風之所由來，固不必問，亦無可問也。乃江西坊本有唐詩三百首注疏者，於此詩下竟引三國演義諸葛祭風事。余竊笑之。嗣見湖南重刻本，改註疏為註釋，而此條註文，亦為刪正，余方歎世間固不乏有心人矣。一日，偶檢淵鑑類函，竟載有諸葛祭風事，云出說薈。說薈不知何書，而淵鑑類函乃欽定書，既經登載，則詞章家竟可引用矣。（詞章家引用，原不必問其事之眞僞有無，如牛女渡河之類。）乃歎羅貫中並非杜譔，而由此類推，凡正史所不載之事，固未可概斷為必無也。史載關壯繆止二子，曰平，曰興，而三國演義乃有關索，謂係公之幼子。荆州既陷，流落不偶，後始歸蜀。今南方諸省，關索遺蹟頗多。大清一統志疑索為帥字之誤。然帥字雖通作率，而將帥之帥，究無讀入聲者，其說終不可通。按宋江三十六人，有病尉遲孫立，病關索楊雄，既與尉遲並稱，則古來有此猛將可知。此固北宋以前草野相傳之舊聞，貫中採以入衍義。但衍義一序之後，亦未再見，則雖貫中所聞，亦不能詳。今更無可考矣。漢置十三部刺史，（卽舜典注之十二州，而添一交州，內畿輔屬於司隸校尉，而分其外為涼州，不名雍，又梁州改為益州。）後改州牧，其權過於今之督撫。州牧所居，猶今之省城。劉表為荆州牧，則治襄陽，殆取其距洛陽近耳。（刺史本係巡方，不應有常駐之地，州牧則為統轄上司，以襄陽為治所，是否始於劉表，俟考。）昭烈依劉表，而屯於新野，亦因其為襄陽屏蔽，可以北禦曹操也。（新野本屬襄陽，明代始分隸河南。）劉琮降操，不使昭烈知，迨操兵南下已至宛，（卽今南陽府）昭烈方知之，倉卒南奔，過襄陽城，或勸襲取之，而昭烈不忍。又南奔江陵，江陵爲南郡太守治所，乃荊州之支郡也。操受琮降，遂有襄陽。赤壁敗後，雖引軍北還，襄陽終爲操有，故操所設荊州，仍治襄陽。（襄陽與樊城一水之隔，相爲犄角，水淹七軍，關壯繆雖暫得襄陽，而圍樊未克，旋卽敗亡，襄陽仍爲魏有。）以今制擬之，荊州全境，猶湖北湖南全境也。（邊界雖有出入，而大致不差。）曹操雖降劉琮，而旋爲周瑜所敗，於荊州全境，僅得襄陽，可謂嘗鼎一臠。孫劉雖以全力爭荊州，畢竟未能得襄陽，可謂未達一間。襄陽竟不可得，遂改以江陵爲荊州治所，而江陵乃永擅荊州之名。（迄今江陵縣爲荊州附郭。）故赤壁戰後，所謂荊州者，皆以江陵爲主腦，而兼及全境，惟襄陽卻不在內。若劉琮未降以前之荊州，則襄陽固省會也。羅貫中昧昧於此，故於躍馬檀溪諸事，敍述不明，稗官小說，不足爲典要，此其一端也。〔清，顧家相〕

畏廬瑣記　三國演義，爲元人王實甫撰，七修類稿，又以爲明羅本貫中所編，金聖嘆評爲第一才子書，其書組織陳志裴注，及唐宋小說而成。前清入關時，曾繙譯爲滿文，用作兵書。袁崇煥之死，卽用蔣幹偷書之繆說，而督師竟死於奄奴之手。然諸葛忠武之忠，非是書不彰；而曹阿瞞之奸，亦非是書不著。〔當代，林紓〕

小說小話　小說感應社會之效果，殆莫過於三國演義一書矣。異姓聯昆弟之好，輒曰桃園，帷幄侈運用之才，動言諸葛。此猶影響之小者也。太宗之去袁崇煥，卽公瑾賺蔣幹之故智。（太祖一生用兵未嘗敗衄，惟攻廣寧不下，頗挫精銳，故切齒於袁崇煥，遺命必去之，詳見嘯亭雜錄等書。）海蘭察目不知書，而所向無敵，動合兵法，而自言得力於繹本三國演義。左良玉之舉兵南下，則柳麻子援衣帶詔故事慫恿成之也。李定國與孫可望同爲張獻忠義子，其初膾肝越貨，所過皆屠戮，與可望無殊焉。說書人金光以三國演義中諸葛關張之忠義相激動，遂幡然束身歸明，盡忠永歷，力與可望抗，又累建殊勳，使與朔連殞名王，屢摧勁旅，日落虞淵，魯戈獨奮，爲明代三百年忠臣功臣之殿，即與瞿何二公鼎峙，亦無愧色，不可謂非演義之力焉。張獻忠李自成及近世張格爾洪秀全等初起，衆皆烏合，羌無紀律，其後攻城略地，伏險設防，漸有機智，遂成滔天巨寇，聞其皆以三國演義中戰案爲玉帳唯一之秘本，則此書不特爲紫陽綱目張一幟，且有通俗倫理學實驗戰術學之價值也。書中人物，最幸者莫如關壯繆，最不幸者莫如魏武帝。歷稽史冊，壯繆僅以勇稱，亦不過賁育英彭流亞耳；至於死敵手，通書史，古今名將，能此者正不乏人，非眞可據以爲超羣絕倫也。魏武雄才大略，奄有衆長，草創英雄中亦當占上座，雖好用權謀，然從古英雄，豈有全不用權謀而成事者，況其對待孱王，始終守臣節，較之蕭道成高歡之徒，尚不失其爲忠厚，無論莽卓矣。乃自此書一行，而壯繆之人格，互相推崇，極於無上，祀典方諸郊禘，榮名媲於尼山，雖由我國崇拜英雄宗教之積習（秦漢時尊杜伯，六朝尊蔣子文，唐時尊項王伍胥，此吾國神道權位之興替焉。自宋後，特尊壯繆，以上諸人，皆有積薪之嘆矣。雖方士之呂岩，釋家之觀自在，術數家之鬼谷子，航海家之天妃，無以尚之也。）而演義亦一大主動力也。若魏武之名，則幾與窮奇檮杌桀紂幽厲同爲惡德之代表，社會月旦，凡人之奸邪作僞陰險凶殘者，輒目之爲曹操。今試比人以古帝王，雖傲者謙不敢居；若稱以曹操，則屠沽廝養，必怫然不受，即語以魏主之尊貴，且多才，子具文武才，亦不能動之也。文人學士，雖心知其故，而亦徇世俗之曲說，不敢稍加辨正。嘻，小說之力，有什伯千萬於春秋之所謂華袞斧鉞者，豈不異哉？〔一當代〔黃摩西〕

蓴廬雜綴　三國演義，不肃子虛。惟詩人不加鑒別，概以入詩，致遺笑藝林者，亦復不尠。今河南有恨這關，相傳因關公過五關時，有「立馬迴頭恨這關」之句得名。明盧忠肅督師至此，賦詩云：「千古英雄恨這關，疆分楚豫幾重山；龍泉羽士嫌岑寂，鳥道征人歎往還。劍削夫容身欲奮，幽棲岩壑意仍閒；遐思壯繆當年事，歷盡江山識歲寒。」五關六將，語屬不經，吳拜經謂忠肅此詩，特有爲而發，要未免失於檢點。

松燷小錄　魏叔子日錄云：料事者先料人，能料愚者，不能料知；能料知者，並不能料愚。余嘗覽三國衍義，孔明於空城中焚香掃地，司馬懿遇之而退。若遇今日山賊，直入城門，捉將孔明去矣。叔子之言良是。然孔明空城一事，自出郭冲所紀諸葛隱謀五事，非盡演義之說。冲之所記不確，裴松之蜀志已駁之。惟通鑑蕭承之事，乃絕相類。元嘉中，魏攻洮南，太守蕭承之率數百人御之。魏衆大集，承之使偃兵開門，衆曰：賊衆我寡，奈何輕之？承之曰：今縣守窮城，事已危急，若復示弱，必爲所屠，唯當見彊以待之耳。魏人疑有伏兵，遂引去。此殆聞冲之說，而用之者與。

老圃叢談　關羽而稱夫子，奇聞也。王夫之識小錄，謂主考本稱舉主，萬歷以後稱老師。崇禎末年稱夫子，關羽之稱夫子，蓋亦自崇禎始也。關羽爲三國名將，以曹操之善用兵，乃至議徙許都，以避其銳。宜諸葛亮稱爲絕倫超羣。但古來名將，如關羽者甚多，而關羽獨爲婦孺所稱，則小說標榜之力。自三國演義風行，世俗幾不知有陳壽三國志，則不學之過也。江表傳稱羽好左氏傳，諷動略皆上口，則羽本非經師，稱武將爲夫子，與民國官僚稱袁世凱段祺瑞爲老師何異？今人動稱關公顯聖，此雖根於小說，然不始於三國演義，隋世已於荊州玉泉寺見靈跡。五代時，蜀王令趙忠義畫關將軍起玉泉寺圖，見益州名畫錄，知五代時已盛行關像。宋崇寧間，帝勅天師張虛靖召關羽破蚩尤，復鹽池，見靈，遂封崇寧眞君。明永樂時，北征雅失理，經闊灤海，幹難河，勒銘擒巫山，每見神前驅如關公，其馬白，凱還居民言有白馬立正陽門殿，至莫汗出，乃制崇祀五月十三日祭。萬曆四十二年乃遣司禮李恩捧旒袍封大帝，關羽之稱帝，自此始。此極可笑。萬曆之位號，亦不過於帝，而封人爲帝，寧非妄自尊大？但呂洞賓封帝君，嘉靖時已行之。爲帝者以帝封人，蓋自明始。考帝之本義爲天帝，王者自稱，已覺不倫，況封人乎？此類事直同兒戲，皆由讀小說過熟，乃衍成小說中之行事。亶三國衍義所載，雖不見正史者，亦往往有來歷。如正史但言羽斬顏良，演義并言斬文醜。或疑虛造，然洪邁容齋二筆，言羽手殺顏良文醜，則宋時有此說也。劉備與關羽張飛，本無桃園結義之事，正史亶言先主與二人寢則同牀，恩若兄弟，而稠人廣坐，侍立終日。小說因此遂揑造桃園結義之事。然則曹操厚遇劉備，亦出則同輿，坐則同席，豈曹劉二人亦結義兄弟乎？世俗換帖稱拜兄弟，乃拜於關羽之廟，文人作關廟柱帖，竟引用小說中不經之語，覩不爲怪。甚有論關羽華容道釋曹操爲非是者，不知此事全屬子虛。山陽公載記言操引軍從華容道步歸，遇泥濘，道不通，使羸兵負草塡之，騎乃得過。軍既得出，備放火而無所及，此卽義釋曹操之說所由來。其實曹操雖敗，亦不狼狽至此。赤壁一役，備僅能自保而已。小說中顚到事實，尤莫如關羽之單刀赴會。吳志言魯肅欲與羽會語，諸將疑恐有變，議不可往，肅曰：今日之事，宜相開譬，劉備負國，是非未決，羽亦何敢重欲干命，乃趨就羽。然則冒險赴會，乃魯肅就關羽，非關羽就魯肅也。諸如此類，殆不勝辯。要之，關羽雖萬人敵，有國士之風，然世多溢美，皆小說之力。乾隆刊三國志，竟强改陳壽元文，易其謚法，此姑不論原謚之當否，要無勞乾隆之干涉也。

五雜組　置狙於馬廐，令馬不疫。西遊記謂天帝封孫行者爲弼馬溫，蓋戲詞也。〔明，謝肇淛〕

天啓淮安府志　吳承恩性敏而多慧，博極羣書，爲詩文下筆立成，淸雅流麗，有秦少游之風。復善諧劇，所著雜記幾種，名震一時。數奇，竟以明經授縣貳，未久，恥折腰，遂拂袖而歸，放浪詩酒，卒。有文集存於家，丘少司徒匯而刻之。〔卷十六人物志二近代文苑〕

天啓淮安府志　吳承恩射陽集四冊□卷，春秋列傳序，西遊記。〔卷十九藝文志一淮賢文目〕

山陽志遺　嘉靖中吳貢生承恩字汝忠，號射陽山人，吾淮才士也。英敏博洽，凡一時金石碑版嘏祝贈送之詞，多出其手，薦紳臺閣諸公皆請爲捉刀人。顧數奇不偶，僅以歲貢官長興縣丞。貧老乏嗣，遺稿多散佚失傳；邱司徒正綱收拾殘缺，得其友人馬淸溪、馬竹泉所手錄，又益之以鄉人所藏，分爲四卷，列之名曰射陽存稿（又有續稿一卷，）五嶽山人陳文燭爲之序，其略云：陳子守淮安時，長興徐子與過淮，往汝忠丞長興，與子與善，三人者呼酒韓侯祠內，酒酣論文論詩不倦也。汝忠謂文自六經後，惟漢魏爲近古；詩自三百篇後，惟唐人爲近古；近時學者徒謝朝華而不知畜多，說去陳言而不知漱芳潤，卽欲敷文陳詩，難矣。徐先生與予深韙其言。今觀汝忠之作，緣情而綺麗，體物而瀏亮，其詞微而顯，其旨博而深，收百代之闕文，採千載之遺韻，沈辭淵深，浮藻雲駿，張文潛以後，一人而已。其推許之者可謂至極。讀其遺集，實吾郡有明一代之冠。惜其書刊板不存。予初得一抄本，紙墨已渝敝，後陸續收得刻本四卷，並續集一卷亦全，盡登其詩入山陽耆舊集。擇其傑出者，各體載一二首於此，以志瓣香之意云。（對月感秋四首之二）四時總一氣，秋氣何晶明？天空萬里碧，助我傷然情。蘋水香晚烟，清風拂衣輕。徘徊度羣壑，樹樹松爭鳴，援琴對明月，試寫松風聲。（又）湘波捲桃笙，齊紈扇方歇，秋來本無形，潛根梧桐葉。啼蛩代蟬鳴，其聲亦何切。繁霜結珠露，忽已如初雪。六龍驅日車，羲和不留輟。羣生總如夢，獨爾驚豪傑。大笑仰青天，停盃問明月。（二郎搜山圖歌）李在惟畫山水，不謂兼能貌神鬼，筆端變幻眞駭人，意態如生狀奇詭：少年都美清源公，指揮部從揚靈風，星飛電掣各奉命，蒐羅要使山林空。名鷹攫拏犬騰嚙，大劍長刀瑩霜雪，猴老難延欲斷魂，狐娘空洒嬌啼血。江翻海攪走六丁，紛紛水怪無留蹤，青鋒一下斷狂虺，金鎖交纏擒毒龍，神兵獵妖猶獵獸，探穴搗巢無逸寇。平生氣焰安在哉，爪牙雖存敢馳驟？我聞古怪開鴻濛，命官絕地天之通，軒轅鑄鏡禹鑄鼎，四方民物俱昭融。後來羣魔出孔竅，白晝搏人繁聚嘯，終南進士老鍾馗，空向宮闈啗虛耗。民災翻出衣冠中，不為猿鶴為沙蟲，坐觀宋室用五鬼，不見虞廷誅四凶。野夫有懷多感激，無事臨風三嘆息，胸中磨損斬邪刀，欲起平之恨無力。救日有矢救月弓，世間豈謂無英雄。誰能為我致麐鳳，長享萬年保合清寧功？（秋夕）絡緯啼金井，芙蓉斂石房，寒松靜生籟，仙桂妙聞香，竹火煎茶市，菱歌載酒航，人間秋夕好，第一是錢塘。（冬日送友暮發）羣動各求息，嗟君行未央，馬啼鳴凍雪，鴉腹射殘陽，旅悶還詩撥，孤身有劍防，袖中書一紙，早晚獻明光。（畫松）畫爾知非庸畫師，畫中無處著臙脂，風雲暗淡藏靈氣，月露莊嚴有異姿，猿下欲搖垂澗影，鶴歸應認出雲枝，生來自與繁華別，不待平章雪霰時。（平河橋）短篷倦向河橋泊，獨對青旗枕臂眠，日落牛饔歸牧笛，潮來魚米集商船，遶籬野菜平臨水，隔岸村炊互起烟，會向此中謀二頃，間揞藜杖聽鳴蟬。（楊柳青）村旗誇酒蓮花白，津鼓開帆楊柳青。壯歲驚心頻客路，故鄉回首幾長亭。春深水漲嘉魚味，海近風多健鶴翎。誰向高樓橫玉笛，落梅愁絕醉中聽。（秋興二首之一）露桐風竹淡生輝，草閣齋心暑氣微。河漢白榆秋歷歷，江湖玄鳥晚飛飛。佳人異國音書斷，多病離羣嘯咏違。短褐長鑱元不惡，南山黃犢近應肥。（買得雲林畫竹上有油汚詩以滌之）雲林戲墨阿誰收，寒具猶霑舊日油。雨洗風吹消不得，濕雲遮斷渭川秋。（隄上）平湖渺渺漾天光，瀉入溪橋噴玉涼。一片蟬聲萬楊柳，荷花香裏據胡床。天啓舊志列先生爲近代文苑之首，云性敏而多慧，博極羣書，爲詩文下筆立成，復善諧謔，所著雜記幾種，名震一時。初不知雜記爲何等書，及閱淮賢文目，載西遊記爲先生著。考西遊記舊稱爲證道書，謂其合於金丹大旨；元虞道園有序，稱此書係其國初邱長春眞人所撰，而郡志謂出先生手。天啓時去先生未遠，其言必有所本。意長春初有此記，至先生乃爲之通俗演義，如三國志本陳壽，而演義則稱羅貫中也。書中多吾鄉方言，其出淮人手無疑。或云有後西遊記，爲射陽先生撰。〔清吳玉搢〕

淥水亭雜識　唐太宗命三藏法師取經至西域，有老僧年已七百，謂之曰：此間經籍甚多，人壽短促，能識幾何，須服我延年藥，庶可讀少分。藏師以帝命有定期而辭之。〔清納蘭性德〕

明詩綜　吳承恩字汝忠，淮安山陽人，長興縣丞。有射陽先生存稿。汝忠論詩，謂近時學者徒欲謝朝華之已披，而不知漱六藝之芳潤，縱詩溢縹囊，難矣。故其所作，習氣悉除，一時殆鮮其匹。楊柳青云：「村旗誇酒蓮花白，津鼓開帆楊柳青。壯歲驚心頻客路，故鄉回首幾長亭。春深水漲嘉魚味，海近風多健鶴翎。誰向高樓橫玉笛，落梅愁絕醉中聽。」〔清朱彝尊〕

古夫於亭雜錄　書奕云：小說載人參果，亦有據，大食王遣人之海上，見一方石，石上有樹枝，赤葉青，總生小兒，手足著枝上，不能語笑。（書奕黃秉石著）〔清，王士禎〕

劇說　元人吳昌齡西遊詞，與俗所傳西遊記小說小異。〔清，焦循〕

通俗編　獨異志，沙門玄奘，姓陳氏，唐武德初，往西域取經，行至罽賓國，道險，虎豹不可通。奘不知所為，鎖門而坐，至夕開門，見一老僧，莫知所由來。奘禮拜勤求，僧口授多心經一卷，令奘誦之，遂得道路開辟，虎豹潛形，魔鬼藏蹟，至佛國取經六百餘部而歸。其多心經，至今誦之。雙樹幻抄：玄奘以貞觀三年冬抗表辭帝，制不許，即私遁出玉關，抵高昌，高昌王奉奘行貲，護送達罽賓，隨歷大林國，僕底國，郁伽羅國，祿勒那國，至麴闍國，麴闍王有勝兵十萬，雄冠西域，其俗以人祀天。奘至被執，以風度特異，將戮以祭，俄大風作，塵沙漲天，晝日晦冥，彼衆異驚，釋之。至中天竺，入王舍城。彼已豫聞奘至，具禮郊迎，安置那蘭陀寺，見上方戒賢論師。賢時春秋一百有六，道德為西土宗師，號正法藏。奘啓以求法意，賢咨嗟曰：吾頃疾病且死，忽夢文殊謂曰：女未應厭世，後三年，震旦有大沙門從女受道，自爾以來今三稔矣。於是慰喜交集，奘從賢窮探大乘，日益智證。至貞觀十六年，乃發王舍城，入祇羅國，國主迎問：而國有聖人出世，作小秦王破陳樂，可為我言之。奘略陳帝神武大略，其主大驚，即以青象名馬助奘馱經而還。以貞觀十九年至長安，文皇驚喜，手詔飛騎迎之，親為經文作序，名聖教序云。按唐藝文志有王元策中天竺行記十卷，法苑珠林謂元策官金吾將軍，奉詔偕玄奘往西域取經，歸譔此記，今佚不傳。輟耕錄記元人雜劇，有唐三藏一段。莊岳委談云：聖教序雖有三藏要文等語，匪玄奘號也，其以稱奘，蓋以唐僧不空號無畏三藏訛耳。〔清，翟灝〕

如是我聞　吳雲巖家扶乩，其仙亦云邱長春，一客問曰：西游記果仙師所作，以演金丹奧旨乎？批曰然。又問仙師書作於元初，其中祭賽國之錦衣衞，朱紫國之司禮監，滅法國之東城兵馬司，唐太宗之大學士，翰林院中書科，皆同明制，何也？乩忽不動，再問之，不復答，知已詞窮而遁矣。然則西游記爲明人依托無疑也。〔清紀昀〕

丙辰劄記　唐人詩云：山中方七日，世上已千年。神仙家言，多記爛柯一局，人世千年，劉阮歸來，子孫易世等事，大抵多出小說。西游演義遂有天上一日，人間一年之說。世人多以神仙恍惚，小說寓言，置之不足深究。夫頃刻千年，乃閱世久者由後溯前，雖千萬年，理當無異於頃刻耳。爛柯一局，劉阮歸來之事，皆當因頃刻千年之語而附會出之，非事實也。如果有其事，則仙家長生之說不足貴矣。彼縱長生得數千年，亦只如人世生數十年無異，何足取乎？唯西游衍義所云天上一日，人間一年之說，雖屬寓言，卻有至理，非頃刻千年及爛柯劉阮諸說所等例也。蓋天上無世界，可以爲人所駐耳。假令天上果有帝庭仙界，則天上一日，必是人間一年，無錯差也。蓋天體轉運於上，列宿依之，一歲一周，而日月右旋，附天左退，一日纔過一度，人世所謂一年，但見日周三百六十五度而復其原次也。若由天上觀之，則天日俱運，而一日十二時間，日僅行天一度，則必周三百六十五日而始復其原次，豈非天上一日，人世之一年乎？不得因小說寓言而置不論也。〔清章學誠〕

晚學集　唐高僧傳：三藏法師元奘，陳留人，姓陳氏。貞觀初，肇自咸京，誓往西國，窮覽聖迹，經六載，至摩伽陀城。凡十二年，備歷聖君龍庭之文，鷲嶺之秘，皆研機覩奧矣。又造迦葉結集之墟，千聖道成之樹，虔心頂禮，焚香散衣，設大施會，於是五天僊衆，十八國王，獻氈投珠，積如山岳，咸稱法師爲大乘也。及東歸，太宗詔留於宏福道場，乃詔明德僧靈潤等二十人譯梵，自菩薩戒至摩訶般若，總七十四部一千三百餘軸。法師身長八尺，眉目疏朗，凡所游歷，一百二十八國。馥案許白雲西遊記由此而作。〔清桂馥〕

洪北江詩話　小說家所言，亦皆有本。如西遊之雷音寺，火燄山，皆在吐魯番道中。余遣戍伊犁日，曾過之。裴岑紀功碑在巴里坤南山頂關帝廟中。余本擬歸日搨數十本以貽好古者，及歸，乃取道於小南路，不經此，遂無由搨取，迄今以爲歉。至舍間金石藏有此碑，尙係客西安時所購得。〔清洪亮吉〕

冷廬雜識　西遊記推衍五行之旨，視他演義書爲勝，相傳出元邱眞人處機之手。山陽丁儉卿舍人晏據淮安府康熙初舊志藝文書目，謂是其鄉嘉靖中歲貢生官長興縣丞吳承恩所作；且謂記中所述大學士，翰林院，中書科，錦衣衞，兵馬司，司禮監，皆明代官制；又多淮郡方言。此足以正俗傳之訛。邱氏自有西遊記，見道藏。〔清陸以湉〕

石亭記事續編　癸辛雜識載龔聖予水滸三十六贊並序；阮唐山淮故稱龔高士畫宋江等三十六像，吳承恩爲之贊，大誤。贊乃高士所自爲也。承恩明嘉靖時歲貢生，所著有西遊記，載康熙舊志藝文目。錢竹汀潛研堂集謂長春眞人西遊記二卷，別自爲書，小說西遊演義乃明人所作，而不知爲我鄉吳承恩作也。〔清丁晏〕

石亭記事續編　潛研堂集跋西遊記云：長春眞人西遊記二卷，其弟子李志常所述，於西域道里風俗，頗足資考證，而世鮮傳本，予始於道藏鈔得之。小說西遊演義乃明人所作，蕭山毛大可據輟耕錄以爲出邱處機之手，眞郢書燕說矣。晏案錢氏謂明人作，甚是。記中如祭賽國之錦衣衞；朱紫國之司禮監；滅法國之東城兵馬司；唐太宗之大學士，翰林院，中書科；皆明代官制。邱眞人乃元初人，安得有此官，其爲明人作無疑也。及考吾郡康熙初舊志藝文書目，吳承恩下有西遊記一種。承恩字汝忠，吾鄉人，明嘉靖中歲貢生，官長興縣丞。舊志文範傳稱承恩性慧而多敏，博極羣書，復善諧劇，所著雜記幾種，名震一時，西遊記卽其一也。今記中多吾鄉方言，足徵其爲淮人作。西游記雖虞初之流，然膾炙人口，其推衍五行，頗契道家之旨，故特表而出之，以見吾鄉之小說家，尙有明金丹奧旨者，豈第秋夫之鍼鬼，晉仙之精算哉？且使別於眞人之記，各自爲書，錢氏之說，得此證而益明矣。〔清，丁晏〕

揚州夢　西遊記有齊天大聖鹿角大仙，舊城竟建祠同祀，廟主言說部多誣，大聖本漁人子，形類猴猻，得奇書成道，因以騶虞爲虎，殺傷過多，謫塵世爲武官，頗傳兵法，宋高時爲大將，圍金軍久不下，或言其惰，意不搖；又有議其奢豪，攜女子軍中者，其實布帛菽粟，甚自收斂，遇事有作用，又能保藏。金軍退，朝廷怒之，死猶坐刑。上帝念其舊德，使復位。大仙本漢末書生，甚有文望，著九河論，宗白圭。爲戶曹轉餉官，言車行迂緩，不如舟行速。又諫酒稅，無私禁，官自開槽，任民自販，事皆未成，既而自悔曰：我說勢不行，行則河必潰，車夫酒戶，皆無着落，又爲國家增亂民矣，卽此亦當受殺生報。後果陷於兵，二妻幽一載始逃。上帝憐其慘死，使掌鹿山，猫來捕鹿，大仙思前事，不忍傷生，挾鹿避之，仁人也。其說不經，較西遊更甚。〔清，焦東周生〕

荷香館瑣言　衞藏通志云：德慶，其地多候館，往來者恆栖止之。路旁有塘鋪，繞道而下四十里，至蔡里，一作米里，俗傳卽西遊眞銓所記之高老莊。按西遊記載猪八戒在高老莊娶親事，方謂小說荒唐之言，不意竟有其地，恐亦俗語不實，流爲丹青耳。〔清，秉衡居士〕

小浮梅閒話　取經之事，自古有之。隋書經籍志云：張騫使西域，蓋聞有浮屠之敎，哀帝時，博士弟子秦景，使伊存口授浮屠經，中土聞之未之信也。後漢明帝夜夢金人飛行殿廷，以問於朝，而傅毅以佛對。帝遣郎中蔡愔及秦景，使天竺求之，得佛經四十二章及釋迦立像，幷與沙門攝摩騰竺法蘭東還，此中國遣使求經之始。又云：甘露中，有朱仕行者往西域，至於闐國，得經九十章。元康中，至鄴譯之，題曰放光般若經。晉元熙中，新豐沙門智猛，策杖西行，到華氏城，得泥洹經及僧祇律。義熙中，沙門支法領，從於闐國得華嚴經三萬六千偈，至金陵宣譯。又有沙門法顯，自長安游天竺，經三十餘國，隨有經律之處，學其書語，譯而寫之，還至金陵，與天竺禪師跋羅，參共辨定。後魏熙平中，遣沙門慧生使西域，采諸經律，得一百七十部。此皆中國至西域求經故事。而法顯之役，至今尚有佛國記一卷，備載顚末。始於後秦姚興弘始二年，與慧景、道整、慧應、慧嵬等同發長安，度隴至乾歸國、耨檀國，度養樓山至張掖鎮，又遇智嚴、慧簡、僧紹、寶雲、僧景等諸人，或分或合，或先還，慧景度小雪山道斃，道整留中天竺不還，獨法顯順恒水東下，乘商人大舶泛海至青州長廣郡界，計自發長安六年到中國，（即中天竺）停六年，還三年，往返凡十五年。從陸路往，從海道返，其中事蹟頗亦詭異，使敷衍成書，亦一西遊記也。乃玄奘事至今婦豎皆知，而此等事湮沒不著，事之顯晦，固亦有數耶。〔清俞樾〕

小浮梅閒話　舊唐書方伎傳：僧玄奘，姓陳氏，洛州偃師人。大業末出家，博涉經論，嘗謂翻譯者多有譌謬，故就西域廣求異本以參驗之。正觀初，隨商人往遊西域。玄奘既辨博出羣，所在必為講釋論難，蕃人遠近咸尊伏之。在西域十七年，經百餘國，悉解其國之語，仍采其山川謠俗土地所有，撰西域記十二卷。貞觀十九年，歸至京師，太宗見之，大說，與之談論，於時詔將梵本六百五十七部於弘福寺翻譯。是玄奘此行並非奉勅而往，惟其還也，詔為翻譯爾。所著西域記，惜不得見。太宗三藏聖教序云：翹心淨土，往遊西域，乘危遠邁，杖策孤征，積雪晨飛，途閒失地，驚砂夕起，空外眯天，萬里山川，撥煙霞而進影，百重寒暑，躡霜雨而前蹤，誠重勞輕，求深願達。此數語亦足見其梗概矣。又太平御覽引獨異志及唐新語云：沙門玄奘，唐武德初，往西域取經，行至罽賓國，道險虎豹不可過。奘不知為計，乃鎖房門而坐，至夕開門，見一老僧，頭面瘡痍，身體膿血，牀上獨坐，莫知來由。奘乃禮拜勤求，僧口授多心經一卷，令奘誦之，遂得山川平易，道路開辟，虎豹藏形，魔鬼潛跡，遂至佛國，取經六百餘部而歸，此即小說家之濫觴。歐陽文忠集於役志云：壽寧寺本徐知誥故第，甚弘壯，畫壁尤妙，周世宗入揚州時，以為行宮，盡朽墁之，唯經藏院畫玄奘取經一壁獨在，然則玄奘取經事在五代時已流布丹青矣。〔清俞樾〕

小浮梅閒話　後漢西域傳論有曰：梯山棧谷，繩行沙度之道，身熱頭痛，風災鬼難之域。注引前書杜欽曰：罽賓悔過來順，使者送至縣度，歷大頭痛小頭痛之山，赤土身熱之坂，臨峥嶸不測之深，行者騎步相持，索繩相引。又引釋法顯遊天竺記云：西度流沙，屢有熱風惡鬼，遇之必死云云。然則火燄之山，流沙之河，乃眞有之。又述異記云：大食國在西海中，有一方石，石上多樹，幹赤葉青，枝上總生小兒，長六七寸，見人皆笑，動其手足，頭著樹枝，使摘一枝，小兒便死。亦見舊唐書西戎傳，是所謂人參果者，亦竟有也。〔清俞樾〕

小浮梅閒話　世傳西遊記是丘眞人作，借以演金丹之旨，妄也。錢大昕補元史藝文志地理類，有長春眞人西遊記二卷，注云，李志常述丘處機事，此別是一書。按元史邱處機傳，太祖自奈曼命近臣持詔求之，乃發撫州，經數十國，為地萬有餘里。蓋喋血戰場，羣寇叛域，絕糧沙漠，自昆侖歷四載而始達雪山。常馬行深雪中，馬上舉策試之，未及

積雪之半。此丘眞人西遊故事記中所載，多及西域地理，故入地理類。俗人不知，乃以玄奘事屬之，大非其實矣。〔清，兪樾〕

九九消夏錄　丘長春西遊記，人多知之。千頃堂書目，有僧宗泐西遊集一卷。此書無傳本，世罕知者。宗泐字季潭，臨安人。洪武初，舉高行沙門，命往西域求遺經，還授左善世。西遊集蓋其奉使求經，道路往還時所作，見聞既異，記載亦必可觀。今俗有西遊記衍義，託之丘長春，不如託之宗泐，尙是釋家本色。雖金公木母，意近丹經，然意馬心猿，未始不可傅會梵典也。〔清，兪樾〕

茶香室叢鈔　宋周密齊東野語云：有某郡倅，江行遇盜，殺之。其妻有色，盜脅之曰：能從我乎？妻曰：吾事夫十年，僅有一兒，纔數月，吾欲浮之江中，庶有遺種，然後吾從女。盜許之。乃以黑漆圓盒盛此兒，藉以文褓，且置銀二片其旁，使隨流去。如是十餘年，盜至鄂，檥舟，挾其妻入某寺設供，至一僧房，黑合在焉，妻乘間問僧何以得此，僧言某年月日得於水濱，有嬰兒，白金在焉，吾收育之，今在此，年長矣。呼視之，酷肖其父，乃爲僧言始末，僧爲報尉，獲之，遂取其子以歸。按衍義述玄奘事，似本此也。〔清，兪樾〕

茶香室三鈔　段松岑益都金石記：唐東岳廟尊勝經幢，載諸神名，有南門捲簾將軍。然則西遊衍義有捲簾大將之名，亦非無本也。又所載神名，如天翁、地母、龍翁、龍母、龍女、三姑、外門將軍、裏門將軍、四門將軍之類，率多詭異。〔清，兪樾〕

等不等觀雜錄　嘗見行脚禪和佩帶小摺經目，奉爲法寶，閱其名目卷數，與藏內多不相符，欲究其根源而未得也。一日檢西遊記，見有唐僧取經目次，即此摺所由來矣。按西遊記係邱長春借唐僧取經名相，演道家修煉內丹之術，其於經卷數目不過借以表五千四十八黃道耳，所以任意摭拾，全未考核也。乃後人不察，以此爲實，居然鈔出刊行，廣宣流布，雖禪林修士，亦莫辨其眞僞，良可浩嘆。〔清楊文會〕

等不等觀雜錄 今時僧俗持誦經咒，動稱一藏，問其數，則云五千四十八也。嘗考歷代藏經目錄，惟開元釋教錄有五千四十八卷之數，餘則增減不等，至今乃有七千二百餘卷矣。世俗執着五千四十八者，乃依西遊記之說耳，……〔清楊文會〕

同治山陽縣志 吳承恩字汝忠，號射陽山人，工書，嘉靖中歲貢生，官長興縣丞。英敏博洽，爲世所推，一時金石之文，多出其手。家貧無子，遺稿多散佚，邑人邱正綱收拾殘缺，分爲四卷，刊布於世，太守陳文燭爲之序，名曰射陽存稿，又續稿一卷，蓋存其什一云。〔卷十二人物二〕

同治山陽縣志 吳承恩射陽存稿四卷，續稿一卷。〔卷十八藝文〕

骨董瑣記 西遊記相傳出邱處機手，非也。山陽丁儉卿宴據康熙淮安府志，是其鄉吳承恩所著。承恩嘉靖中貢生，官長興縣丞。書中所述，皆明代官制，且多淮郡方言。〔當代鄧文如〕

金瓶梅

遊居柿錄　往晤董太史思白，共說諸小說之佳者。思白曰：近有一小說，名金瓶梅，極佳。予私識之。後從中郎眞州，見此書之半，大約模寫兒女情態俱備，乃從水滸傳潘金蓮演出一支。所云金者，卽金蓮也；瓶者，李瓶兒也；梅者，春梅婢也。舊時京師有一西門千戶，延一紹興老儒於家。老儒無事，逐日記其家淫蕩風月之事，以門慶影其主人，以餘影其諸姬。瑣碎中有無限烟波，亦非慧人不能。追憶思白言及此書曰：決當焚之。以今思之，不必焚，不必崇，聽之而已。焚之亦自有存者，非人力所能消除。但水滸，崇之則誨盜；此書誨淫，有名敎之思者，何必務爲新奇以驚愚而蠹俗乎！

〔明，袁中道〕

野獲編　袁中郎觴政以金瓶梅配水滸傳爲外典，予恨未得見。丙午，遇中郎京邸，問曾有全帙否？曰，第覩數卷，甚奇快。今惟麻城劉涎白承禧家有全本，蓋從其妻家徐文貞錄得者。又三年，小修上公車，已攜有其書，因與借抄挈歸。吳友馮猶龍見之驚喜，慫恿書坊以重價購刻；馬仲良時榷吳關，亦勸予應梓人之求，可以療饑。予曰，此等書必遂有人板行，但一刻則家傳戶到，壞人心術，他日閻羅究詰始禍，何辭置對？吾豈以刀錐博泥犂哉！仲良大以爲然，遂固篋之。未幾時，而吳中懸之國門矣。然原本實少五十三回至五十七回，遍覓不得，有陋儒補以入刻，無論膚淺鄙俚，時作吳語，卽前後血脈，亦絕不貫串，一見知其贋作矣。聞此爲嘉靖間大名士手筆，指斥時事，如蔡京父子則指分宜，林靈素則指陶仲文，朱勔則指陸炳，其他各有所屬云。中郎又云，尙有名玉嬌李者，亦出此名士手，與前書各設報應因果。武大後世化爲淫夫，上烝下報；潘金蓮亦作河間婦，終以極刑；西門慶則一騃憨男子，坐視妻妾外遇，以見輪迴不爽。中郎亦耳剽未之見也。去年抵輦下，從邱工部六區（志充）得寓目焉，僅首卷耳，而穢黷百端，背倫滅理，幾不忍讀。其帝則稱完顏大定，而貴溪分宜相構亦暗寓焉。至嘉靖辛丑庶常諸公則直書姓名，尤可駭怪，因棄置不復再展。然筆鋒恣横酣暢，似尤勝金瓶梅。邱旋出守去，此書不知落何所。〔明，沈德符〕

銷夏閑記　太倉王忬家藏清明上河圖化工之筆也。嚴世蕃强索之，忬不忍舍，乃覓名手摹贋者以獻。先是，忬巡撫兩浙，遇裱工湯姓，流落不偶，攜之歸，裝潢書畫，旋薦於世蕃。當獻畫時湯在側，謂世蕃曰，此圖某所目睹，是卷非眞者，試觀麻雀小脚，而踏二瓦角，卽此便知其僞矣。世蕃恚甚，而亦鄙湯之爲人，不復重用。會俺答入寇大同，忬方總督薊遼，鄢茂卿嗾御史方輅劾忬御邊無術，遂見殺。後范長白公（允臨）作一捧雪傳奇，改名莫懷古，蓋戒人勿懷古董也。忬子鳳洲（世貞）痛父冤死，圖報無繇。一日偶謁世蕃，世蕃問坊間有好看小說否？答曰有。又問何名，倉卒之間，鳳洲見金瓶中供梅，遂以金瓶梅答之，但字跡漫滅，容鈔正送覽。退而構思數日，借水滸傳西門慶故事爲藍本，緣世蕃居西門，乳名慶，暗譏其閨門淫放。而世蕃不知，觀之大悅，把玩不置。相傳世蕃最喜修脚，鳳洲重賂修工，乘世蕃專心閱書，故意微傷脚跡，陰搽爛藥，後漸潰腐，不能入直。獨其父嵩在閣，年衰遲鈍，票本擬批不稱上旨，上寖厭之，寵日以衰。御史鄒應龍等乘機劾奏，以至於敗。噫，怨毒之於人甚矣哉！〔清，顧公燮〕

勸戒四錄　錢塘汪棣香（福臣）曰：蘇揚兩郡書店中，皆有金瓶梅版。蘇城版藏楊氏，楊故長者，以鬻書爲業。家藏金瓶梅版，雖銷售甚多，而爲病魔所困，日夕不離湯藥，娶妻多年，尚未有子，其友人戒之，……楊爲驚寤，立取金瓶梅版劈而焚之……其揚州之版，爲某書賈所藏，某家小康，開設書坊三處，嘗以是版獲利，人屢戒之，終不燬。……某既死，有儒士捐金買版，始就燬於吳中……〔清，梁拱辰〕

茶香室叢鈔　今金瓶梅尚有流傳本，而玉嬌李則不聞有此書矣。余從前在書肆中見有名隔簾花影者，云是金瓶梅後本，全未披覽，不知是否此書也。〔清，俞樾〕

骨董瑣記　茶餘客話云：繡像水滸傳鏤板精緻，藏書家珍之，錢遵王列於書目，其像爲陳洪綬筆。袁中郎觴政以金瓶梅配水滸傳爲外典，版刻亦精。此書爲嘉靖中一大名士手筆，指斥時事：如蔡京父子指分宜，林靈素指陶仲文，朱勔指陸炳。又云有玉嬌李一書，亦出此名士手，與前書各設報應，當卽世所傳之後金瓶梅。前書原本少五十三回至五十七回，今所刊者，陋儒所補，膚淺且多作吳語。後來惟醒世姻緣彷彿得其筆意。然二書皆托名齊魯人，何耶？李日華味水軒日記云：萬曆四十五年十一月五日，伯遠攜景倩所藏金瓶梅小說來，大抵市諢之極穢者，而鋒焰遠遜水滸傳，袁中郎極口贊之，亦好奇之過。按今傳世金瓶梅詞話，五十三至五十五回與通行本不同，有乘船出游事，口氣亦不類，殆卽所謂吳語。詞話之序題萬曆丁巳正四十五年，未知卽味水所見否？〔當代，鄧文如〕

寒花盦隨筆　世傳金瓶梅一書爲王弇州先生手筆，用以譏嚴世蕃者。書中西門慶，卽世蕃之化身。世蕃小名慶，西門亦名慶；世蕃號東樓，此書卽以西門對之。或又謂此書爲一孝子所作，用以復其父仇者。蓋孝子所識一巨公，實殺孝子父，圖報纍纍，皆不濟，後忽偵知巨公觀書時，必以指染沬翻其書葉，孝子乃以三年之力，經營此書，書成，黏毒藥於紙角，覘巨公出時，使人持書叫賣於市曰：天下第一奇書。巨公於車中聞之，卽索觀，車行及其第，書已觀訖，嘖嘖歎賞，呼賣者問其値，賣者竟不見。巨公頓悟爲人所算，急自營救，已不及，毒發遂死。今按二說皆是。孝子卽鳳洲也，巨公爲唐荆川，鳳洲之父忬，死於嚴氏，實荆川譖之也。姚平仲綱鑑挈要載殺巡撫王忬事，注謂忬有古畫，嚴嵩索之，忬不與，易以摹本，有識畫者爲辨其贋，嵩怒，誣以失誤軍機殺之。但未記識畫人姓名，有知其事者，謂識畫人卽荆川。古畫者，清明上河圖也。鳳洲既抱終天之恨，誓有以報荆川，數遣人往刺之，荆川防護甚備，一夜讀書靜室，有客自後握其髮，將加刃，荆川曰，余不逃死，然須留遺書囑家人，其人立以俟，荆川書數行，筆頭脫落，以管就燭，佯爲治筆，管卽毒弩，火熱機發，鏃貫刺客喉而斃。鳳洲大失望，後遇於朝房，荆川曰，不見鳳洲久，必有所著，答以金瓶梅，其實鳳洲無所撰，姑以誑語應爾，荆川索之切，鳳洲歸召梓工，旋謀旋刊，以毒水濡墨刷印，奉之荆川，荆川閱書甚急，墨濃紙黏，卒不可揭，乃屢以指潤口津揭書，書盡毒發而死。或傳此書爲毒死東樓者，不知東樓自正法，毒死者實荆川也。彼謂以三年之力成書，及巨公索觀於車中云云，又傳聞異詞者爾。不解荆川以一代巨儒，何渠甘爲嚴氏助虐，而卒至身食其報也。

桃花聖解盦日記　閱孟鄰堂文鈔，其與明史館提調吳子瑞書，辨王民望唐荆川事，謂民望之死，非由於荆川，民望逮下獄時，荆川在南討倭，已逾七月，至次年冬民望死西市，而荆川已先半載殚於太州舟中，可證野史言弇州兄弟遣客刺荆川死之妄，其說甚确。然引萬季野說云：民望與鄢懋卿同年相契，力懇其劾己以求罷，懋卿謂上於邊事，嚴喜怒不可測，止勿劾。民望乃自屬草，付其門人方輅上疏劾之，帝果大怒，遂下獄論死，是民望之死，實自爲之，與嚴氏亦無涉。然果爾，則弇州兄弟，何以切齒分宜，世藩之刑，至買其一胛持歸祭墓，熟而噉之。據沈德符野獲編言，介溪以弇州兄弟皆得第，責怒世蕃，謂其不肖，世蕃遂謀中傷之，而民望聞楊忠愍之死，爲之悲歎，厲其子振卹其家，禍以此起。他書亦言分宜因弇州與忠愍遊，又經紀其喪，適以求古畫於民望不得，怒遂不解。蓋論者謂以張擇端清明上河圖，荆川指其中一人閉口喝六，證爲贋物，固屬附會東坡指李公麟畫古事。而王氏父子結舋嚴氏，則果有之事也。如楊氏言，則以荆川閱兵劾疏，實陰爲民望解鄢懋卿，又力沮民望之求劾，似其死全出世宗意矣。

秋水軒筆記　唐順之條上海防善後九事，嘉靖三十九年春，汛期至，力疾泛海，度焦山，至通州卒，年五十四。赴聞，予祭葬。順之，武進人，吾鄉先達也。相傳順之有一仇家，以重金購得金瓶梅原本，而以砒霜浸製其卷葉，順之閱書最速，以手指蘸口津，隨看隨蘸，及卷竟而唇麻木，遂中毒死。以正史校之，則故里傳言之僞謬可知也。正史又云，順之於學無所不窺，自天文、樂律、地里、兵法、弧矢、勾股、壬奇、禽乙，莫不究極原委，此言亦有據。鄉人相傳順之寓居青果巷盤谷樓，其樓梯曲折而盤屈，登者不易。順之筆硯几席之間，常有伏弩，以防人行刺云云。今盤谷樓歸劉氏，余每過之，輒低回不忍去。

封神演義

兩般秋雨盦隨筆　封神演義一書，可謂誕且妄矣，然亦有所本。舊唐書禮樂志引六韜云：武王伐紂，雪深丈餘，五車二馬，行無轍迹，詣營求謁。武王怪而問焉，太公對曰：此必五方之神，來受事耳。遂以其名召入，各以其職命焉。案五車二馬，乃四海之神，祝融、句芒、顓頊、蓐收、河伯、風伯、雨師也。又史記封禪書八神將，太公以來作之，則俗傳不盡誣矣。今凡人家門戶上多貼「姜太公在此，諸神迴避」，亦由此也。〔清梁紹壬〕

歸田瑣記　吾鄉林樾亭先生言，昔有士人罄家所有，嫁其長女者，次女有怨色，士人慰之曰：無憂貧也。乃因尚書武成篇「惟爾有神，尚克相予」語，演為封神傳，以稿授女，後其壻梓行之，竟大獲利云云。按史記封禪書云：八神將，太公以來作之。舊唐書禮儀志一引六韜云：武王伐紂，雪深丈餘，有五車二馬，行無轍迹，詣營求謁，武王怪而問焉，太公曰：此必五方之神，來受命耳。遂以其名召入，各以其職命焉。太平御覽十二引陰謀所載，與此略同，而以祝融、玄冥、句芒、蓐收為四海神名，馮修為河伯神名，使謁者各以其名召之，五神皆驚云云。則知太公封神，古有此說。今人於門戶每書「姜太公在此，百無禁忌」，亦非無所本矣。〔清梁章鉅〕

浪跡續談　余於劇筵喜演封神傳，謂尚是三代故事也。憶吾鄉林樾亭先生嘗與余談，封神傳一書，是前明一名宿所撰，意欲與西遊記、水滸傳鼎立而三，因偶讀尚書武成篇「惟爾有神，尚克相予」語，演成此傳。其封神事，則隱據六韜（舊唐書禮儀志引）、陰謀（太平御覽引）、史記封禪書、唐書禮儀志各書，鋪張俶詭，非盡無本也。我少時嘗欲仿此書演成黃帝戰蚩尤事，而以九天元女兵法經緯其間；繼欲演伯禹治水事，而以山海經所紀助其波瀾；又欲演周穆王八駿巡行事，而以穆天子傳所書作爲質幹，再各博採古書以附益之，亦可爲小說大觀，惜老而無及矣。〔清，梁章鉅〕

浪蹟續談　唐書禮儀志：武王伐紂，五方神來受事，各以其職命焉。既而克殷，風調雨順。王業在閤知新錄：凡寺門金剛，各執一物，俗謂風調雨順。執劍者，風也；執琵琶者，調也；執傘者，雨也；執蛇者，順也。獨順字思之不得其解，楊升庵春藝林伐山云所執非蛇，乃蜃也。蜃形似蛇而大，蜃字音如順。然則封神傳之四大金剛，非無本矣。〔清，梁章鉅〕

小浮梅閒話　武王伐紂，一戎衣天下大定。而世俗有封神傳一書，費如許戰爭，一切仙佛皆來助戰。余按東晉人僞作武成篇有云：「維爾有神，尚克相予，以濟兆民。」便有此意。周書克殷篇：武王遂征四方，凡憝國九十有九國，馘魔億有十萬七千七百七十有九，俘人三億萬有二百三十。魔與人分別言之，不知所謂魔者何謂也？使易封神傳爲馘魔傳，不亦有典有則乎？至太公封神之說，相傳甚古。史記封禪書：始皇遂東游海上，行禮祠名山大川及八神，求仙人羨門之屬。八神將自古而有之，或曰太公以來作之。此卽太公封神之說所自來。太公金匱云：武王伐紂，都洛邑，明年陰寒，雨雪十餘日，甲子平旦，五大夫乘馬車，從兩騎，止王門外。尚父曰：四海之神，與河伯風伯雨師耳。使謁者各以其名召之，五神皆驚。武王曰：天霧，乃遠來，何以敎之？皆曰：天伐殷立周，謹來受命云云。此亦可附會爲太公封神之一徵。漢書藝文志有太公二百三十七篇，謀八十一篇，言七十一篇，兵八十五篇，是太公之書甚多，其間奇怪之事，當必不少。封神傳所稱太公射死趙公明事，考太公金匱云：武王伐紂，丁侯不朝，尚父乃畫丁侯于策，三旬射之。丁侯病大劇，問卜者，占云：崇在周，丁侯恐懼，乃遣使者詣武王，請舉國爲臣虜，尙父乃以甲乙日拔其頭箭，丙丁日拔其目箭，戊己日拔其腹箭，庚辛日拔其股箭，壬癸日拔其足箭，丁侯病愈，四夷聞之皆懼，各以其職來貢。趙公明事，卽本此敷衍也。它如元始天尊爲道敎之祖，見隋書經籍志；廣成子爲古仙人，見莊子在宥篇；赤松子見史記留侯世家；赤精子見漢書李尋傳；九天玄女見史記黃帝本紀正義引龍魚河圖。舊唐書經籍志兵書有黃帝問玄女法三卷，云玄女課。元史輿服志有東南西北天王旗，並繪神人右手執戟，左手奉塔。然則托塔天王亦有本也。哪吒事疑亦出於佛書，夷堅志程法師條云：値黑物如鐘，從林間直出，知爲石精，遂持哪吒火毬咒，俄而見火毬自身出，與黑塊相擊。然則哪吒風火輪，亦必有本。妲己見尙書牧誓枚傳史記殷本紀，固經史明文也。晉語云：殷辛伐有蘇，有蘇氏以妲己女焉。韋注曰：有蘇己姓之國，妲己其女也。史記索隱亦云：妲字，己姓也。是妲己姓己，而袁子才小說，乃妄云妲，婦官之號，己者，以十干爲次第，眞無稽之言矣。晉語云：黃帝之子青陽與契鼓，同爲己姓，然則妲己固亦貴族之女矣。代醉篇引古今事物考，謂商妲己狐精也，或曰雉精，猶未變足，以帛裹之宮中效焉。委巷之談，卽今衍義家所本。考竹書紀年云：帝辛九祀，伐有蘇，獲妲己以歸。通鑑前編，則在八祀。初學記引帝王世紀云：紂二年，納妲己。未知其究在何年。至其死也，執文類聚及御覽等書引帝王世紀曰：周公爲司徒，使以黃鉞斬紂頭，縣於大白之旗，召公爲司空，又使以玄鉞斬妲己頭，縣於小白旗。是殺妲己者，召公也。古今注云：武王以黃鉞斬紂，故王者以爲戒；太公以元鉞斬妲己，故婦人以爲戒。則殺妲己者，又太公也。周書克殷篇云：乃適二女之所，既縊，王又射之，三發，乃右擊之以輕呂，斬之以玄鉞。孔晁注云：二女妲己及嬖妾。史記亦云：已而之紂之二女，二女皆經自殺。則妲己之外，尙有一人也。帝王世紀云：紂自燔於宣室而死，二嬖妾與妲己亦自殺。則妲己之外，更有二人也。此固不可考。演義謂妲己有同類姊妹三人，則適與古事有合。伯邑考事據史記管蔡世家但云伯邑考既巳前卒矣，不言其所以卒，而殷本紀正義引帝王世紀云：紂旣囚文王，文王之長子曰伯邑考質於殷，爲紂御，紂烹以爲羹，賜文王，曰：聖人當不食其子羹，文王得而食之。紂曰：誰謂西伯聖者，食其子羹，尙不知也！是伯邑考見烹於紂，其事乃眞有之，非小說妄言也。然伯邑考事，亦自有異同，史記謂之前卒，固先武王而死者。乃禮記檀弓篇，文王舍伯邑考而立武王。鄭注曰：權也。正義曰：文王在殷之世，殷禮自得舍伯邑考而立武王，而言權者，殷禮若適子死，得立弟，今伯邑考見在，而立武王，故云權也。據此，又似文王之崩，伯邑考未死矣。驪山老母，亦有其人，非子虛也。史記秦本紀：申侯言於孝王曰：昔我先驪山之女，爲戎胥軒妻，生中潏，以親故歸周，保西垂，西垂以其故和睦。按上文顓頊之苗裔孫曰女脩，女脩生大業，大業生大費，大費生二子，曰大廉，曰若木，大廉玄孫曰孟戲中衍，中衍后，遂世有功，其玄孫曰中潏，生蜚廉，蜚廉生惡來，以是言之，戎胥軒爲中潏之父，則中衍之曾孫也。酈山女者，申國之女，故申侯曰，我先酈山女，申國姜姓，則此女姜氏也。謂之酈山女者，申國之君，娶於酈山，而生此女，故以母名女，謂之酈山女，亦猶左傳顏懿姬鬷聲姬之例也。其后自蜚廉之造父五世，周穆王封之於趙城。春秋時趙氏其後也。自惡來之非子六世，周孝王封之秦，至始皇而遂有天下，酈山女之遺澤長矣。漢書律歷志，載張壽王言：酈山女亦爲天子，在殷周閒。考酈山女爲戎胥軒妻，正當商周之閒，意其爲人，必有非常材藝，爲諸侯所推服，故後世傳聞，有爲天子之事，而唐宋以后，遂以爲女仙，尊曰老母。神仙感遇傳，載唐少室書生李筌，常游嵩山，得黃帝陰符經，過驪山老母，指授秘要。宋鄭所南，有驪山老母磨鐵杵欲作繡鍼圖詩。小說所稱，非無自矣。太上老君有二說，舊唐書經籍志丙部，有太上老君玄元皇帝聖紀十卷，唐尊老子爲玄元皇帝，則太上老君卽老子也。隋書經籍志曰：有元始天尊，生於太元之先，稟自然之氣，常存不滅，每至天地初開，或在玉京之上，或在窮桑之野，授以祕道，謂之開刧度人。然其開刧，非一度矣。故有延康，赤明，龍漢，開皇，是其年號，其間相去經四十一億萬載，所度皆諸天仙上品，有太上老君，太上丈人，天皇眞人，五方天帝，及諸仙官，轉共承受。據此，則太上老君，又非卽老子也。〔清，俞樾〕

茶香室續鈔　梁陶弘景眞誥協昌期篇，載建吉冢埋圓石文云：天帝告下土冢中直氣五方諸神趙公明等。某國公位甲乙年如千歲生直淸眞之氣，死歸神宮，翳身冥鄉，潛寧沖虛，辟斥諸禁忌，不得妄爲害氣。按趙公明，不知何神，乃司下土冢中事邪?余於俞樓雜纂引太平廣記所載云云，以爲趙公明之名，流傳有自，今乃知眞誥已有之矣。〔清，俞樾〕

壺東漫錄　封神傳衍義，有趙公明，初以爲無稽之談耳。乃讀太平廣記二百九十四卷云：散騎侍郎王祐疾困，聞有通賓者曰某郡某里某人，有頃，奄然來至，曰：今年國家有大事，出三將軍分布徵發，吾等十餘人，爲趙公明府參佐云云。初有妖書云：上帝以三將軍趙公明，鍾士季，各督數萬鬼下取人，莫知所在。祐病差，見此書，與所道趙公明合焉。注云出搜神記，然則趙公明之名，亦流傳有自矣。〔清，俞樾〕

五餘讀書廛隨筆　春秋戰國以前，婦人則必著其姓，男子但冠以氏，而不稱姓。當時各國於氏族皆有專官，氏雖異而同出一源者，彼此無不知之，亦不待標舉本姓也。（正因同姓人太多，冠姓於名，反難區別，不如用氏之易知。）太公本姜姓，呂乃封國，以國爲氏者也。是以子史各書，均稱呂望，或稱呂尙，從無稱姜望，姜尙者。後世忽稱爲姜太公，皆誤於封神演義。其實起古人於九原而問之，並不知有姜太公其人也。今則三尺童子，皆知姜太公，積重難返矣。試思太公之上若須冠以姜字，則仲尼當稱子夫子，孟子當稱姬夫子矣。至太公之名，自以望爲定，其稱尙父，乃係尊稱。尙者上也，與太同意，尊之爲父爲師，亦與公字同意。（史記稱名尙，又引文王之言：「吾太公望子久矣，」尤謬。文王所稱太公，卽太王也，尙父遇文王，年已八十，或者當太王之世，已聞名興慕，亦未可知，然當時尙無君賜臣名之例，況文王尊禮甚隆，豈有以己意卽爲改名之理乎？）惟尙父字子牙，故韓非子稱爲呂牙。（韓非用閒篇：「商之興也，伊摯在夏，周之興也，呂牙在殷」太公嘗仕紂。）〔淸，顧家相

三遂平妖傳

曠園雜誌　永年王大參謙，號撝齋，由丁未進士任城步令。城步故連粵西峒苗楊應龍，嘯聚千餘人，誓以七月七日侵城步。先是王陰募鄉勇數百人，祕授計，屆期帥精銳出城，乘賊莫氣，直搗巢穴，有左道衍符咒，皆不驗，悉手戮之。餘鄙奪潰，不二里，伏兵四起，生擒數百人。訊賊曷不奔竄？僉云：空中有赤面長鬚大將，乘白馬，指揮神兵，八面旋繞不得脫。旋問我軍所見無異。公大驚悚，振旅歸，亟謁關帝祠，仰見帝面汗浹如雨，若甫釋甲狀。邑人作平妖傳及詩歌紀其事，苗患自此遂息。〔清吳陳琰〕

香祖筆記　平妖傳多目神，借用呂文靖事。指使馬遂，乃北寺留守賈魏公所遣，借作潞公耳。鄭毅夫有馬遂傳。嚴三點已詳予居易錄。〔清王士禛〕

居易錄　今小說演義記貝州王則事，其中人亦多有依據，如馬遂擊賊被殺是也。其云成都神醫嚴三點者，江西人，能以三指間知六脈之受病，以是得名。見癸辛雜識。〔清王士禛〕

古夫於亭雜錄　元至正間，有范益者，京師名醫也。一日，有嫗攜二女求診，曰：此非人脈，必異類也，當實告我！嫗泣拜曰：我西山老狐也，與之藥而去。今小說平妖傳實借用其事，而所謂嚴三點，則南昌神醫也，予已記於居易錄。又傳中杜七聖與蜒子和尚鬬法斬葫蘆事，出五雜俎，乃明嘉隆間事，非杜譔也。〔清王士禛〕

古夫於亭雜錄　蜒子和尚三盜猿公法，亦有所本。廣州有大溪山，有一洞，每歲五月始見士人預備墨瀋紙刷入其中，以手捫石壁上有若鐫刻者，急搨出，洞亦隨閉。持印紙視之，或咒語，或藥方，無不神驗。見焦尊生說楛。不僅嚴三點杜七聖馬遂之有所本也。〔清，王士禛〕

茶香室叢鈔：齊東野語云：近世江西有善醫嚴三點，以三指點間知六脈之受病，世以為奇。按小說中有嚴三點事，未始無本，然其人似是南宋時人，非北宋時也。〔清，俞樾〕

繡榻野史

曲律　鬱藍生呂姓，諱天成，字勤之，別號棘津，亦餘姚人，太傅文安公曾孫，吏部姜山公子，而史部太夫人孫，則大司馬公姊氏，於比部稱表伯父。其於詞學故有淵源。勤之童年便有聲律之嗜。既為諸生，有名，兼工古文詞，與余稱文字交垂二十年。每抵掌談詞，日昃不休。孫太夫人好儲書，於古今劇戲靡不購存。故勤之汎瀾極博，所著傳奇始工。綺麗才藻煜然。後最服膺詞隱，改轍從之，稍流質易。然宮調、字句平仄，兢兢毖眘，不少假借。詞隱生平著述悉授勤之，並為刻播。可謂尊信之極，不負相知耳。勤之制作甚富，至摹寫麗情褻語，尤稱絕技。世所傳繡榻野史閒情別傳皆其少年游戲之筆。余所恃為詞學麗澤者四人，謂詞隱先生、孫大司馬、比部俟居及勤之。而勤之尤密邇，旦夕方以千秋交勗，人咸謂勤之風貌玉立，才名籍甚，青雲在襟袖間，而如此人，曾不得四十，一夕遘逝，風流頓盡，悲夫。〔明王驥德〕

曲律　勤之曲品所載，蒐羅頗博，而門戶太多……〔明王驥德〕

曲律　同舍有呂公子勤之曰鬱藍生者，從髫年便解摛掞，如神女、金合、戒珠、神鏡、三星、雙棲、雙閣、四相、四文、二窰，神劍以迨小劇，共二三十種，惜玉樹早摧，齎志未竟……〔明王驥德〕

三寶太監西洋記

七修類稿　永樂丁亥太監鄭和王景弘侯顯三人往東南諸國賞賜宣諭。今人以爲三保太監下洋，不知鄭和舊名三保，皆靖難內臣有功者；若王彥舊名狗兒等，後俱擢爲邊藩鎮守督陣以報之。鎮守自此始耳。〔明郎瑛〕

堅瓠集　七修類稿：永樂丁亥，命太監鄭和王景弘侯顯三人往東南諸國，賞賜宣諭，鄭和舊名三保，故云三保太監下西洋。碣石剩談云三寶太監者，雲南人也。相傳下海時，一人忽癩，乃棄於岸側，其人夜見大蛇下岸飲水，恐爲所傷，削竹置所經處，蛇腹裂死，因飢斫樹爲柴，烹蛇而食，其柴每煙起則九鷺飛翔，遂藏之不焚，癩亦因食蛇而愈，蛇潰得珠數斛，中有夜明珠，後太監回，其人呼與共載，乃獻夜明珠九鷺香，並太監所得一寶共爲三寶云。〔清褚人穫〕

浪跡叢談　前明三保太監下西洋，至今濱海之區，熟在人口。不知當日何以能長駕遠馭，陸讋水慄如是？按明史鄭和傳載鄭和雲南人，世所謂三保太監者也。成祖疑惠帝亡海外，欲蹤跡之，且欲耀兵異域，示中國富強，永樂三年，命鄭和及其儕王景宏等通使西洋。治大舶，修四十四丈，廣十八丈者六十有二，將士卒二萬七千八百餘人，自蘇州劉家河泛海至福建，復自福建五虎門揚帆，首達占城，以次偏歷諸番國，宣天子詔，賚金帛給賜其君長，不服，則以武臨之。和經事三朝，先後凡七奉使，星槎所歷三十餘國。第一次在永樂三年六月命鄭和王景宏等，至五年九月還，諸國使者隨和朝見，獻所俘三佛齊酋長戮之。第二次在永樂六年九月再使往錫蘭山，截破其城，禽其王，九年六月獻俘於朝，赦不誅，釋歸國。第三次在永樂十年十一月再使往蘇門答剌，禽其僞王，並俘其妻子，以十三年七月還。第四次在永樂十四年，滿剌加古里等十九國咸遣使朝貢，因命和等往賜其君長，十七年七月還。第五次在永樂十九年春，和等復往，二十年八月還。第六次在永樂二十二年正月，舊港（卽三佛齊）酋長請襲宣慰使職，又使和齎敕印賜之，冬還，成祖已晏駕。第七次在宣德五年六月，又使和等歷往魯謨斯等十七國而還。前後所得珍奇貢物，如眞臘國（卽今之東埔寨）貢金縷衣象五十九；阿丹國貢麒麟；蘇祿國貢大珠，重七兩有奇；忽魯謨斯國貢麒麟，又貢獅子；麻林國貢麒麟，天馬，神鹿之類，不能悉數，而中國之耗費亦不貲矣。自宣德以還，遠方時有至者，而和亦老且死。自和後，凡將命海表者，莫不盛稱和以誇外番，故俗傳三保太監下西洋，爲明初盛事云。〔淸，梁章鉅〕

春在堂隨筆

明史宦官傳：鄭和，雲南人，世所謂三保太監者也。永樂三年，命和及其儕王景宏等，通使西洋，將士卒二萬七千八百餘人，多齎金帛。造大舶，修四十四丈，廣十八丈者六十二，自蘇州劉家河泛海至福建，復自福建五虎門揚帆。首達占城，以次徧歷諸番國，宣天子詔，因給賜其君長，不服則以武攝之。先後七奉使，所歷凡三十餘國，所取無名寶物，不可勝計，而中國耗費亦不貲。自和後，凡將命海表者，莫不盛稱和，以夸外蕃。故俗傳三保太監下西洋爲明初盛事云。是鄭和之事，在明代固赫然在人耳目間。光緒辛巳歲，老友吳平齋假余西洋記一書，卽敷衍此事。作者爲羅懋登，乃萬歷間人。其書視太公封神，玄奘取經，尤爲荒誕，而筆意恣肆，則似過之。乃彼皆盛行，而此顧不甚著，何也？文章之傳不傳，若有數存，雖平話亦然與？平齋曰：此必明季人所爲，以媚權奄者。余謂不然。讀其敍云：今者東事倥偬，何如西戎卽敍，當事者尙興撫髀之思乎？然則此書之作，蓋以嘉靖以後，倭患方殷，故作此書，寓思古傷今之意，紓憂時感事之忱，三復其文，可爲長太息矣。書中却有一二異聞，如術家有金木水火土五行遁法，見於諸書者，字皆作遁，此獨作囤，未詳其義。又如世俗所傳八仙，此書則無張果何仙姑，而別有風僧壽元壺子，不知何許人，豈明代有此異說？與圖畫見聞錄孟蜀張素卿畫八仙眞形有曰長壽仙者，或卽此風僧壽乎？書雖淺陋，而歷年數百，便有可備考證者，未可草草讀過也。〔清，俞樾〕

茶香室叢鈔　明人有西洋記一書，載三保太監鄭和下西洋事。中有八仙：一漢鍾離，二呂洞賓，三李鐵，四風僧壽，五藍采和，六元壺子，七曹國舅，八韓湘子。無張果何仙姑，而別有風僧壽元壺子，亦異聞也。〔清，俞樾〕

茶香室續鈔　明郎瑛七修類稿云：太祖建都南京，和尚金碧峯啓之見客座新聞。按明代坊間有西洋記一書，敍三保太監事，書中有金碧峯和尚。〔清，俞樾〕

楊家將

荀學齋日記　錢竹汀氏嘗言：近世有小說之學，凡市井僞造故事，傳之優伶，最足以惑耳目而壞心術，此篤論也。安溪李文貞有請正樂府疏，欲選擇翰林諸員能文詞者，取古來可感發之事，被之管絃，令天下傳演，而悉禁誣妄淫褻諸劇。其事若行，誠轉移風俗之大端，而議卒不成。余謂今日他卽不能禁，而凡演古帝王聖賢者，會典律例，俱有嚴科，今梨園中於漢世祖、唐太宗、宋太祖、宋仁宗皆本之市井稗官所謂東漢說唐諸書，極意誣蔑。而於唐僞造薛仁貴家世事，以仁貴爲江夏王道宗所陷。於宋僞造楊業呼延贊家世事，以潘美爲巨奸，尤爲悖謬。此有地方之責者，出一紙嚴禁卽可立止，而莫之爲意，不可解也。近日俞蔭甫著湖樓筆談，謂薛仁貴楊業兩家子孫，於史無聞，則又大誤。仁貴子訥，相高宗武后，諡昭定，爲名臣，其後薛嵩等，又世爲節鎭（舊唐書言嵩爲仁貴子楚玉之子，以時代計之，差合。）此其後最顯。楊業子孫，備載宋史，其第六子延昭之名尤著。東都事略亦載之。今略錄宋史楊業呼延贊二傳於此，以兩家爲梨園所盛稱，天下士夫以及婦孺無不知者，而其誣特甚。楊業事見諸家續通鑑，略讀書者，猶能知之，故錄從略。呼延贊名，並不載東都事略，惟見宋史及隆平集，世人尠有讀二書者，故錄之稍詳焉。　楊業（十國春秋云：業本名繼業，北漢睿宗賜劉姓，比於諸子，及降宋，太宗復其姓，止名業。續通鑑云：繼業本名重貴，劉崇改其姓名曰劉繼業。按崇諸孫名皆有繼字，此說是也。）幷州太原人，父信爲漢麟州刺史。（按同時有三楊信，一楊承信，通鑑亦作楊信，蓋仕漢時，避隱帝承祐名，去承字，如宋承偓亦去承，止名偓也。又有瀛州楊信，宋史皆有傳。今小說以業爲楊袞子，考遼有武定節度使政事令楊袞，應歷四年，嘗將萬騎援劉崇高平之戰，軍西偏不動，獨全師而還，後自代州奔歸遼。）業任俠善騎射，弱冠事劉崇爲保衞指揮使，以驍勇聞，累遷至建雄軍節度使，屢立戰功，所向克捷，國人號爲無敵。（東都事略無敵上有楊字，按業在晉，以劉爲氏，安得有楊無敵之稱，此當從宋史。又事略黨進傳云：開寶二年，太祖征晉陽，分置砦於四面，命進主其西偏，師未成列，太原驍將楊業，領突騎數百來犯，進挺身逐業，麾下數人隨之，業走入城壕，援兵至，業援緪入城免。十國春秋作劉繼業等乘晦突門犯東西砦敗遁歸。）太宗征太原，素聞其名，嘗購求之。既而孤壘甚危，業勸其主繼元降，以保生聚。（按事略云：太宗征太原，業扞城之東南面，拒城苦戰，及繼元降，太宗聞其勇，欲生致之，令中使諭繼元以招之，業乃北面再拜大慟，釋甲來見。宋史之文本之當日國史，據續資治通鑑長編引國史楊業傳文與此同。又引除鄭州防禦使制辭有云：知金湯之不保，慮玉石以俱焚，定策乞降，委質請命，忠於所事，善自爲謀，以爲與九國志大不同，是李氏亦疑國史之非實。十國春秋云：業扞太原城東南面，殺傷宋師無算，及繼元降，業猶據城苦戰，宋太宗諭繼元招之，隨遣親信往爲開陳禍福，業乃大慟云云，亦從九國志及事略，考諸書皆言勸降者爲繼元故樞密使馬峯，無云業者。）繼元既降，帝遣中使召見業，大喜，以爲右（事略及十國春秋皆作左）領軍衞大將軍。師還，授鄭州刺史（事略作鄭州防禦使）帝以業老於邊事，復還代州，兼三交駐泊兵馬都部署。會契丹入雁門，業領麾下數千（事略作百）騎，由小陘至雁門北口，南嚮背擊之，契丹大敗。（續通鑑云：殺其駙馬侍中蕭咄李，獲其都指揮使李重晦。咄李今改譯多羅。十國春秋惟云殺其將蕭咄李，無李重晦。按其事在太平興國五年三月，即業降之次年。）以功遷雲州觀察使，仍判鄭州代州。自是契丹望見業旌旗，即引去。主將戍邊者多忌之，有潛上謗書者，帝皆不問，封其奏以付業。雍熙三年，大軍北征，以忠武軍節度使潘美爲雲應路行營都部署，命業副之，以西上閤門使蔚州刺史王侁（按侁字祕權，開封浚儀人，周樞密使朴之子，宋史有傳。）軍器庫使順州團練使劉文裕護其軍，連拔雲應寰朔四州，師次桑乾河，會曹彬之師不利，（事略作曹彬敗於歧溝）諸路班師，美等歸代州。詔遷四州之民於內地，令美等以所部之兵護之。時契丹國母蕭氏與其大臣耶律漢寧南北皮室及五押惕隱，領衆十餘萬，復陷寰州，侁等偪業赴敵，業將行，泣謂美曰：此行必不利，業太原一降將，分當死，因指陳家谷口曰：諸君於此張步兵強弩爲左右翼以援，俟業轉戰至此，即以步兵夾擊救之，不爲，無遺類矣！美即以侁領麾下兵陳於谷口，自寅至巳，侁使人登托羅台以望之，以爲契丹敗走，欲爭其功，即領兵離谷口，美不能制，乃緣交河西南行二十里，俄聞業敗，即麾兵卻走。業力戰至暮，果至谷口，望見無人，即拊膺大慟，再率帳下士力戰，身被數十創，士卒殆盡，猶手刃數十百人，馬（事略作因）重傷不能進，遂爲契丹所擒，其子延玉亦沒焉。業不食三日死。帝聞之，痛惜甚，贈太尉大同軍節度使，賜其家布帛千匹，粟千石，大將軍潘美降三官，王侁除名，隸金州，劉文裕除名，隸登州。業不知書，武勇有智謀，練習攻戰，與士卒同甘苦，代北苦寒，人多服氈罽，業但挾纊露坐治軍事，旁不設火，侍者殆僵仆，而業怡然無寒色。朔州之敗，麾下尚百餘人，業謂曰：汝等各有父母妻子，與我俱死無益也，可走還報天子。衆皆感泣不肯去。淄州刺史王貴殺數十人，矢盡遂死。（附傳：貴，幷州太原人，從業爲遼兵所圍，矢盡，張空弮又擊殺數人，遂遇害，年七「疑字有誤」十三。）餘無一生還者。朝廷錄業子供奉官延朗爲崇儀副使，次子殿直延浦延訓，並爲供奉官，延環（十國春秋作瓌）延貴延彬，並爲殿直。（業娶府州永安軍節度使折德扆女，今山西保德州折窩村，有大中祥符三年折太君碑，卽業妻也。西北人讀折音如蛇，故稗官家作佘太君，以折窩部爲社家村，又附會爲蛇太君，委蛻不死。）延昭本名延朗，後改焉。（事略云：下一字犯聖祖名，改昭。）幼沈默寡言，爲兒時，多戲爲軍陳。業嘗曰：此兒類我，每征行必以從，業攻應朔，延昭爲其軍先鋒，戰朔州城下，流矢貫臂，鬬益急。以崇儀副使出知景州，爲江淮南都巡檢使，改崇儀使，知定遠軍，徙保州緣邊都巡檢使，就加如京使。咸平二年終，契丹擾邊，延昭時在遂城，城小無備，契丹攻之甚亟，衆心危懼。會大寒，汲水灌城上，且悉爲冰，堅滑不可上。（按事略城上作城外，不可上作不可近，是也。惟灌於城外，乃能護城，若灌城上，則己兵亦不能上矣。）契丹遂潰去，獲其鎧仗甚衆。以功拜莫州刺史。時眞宗駐大名，召延昭赴行在，屢訪以邊要，帝甚悅，指示諸王曰：延昭父業，爲前朝名將，延昭治兵護塞，有父風，深可嘉也。厚贈遣還。是冬契丹南侵，延昭伏銳兵於羊山西，自北掩擊，且戰且退，及山西伏發，契丹衆大敗，獲其將，（事略作名王）函首以獻，進本州團練使，與保州楊嗣並命。五年，契丹侵保州，延昭與嗣提兵援之，未成列，爲契丹所襲，軍士多喪失，命代還，宥之。六年夏，復用爲都巡檢使，又徙寧邊軍部署。景德元年，詔益延昭兵萬人，延昭上言：契丹頓澶淵，去北境千里，人馬俱乏，雖衆易敗，緣飭諸軍扼其要路，衆可殲焉。卽幽易數州，可襲而取。奏入不報，乃帥兵抵遼境，破古城，俘馘甚衆，命知保州兼沿邊都巡檢使。二年，進本州防禦使，俄徙高陽關副都部署。在屯所九年，延昭不達吏事，軍中牒訴，嘗遣小校周正治之，頗因緣爲奸，帝斥正還營，而戒延昭焉。大中祥符七年，卒，年五十七。延昭智勇善戰，所奉賜悉犒軍，未嘗問家事，出入騎從如小校，號令嚴明，人樂爲用。在邊防二十餘年，契丹憚之，目爲楊六郎。及卒，帝嗟悼之，遣中使護櫬以歸，河朔之人多望櫬雨泣。錄其三子官，其常從門客，亦試藝甄敍之。子文廣，文廣字仲容，以班行討賊張海有功，授殿直，范仲淹宣撫陝西，與語奇之，置麾下，從狄青南征，知德順軍，爲廣西鈐轄，知宜邕二州。累遷左藏庫使，帶御器械。治平中，擢成州團練使，龍神衞四廂都指揮使，遷興州防禦使，秦鳳副都總管。韓琦使築篳篥城，文廣聲言城噴珠，帥衆急趨篳篥，比暮至其所，部分已定。遲明，敵大至，知不可犯而去。遺書曰：當白國主，以數萬精騎逐汝。文廣遣將襲之，斬獲甚衆。詔書褒諭，賜襲衣帶馬，知涇州鎭戎軍，爲定州路副都總管，遷步軍都虞侯。遼人爭代州地界，文廣獻陳圖，並取幽燕策，未報而卒。贈同州觀察使。（按東都事略無文廣傳，宋史卷三百楊畋傳云：畋字樂道，保靜軍節度使重勛之曾孫，進士及第，歷官至吏部員外郎，三司戶部副使，奉使契丹，以曾伯祖業嘗陷虜，辭不行。考重勛宋史無傳，錢氏大昕曰：宋史二百七十三有楊美，幷州文水人，官至保靜軍節度使。疑卽重勛。繇銘案：史言太祖與美有舊，黨進等征太原，美爲行營馬軍都虞侯，未必爲業兄弟也。畋傳言畋出於將家，則自爲業子姓後人。）呼延贊，幷州太原人，父琮周淄州馬步都指揮使，贊少爲驍騎卒，太祖以其材勇，補東班長，入承旨，遷驍雄軍使，從王全斌討西川，身當前鋒，中數創，以功補副指揮使。太平興國初，太宗親選軍校，以贊爲鐵騎軍指揮使，從征太原，先登乘城及堞而墜者數四，面賜金帛獎之。七年，從崔翰戍定州，翰言其勇，擢爲馬軍副都軍頭，稍遷內院察直都虞侯。雍熙四年，加馬步軍副都軍頭，嘗獻陳圖兵要及樹營砦之策，求領邊任，召見，令之作武藝，贊具裝、執鞬、馳騎、揮鐵鞭、棗槊，旋繞庭中數四。又引其四子必興必改必求必顯以入，迭舞劍盤槊，賜白金數百兩及四子衣帶。端拱二年，領富州刺史，俄與輔超並加都軍頭。淳化三年，出爲保州刺史，冀州副都部署，至屯所，以無統御材，改遼州刺史，又以不能治民，復爲都軍頭，領扶州刺史，加康州團練使。咸平二年，從幸大名，爲行宮內外都巡檢。眞宗嘗補軍校，皆敍己功，或至讙譁，贊獨進曰：臣月奉百千，所用不及半，忝幸多矣。自念無以報國，不敢更求遷擢，將恐禍過災生，再拜而退。急嘉其知分。三年，元德皇太后園陵，命掌護儀衛，及還而卒。贊有膂勇，驁悍輕率，常言願死於敵，徧文其體爲赤心殺賊字，至於妻孥僕使皆然，諸子耳後別刺字曰：「出門忘家爲國，臨陣忘死爲主，」及作破陣刀、降魔杵，鐵折上巾兩旁有刃，皆重數十斤。絳帕首，乘騾馬，服飾詭異。（按隆平集言贊好以絳帕首，持鐵鞭，嘗請太宗圖其形傳示四方以威契丹，太宗惡其怪誕，屢欲誅之，惜其勇而止。）性復鄙誕不近理。盛冬以水沃孩幼，冀其長能（即耐字）寒而勁健。其子嘗病，贊刲股爲羹療之。贊卒後，擢必顯爲軍（軍上當有馬字或步字）副都軍頭。〔清李慈銘〕

秦輶日記　直隸安肅縣北河店，即河陽渡，國初大破李自成於此。河之下流曰白溝，有六郎隄，宋楊延昭守益津關所築也。今新城北有孟良營，雄縣有焦瓚墓，稗官非盡杜撰，惜史無可考耳。近人詩云：「巨馬河邊古戰場，土花埋沒綠沈槍，至今郵鼓盲詞裏，威鎮三關說六郎。亞古城荒焦瓚墓，桑乾河近孟良營，行人多少興亡感，落日秋煙畫角聲。」〔清潘祖蔭〕

膢居聞見錄　潘美本宋初名將，以功名令終。近世小說所謂楊家將者，獨醜詆之不遺餘力，或以爲楊業之死，潘與有責焉。按李廣之死，責在衞青，後世不聞詆青以伸廣者。潘美乃無端蒙惡名，誠所謂有幸有不幸哉。按潘美性最平易近人，有功益謹慎，能保令名以終者，非無故也。王鞏隨手雜錄紀其遺事云：太祖皇帝初入宮，見宮嬪抱一小兒，問之，曰世宗子也。時美與范質趙普皆侍側，太祖顧問普等，普等曰：去之。潘美與一帥在後不語。太祖召問之，美不敢答。太祖曰：即人之位，殺人之子，朕不忍爲也。美曰：臣與陛下北面事世宗，勸陛下殺之，即負世宗；勸陛下不殺，則陛下必致疑。太祖曰：與爾爲姪。美遂持歸。後太祖亦不問，美亦不復言。以善詞全人之後，良足多者。美同時諸節度皆解兵柄，獨美不解，每赴鎮，留妻子，止攜數妾往，或有子，即遣其妾與子歸宗，仍具奏乞陛下特照管云，是與王翦多請田宅，汾陽不分內外之意相等。處功高震主之地而能謹愼，宜乎保令名以終也。獨其身後無端之毀，不知從何而來？「身後是非誰解得，沿村聽唱蔡中郎」，天下事固多如是者乎？

新義錄：小浮梅閒話衍義家所稱名將，在唐曰薛家，皆薛仁貴子孫也。在宋曰楊家，皆楊業子孫也。考宋史，業六子，曰延朗、延浦、延訓、延環、延貴、延彬。而延昭最知名，即延朗改名也。史稱延昭知勇善戰，所得奉賜，悉犒軍，未嘗問家事；出入騎從如小校，號令嚴明，與士卒同甘苦，遇敵必身先，行陳克捷，推功於下，故樂爲用。在邊防二十餘年，契丹憚之，目爲楊六郎。至今楊六郎之名，固猶在人口也。延昭子文廣，以討賊張海功，授殿直，范仲淹宣撫陝西，置麾下，從狄青南征，后爲定州路副都總管，遷步軍都虞候，蓋亦不墜其家風者。楊家將見於正史者，止此而已。按宋史楊業傳：業爲契丹所擒，其子延玉亦歿焉。業不食三日死，是業有七子也。陷業者，蔚州刺史王侁，小說家以爲潘美，殊失之誣。但其時美爲主帥，不能辭其責耳。又續文獻通考云：使槍之家十七，一曰楊家三十六路花槍。小知錄曰：槍法之傳，始於楊氏，謂之曰梨花槍，天下盛尚之。

祈禹傳

簪雲樓雜說　歸安茅鑣，鹿門先生第三子也。字右鷟，佚才曠世，偶同諸友諧謔，枚舉平生可以志奇遇者，鑣啞然笑曰：頃復所聞，迺則迺矣，未足云奇也。世有一人而百遇，盡屬妙麗，斯爲奇耳。諸友曰：昔人陳跡，弟輩無所不窺，洵若子言，願一披讀。鑣曰：此種異書，欲閱殊未易也。兄當以春佂沃我爾。衆曰唯唯，不可食言。然鑣實無此書，莫歸，卽鳩工匠，及內外謄寫者百餘人，廣廈列炬如晝，鑣危坐其中，或以口語，或以手授，隨筆隨刊，蘇學士手腕欲脫，亦不顧也。天將曙，而百回已竣，序目評閱俱備。因戒閽人曰：昨諸人來，第言宿酲未解，俟裝訂既就，乃報我，遂入內濃睡。閽人如鑣指，而諸友悉肩書閣，午後始悟。鑣投以書五帙，題曰祈禹傳。結構精妙，不可名狀，而千載韻事，一人徧焉。諸友曰：才人妙手，如萬斛明珠，從空散落，可謂風流之董狐矣。鑣曰：篋中尙留幾帙，明日當奉諸公。衆方欲觴，鑣固辭乃止。後聞鑣一夕草就，莫不驚嘆，而鑣屢躓棘闈，曾不能博一第，或以爲口過所致云。〔淸，陳尙古〕

骨董續記　歸守茅鑣，鹿門先生第三子，字石鷟。一夕鳩匠工及內外謄寫者百餘人，廣廈列炬如晝，鑣危坐其中，或以口語，或以手授，隨筆隨刊，天將曙，百回已竣。述一人百遇，盡屬妙麗，題曰祈禹傳，序目評閱具備，明日中以遺友人。見陳尙古簪雲樓雜說。〔當代，鄧文如〕

堅瓠集　袁韞玉西樓記初成，往就正於馮猶龍，馮覽畢置案頭，不致可否。袁惘然，不測所以而別。時馮方絕糧，室人以告。馮曰：「無憂。袁大令夕餽我百金矣。」乃誡閽人不閉門，袁相公餽銀來，必在更餘，可逕引至書室也。家人皆以爲誕。袁歸，躊躇至夜，忽呼燈持百金就馮。及至，門尚洞開，問其故，曰：「主方秉燭在書室相待。」驚趨而入。馮曰：「吾固料子必至也。詞曲俱佳，尚少一齣，今已爲增入矣。乃錯夢也。」袁不勝折服。是記大行，錯夢尤膾炙人口。〔清，褚人穫〕

觚賸續編　熊公廷弼當督學江南時，試卷皆親自批閱。閱則連長几於中堂，鱗攤諸卷於上，左右置酒一罇，劍一口，手操不律，一目數行，每得佳篇，輒浮大白，用誌賞心之快；遇荒謬者，則舞劍一迴，以抒其鬱。凡有雋才宿學，甄拔無遺。吾吳馮夢龍，亦其門下士也。夢龍文多游戲，掛枝兒小曲與葉子新鬭譜，皆其所撰。浮薄子弟，靡然傾動，至有覆家破產者。其父兄羣起訐之，事不可解。適熊公在告，夢龍泛舟西江，求解於熊。相見之傾，熊忽問曰：「海內盛傳馮生掛枝兒曲，曾擕一二冊以惠老夫乎？」馮跼蹐不敢置對，唯唯引咎，因致千里求援之意。熊曰：「此易事，毋足慮也。我且飯子，徐爲子籌之。」須臾，供枯魚焦腐二簋，粟飯一盂。馮下箸有難色。熊曰：「晨選嘉肴，夕謀精粲，吳下書生大抵皆然，似此草俱當非所以待子。然丈夫處世，不應於飲食求工，能飯餐麤糲者，眞英雄耳。」熊遂大恣咀啖，馮啜飯匕餘而已。熊起入內，良久始出，曰：「我有書一緘，便道可致我故人，毋忘也。」求之事，並無所答，而手挾一冬瓜爲贈。瓜重數十斤，馮傴僂祇受，然意甚怏怏，且力不能勝，未及舟，卽委瓜於地，鼓棹而去。行數日，泊一巨鎭，熊故人之居在焉。書投未幾，主人卽恭謁馮，延至其家，華筵奇戲，妙妓清歌，咄嗟而辦。席罷，主人揖馮曰：「先生文章霞煥，才辯珠流，天下之士，莫不延頸企踵，願言覯止。今幸親降玉趾，是天假鄙人以納履之緣也。但念吳頭楚尾，雲樹爲遙，荆柴陋宇，豈足羈長者車轍哉。敬備不腆，以犒從者，先生其毋辭。」馮不解其故，婉謝以別，則白金三百兩昇致舟中矣。抵家後，熊飛書當路，而被訐之事已釋。蓋熊公固心愛猶龍子，惜其露才炫名，故示菲薄，而行李之窮，則假途以厚濟之，怨謗之集，則移書以潛消之。英豪舉動，其不令人易測如此。〔清鈕琇〕

香祖筆記　小說演義，亦各有所據，如水滸傳、平妖傳之類，予嘗詳之居易錄中。又如警世通言有拗相公一篇，述王安石罷相歸金陵事，極快人意，乃因盧多遜謫嶺南事而稍附益之耳。野史傳奇，往往存三代之直，反勝穢史曲筆者倍蓰。前輩謂村中兒童聽說三國事，聞昭烈敗則顰蹙，曹操敗則歡喜踴躍，正此謂也。禮失而求之野，惟史亦然。〔清王士禎〕

骨董瑣記　龍子猶著馬吊桶稿本一卷，首十三論曰：論品，論弔，論發，論捉，論門，論滅，論留，論隱，論忍，論還，論意，論損益，論勝負。次十二規條。又次十四例：曰罰例，曰散例，曰不門色樣賀例，曰門上色賀例，曰冲出色樣賀例，曰冲例，曰椿家賠例，曰閒家賠例，曰縱椿漏賽賠例，曰急捉賠例，曰錯出賠例，曰錯留賠例，曰門十賠例，曰告百賠例；每例皆有四語爲贊，筆墨奇詭，譜中各目，不盡可曉。龍子猶爲馮猶龍託名，猶龍好葉子戲，一時從之風靡。又編桂枝兒諸淫曲，至遭名捕。時熊襄愍方提學江西，急走依之，得其力以解。今馬吊失傳已久，觀此譜亦足存一時風尚，聞繆藝風丈

藏有宋馬吊紙牌一副，惜未之見。〔當代，鄧文如〕

英烈傳

七修類稿　元末僭竊雖多，獨陳友諒兵力強大，與我師鄱陽湖之戰，相持晝夜，勢不兩存矣。時郭英子與兄弟侍上側，進火攻之策。友諒勢迫，啓窗視師，英望見異常，開弓射之，箭貫其顱及睛而死。至今人知友諒死於流矢，不知郭所發也。功臣錄中，亦含糊載云，有言英之箭者。傳信錄又誤以爲子興之箭。不知觀太祖聞友諒死，喜甚，曰：郭二兄弟一箭，勝十萬師，功何可當是矣。蓋子興乃英之兄，行二；而英行四，太祖每稱郭四者，英也。且友諒之死，兩軍莫知，鐵冠道人望氣而後知之。語上，作文望空以祭，陳軍奪氣，於時方敗去。因移日未知英箭，英亦不大居功，故人不知也。獨忠烈傳中明載。〔明，郎瑛〕

野獲編　初，勳以附會張永嘉議大禮，因相倚互爲援，驟得上寵，謀進爵上公，乃出奇計，自撰開國通俗紀傳，名英烈傳者，內稱其始祖郭英戰功，幾埒開平中山，而鄱陽之戰，陳友諒中流矢死，當時本不知何人，乃云郭英所射。令內官之職平話者，日唱演於上前，且謂此相傳舊本。上因惜英功大賞薄，有意崇進之。會勳入直，撰青詞，大得上眷，幾出陸武惠仇咸寧之上，遂用工程功峻，拜太師，後又加翊國公世襲，則僞造紀傳，與有力焉。此通俗書今傳播於世。〔明，沈德符〕

野獲編　太祖混一規模，成於鄱陽之戰，今世謂戰酣時，郭英射死僞漢主陳友諒，以此我師大捷。審果爾，即後來之配食太祖，亦不爲忝。然而其時射者自是鞏昌侯郭子興，非英也。與英同姓，故郭勳遂冒竊其功。今俗說英烈傳一書，皆勳所自造，以故世宗惑之，然其設謀則久矣。當武宗朝，勳撰三家世典，已暗藏射友諒一事於卷中矣。三家者，中山王黔寧王及其高祖追封營國公英也。序文出楊文襄一清筆。其配廟妄想，已非一日。嘉靖初大禮議起，勳乘機遘會，奮袂而起，竊附張璁，得伸夙志，亦小人之魁傑也。〔明，沈德符〕

茶香室續抄　明沈德符野獲編云：武定侯郭勳，在世宗朝，號好文，多藝能計數。今新安所刻水滸傳善本，即其家所傳。前有汪大函序，託名天都外臣者。勳以議大禮得上寵，謀進爵上公，乃自譔開國通俗紀傳名英烈傳者，內稱其始祖郭英戰功幾埒開平中山。而番陽之戰，友諒中流矢死。當時本不知何人，乃云郭英所射，令內官之職平話者，日唱衍於上前。按英烈傳今尚有之，不知爲郭勳作也。〔清俞樾〕

遼東傳

三垣筆記　予壬戌赴公車，見張司馬鶴鳴，以及台省部郎，皆與熊經略廷弼搆釁，推一愚率之王撫化貞，以抗廷弼。而廷弼疏言廣寧必失，河西必危，乞留臣言以券一疏，尤爲先見。及事敗，與化貞同辟，人以爲冤。至遼東傳一書，爲丁輔紹軾等進呈以殺廷弼者。予曾見此傳，最俚淺不根，而指爲廷弼撰授，尤誣。赴市時挺立不跪，下刃僅及頸半，行刑者急以刀逆割之，慘哉！聞紹軾輿行長安道上，白日見廷弼回寓，腦裂死。鶴鳴以陷廷弼卸罪生還，後爲流賊索賄，倒懸城門，身首碎裂，亦天道也。崇禎初，韓輔爌疏請歸葬，有「不死於封疆，而死於門戶」等語，公道始明。〔明，李清〕

棗林雜俎　輔臣丁紹軾、馮銓，上私刻像遼東傳，因殺熊芝岡。丁卒時，見熊索命。又王化貞同熊臨訊，在道輒賄市人，頌王詈熊。〔明，談遷〕

酌中志　其害熊廷弼者，因書坊賣遼東傳，其四十八回內有馮布政父子奔逃一節，極恥而恨之，令妖弁蔣應暘發其事於講筵，以此傳出袖中而奏，致熊正法。其實與貴池相公無甚與也。彼時閣中擬入聖諭，歸乾斷於先帝，體乾永貞文輔會議曰：分明是小馮兒與熊家有隙，在講筵害他，與聖上何干？遂以原稿上奏，請御筆增入「卿等面奏，出之袖中」字樣。〔明，劉若愚〕

三朝野記　遼難之發，涿州父方任口口（按當是遼東二字）布政，鼠竄南奔。書肆中有刻小說者，內列馮布政奔逃一回，涿州恥之，先令卓邁上廷弼宜急斬疏，遂於講筵袖出此傳，奏請正法，（原注：時熊在獄中文出，揭無投賄楊左事內亦忌之矣。）擬諭以進。王體乾曰：此明係小馮欲殺熊家，與皇爺何預？請御筆增入「卿等面奏，出諸袖中。」〔明，李遜之〕

茶香室叢鈔　明宦官劉若愚酌中志云：馮詮害經略熊廷弼，因書坊賣遼東傳，其四十八回內有馮布政父子犇逃一節，極恥而恨之。按遼東傳一書，今無傳本，實紀當時之事，并姓氏官位亦大書之。明人之無忌憚如此。〔清，俞樾〕

二拍

光緒烏程縣志　凌濛初字元房，號初成，迪知子，（一作稚隆子，誤）歸安籍。崇禎中，以副貢授上海丞，署海防事，清鹽場積弊，擢判徐州，居房村。治河時，何騰蛟備兵淮徐，禦流寇，慕其才名，徵入幕，獻勦寇十策。又單騎詣賊營，議以禍福，賊率衆來降。騰蛟曰：此凌別駕之力也。上其功於朝，授楚中監軍僉事，不赴，仍留房村。甲申正月，李自成薄徐境，誓與百姓死守，曰：生不能保障，死當爲厲鬼殺賊。言與血俱，大呼無傷百姓者三，而卒。衆皆慟哭，自死以殉者十餘人。房村建祠祀之。兄湛初，（一作諶初，誤）潤初，並有名於時。湛初字元夏，潤初字元雨，並工古文辭，下筆千言，兄弟相雄長，皆早卒。〔新修府志，湖錄，鄭龍采凌初成墓誌，王世貞凌元夏墓誌〕〔卷十六人物五〕

光緒烏程縣志　凌濛初（人物傳）　聖門傳詩嫡冢十六卷附錄一卷　言詩翼六卷（一作言詩翼傳）　詩逆四卷　詩經人物考　左傳合鯖　倪思史漢異同補評三十二卷　後漢書纂評　刪定宋史補遺　嬴滕三劄　勦寇十策　蕩櫛後錄　國門集一卷　國門乙集一卷　雞講齋詩文　已編蝨涎　燕筑謳　南音三籟　東坡山谷禪喜集評十四卷　合評詩選七卷（一作朱批選詩）　陶韋合集十八卷〔卷三十一著述一〕

開闢衍繹

小浮梅閒話　小說有開闢衍義一書，書中詳言布置日月星辰事，鄙俚可笑，此本之佛經也。按大集經，殊致羅婆菩薩告諸龍言：賢刦初有一天子名大三摩多，其夫人與驢交而生人，委棄廁中，有羅刹婦收養之，及至長成，身體端正，福德莊嚴，唯脣是驢，故號爲佉盧蝨吒大仙，漢言驢脣也。驢脣仙人學於聖法經六萬年，翹於一脚，日夜不下，天見大仙受如是苦時，諸梵衆及帝釋天幷餘上方欲色界等和合悉來禮拜，問大仙聖人，欲求何等？驢脣言：我念宿命過去刦時，見虛空中有列宿日月五星晝夜運行，此賢刦初無如是事，汝等憐我，願說日月星辰法，用置立安施，如我所願。諸天皆悉懽喜，於是二十八宿及日月大小星宿，皆次第安置。據此則日月星辰，乃驢脣仙人爲之也。演義家敷衍此事，泰西人又屬之天主。〔清俞樾〕

今古奇觀

小浮梅閒話　坊間有今古奇觀一書，雜取古事敷衍成書。如許武事，見後漢書許荊傳，此固本之正史者。它如羊角哀事，出烈士傳。（引見文選注）吳保義事，出紀聞。（引見太平廣記）裴晉公事，出玉堂閒話。李汧公事，出原化記。（但不云李汧公）其餘如金玉奴爲紹興間士人事，王嬌鸞爲天順間周廷璋事，夫容屛爲至正中崔英事，鳳皇球爲萬歷初吳江錢生事，鴛鴦簿爲嘉靖間崑山民事，百寶箱爲萬歷間浙東李生事，有情史一書羅列无遺。惜情史不注所出書，余亦不能言也。按七修類稿云：小說起宋仁宗時，太平盛久，國家閒暇，日欲進一奇怪之事以娛之，故小說得勝頭迴之后，卽云話說趙宋某年云云。然則此書固小說之正宗矣。唯以伯牙爲俞姓，則不可信，遍考古書，迄未有言伯牙之姓者，不得叚借爲衰宗生色也。〔清俞樾〕

茶香室叢鈔　董恂宮闈聯名譜引王行父耳談云：陳元超，吳人。父以疏論嚴氏謫死。元超少年，倜儻不拘，嘗與客登虎丘，見宦家從婢姣好，笑而顧己，悅之跡至其家求傭書焉。留侍二子，文日奇，父師大駭，已而以娶求歸，二子不從，曰：室中惟女所擇。曰：必不得已，秋香可。卽前遇婢也。二子白父母，嫁之。元既娶，婢曰：君非虎丘遇者乎？曰：然。曰：君既貴公子，何自賤若此？曰：汝昔笑顧我，不能忘情耳。曰：妾昔見君服喪，表素而華其裏，少年佻健可笑，非有它也。會有貴客過，元因叚衣冠謁客，言及白吏部，蓋元之外父，正柄國，尊顯，主人聞大駭，亟治百金裝，幷婢贈之。按世傳唐解元事卽此。又黃蛟起西神叢語云：俞憲，號是堂，次子見安，偶從舟次見一女郎，心悅之，買舟尾其后，至吳門，知其爲某富室青衣也。因語舟人與其僕曰：留此一月待我，勿移泊它所。徑獨造女郎家，求爲蒼頭，主人留伴其子讀，見安爲其子代筆，爲塾師所覺，頗向主人稱其才，主人將欲於羣婢中擇佳者授之室。時吳中大戶多以糧役傾家，主人深以爲憂。蘇郡守某，是堂之同年也，見安潛入己舟，呼僕隨詣守署，以年家子進謁，力爲主人求罷役，守允其請。翌日訪見安居停答拜，主人初不知，見郡守無端及門，倉皇失措，而見安已出迎道款矣。守旣別，主人揖見安上坐，問所欲，乃以實告。且聞重役已釋，驚喜出意外，遂飾此青衣爲己女，厚嫁之。近人以其事爲唐寅，余詢其從孫祖源，始得其本末。女郞號美娘，蓋好事者駕言子畏耳。按黃蛟起字孝存，無錫人也，所著叢語，卽記無錫之事。然則俞見安固無錫人，而婢嫁則在蘇州，與世傳子畏至無錫訪華氏婢，適相反也。惟子畏此事，世知其僞託，而言人人殊，此記之說，世罕知者，故幷載之。〔清，俞樾〕

茶香室叢鈔　明祝允明野記云：吳邑朱生，宣德中商湖湘，泊舟官河下。有名妓新王二者，一優偕來。其船密比生舟，凡生言笑動靜，妓罔不密察，使優邀之飲，潛告生曰：君但言延我入舟，我欲有言於君耳。生從之。娼入生舟，戚戚無歡容，中夜低語生曰：我淮安蔡指揮女也。吾父調襄陽衞，挈家以行，舟人王賊，乘父醉擠之水，幷母死焉。以我色，獨留犯之，呼爲妻。吾父貲素豐，賊厚載欲商於他，復爲盜刦，罄焉。遂以餘資買小舟，俾我學歌舞爲娼。君能復吾仇，我終身事君耳。生許諾。翌日優來，曰：二姐未起乎？生罵曰：賊不知死所，尙覓二姐乎！優知事泄，投於水，生持娼歸家。按小說有蔡女忍辱報仇一事，卽此也。〔清，俞樾〕

茶香室續鈔　國朝趙吉士寄園寄所寄引鴻書云：崑山舟師楊姓者，與金姓者善，金死，有子曰三，年十七，楊憐之，招入舟，楊一女年相若，因以妻三。歲餘，三沾疾尫羸，楊悔恨。一日，江行泊孤島下，賺其拾薪，棄之去。三欲歸無路，轉入林中，有八大匧，蓋盜所刼財。三更臨江濱，適有他舟，三招之來，悉以匧入舟，抵儀眞，啓視皆金珠也，即售得如干，服食起居非故矣。一日，行過河下，楊舟適在，三使人顧其舟。先是楊棄三時，女哭不欲生，父母強之更納壻，不從。及三登舟，女竊視，驚曰：客狀甚似吾壻。母詈之，遂不敢言。三顧女伴謂舟人曰：何不向船尾取破氈笠戴之？蓋三初登舟有是言也。於是妻覺之，出見，相與抱哭，驩如平生。楊夫婦羅拜請罪，三亦不之較。尋同歸三家。會劇寇劉六劉七叛入吳，三出金帛募死士，直擣狼山之穴，縛其渠魁，授武騎尉，妻亦從封云。按小說中有宋金郎事，即此。但據此，則金其姓而非名，殆傳聞之異乎？〔清俞樾〕

懦儒靡抹　鳳嬉堂閒話言賣油郎獨占花魁事，明人已編為戲劇。據張岱夢憶云：福王南渡，魯王播遷之越，以先父相魯先王，幸舊臣第。是日衍賣油郎傳奇，內有泥馬渡康王故事，與時事巧合云云。蒙按賣油郎事，載在今古奇觀小說者，確與泥馬渡康王事無涉。惟據鳳嬉堂閒話，謂今古奇觀別有明版，未審與近時傳本異同何如耳。

龍圖公案

東山譚苑　雜劇有案中案，考益都耆舊傳：嚴遵爲揚州刺史，行部，有蠅數頭遮於前，驅之不去，乃隨以行，聞道旁女子哭而不哀，問之，曰夫遭焚死。遵飭吏輿尸驗之，得鐵錐貫頂，考問女子，乃供以淫殺夫，坐大辟。小說龍圖公案，附會其事，屬之包希仁，以青蠅遮道爲一布商越貨殺人，鐵椎貫頂殺夫爲又一案，一事也而故二之，此蓋雜劇所本。〔明，余懷〕

小浮梅閒話　宋人之最著者，曰包龍圖，幾於婦豎皆知。考孝肅之爲人，宋史本傳稱其性峭直，惡吏苛刻，務敦厚，雖甚疾惡，而未嘗不推以忠恕，則與世所傳亦小異矣。惟史載其知天長縣時，有盜割人牛舌者，主來訴，拯曰：第歸殺而粥之。尋復有來告私殺牛者，拯曰：何爲割牛舌而又告之？盜驚服。則亦頗有鉤距之術，世所衍爲龍圖公案者，或卽由此也。至元人百種曲，有斷立太后事，此乃借李宸妃事爲之。考宋史李宸妃，杭州人，初入宮爲章獻太后侍兒，眞宗以爲司寢，已而生仁宗，章獻以爲己子。仁宗卽位，妃嘿處先朝嬪御中，終太后世，仁宗不自知爲妃所出。明道元年，疾革，進位宸妃，薨年四十六。後章獻太后崩，燕王爲仁宗言：陛下乃李宸妃所生，仁宗號慟，尊爲皇太后，是李宸妃本末如是，安有如俗所傳者哉。直以爲章獻所抑，當時本有死於非命之說，故傳之后世，猶有此紛紜之論耳。按王銍嘿記，載有王氏女自言得幸神宗，生子冷青，以繡抱肚爲驗，趙槪包拯鞠得其奸詐狀，並處死，則與世所傳適相反也。而默記又載張茂實太尉，章聖之子，尚宮朱氏所生，章聖畏懼劉后，凡後宮生皇子公主，俱不留，以與內侍張景宗，令撫視，遂冒姓張。又云厚陵爲皇太子，茂實入朝，至東華門外，居民樊用者，迎馬首連呼曰：虧你太尉！茂實皇恐，執詣有司，以爲狂人而黥之。是當時此等異說甚多，宜流傳之今，以爲口實也。〔清俞樾〕

茶香室三鈔 明鄭仲夔耳新云：周季侯令仁和，有神君之稱，嘗出行，忽怪風起，吹所張蓋，捲落紗帽翅，執蓋人請罪曰：小人因張淸風，隨至冒觸。周沈思良久，屬能幹捕差二人，令往拘張淸風。兩人商曰：捕風捉影，安有此理？乃相與登酒樓，樓上有談某疾篤，諸醫無效。一人曰：若請張靑峯去，必有生理。二差因問張靑峯狀，潛往其家，值張遠出，拘其妻至縣。周訊之，婦曰：渠本非吾夫，吾夫病，請渠調治，渠見妾姿容，投毒致夫死，復謀娶妾。一日渠酒後自吐眞情，妾卽欲尋死，因念無人伸寃，偷生至此，今遇天臺，寃伸有日。但渠爲某氏延去，須就其處拘之。周命前差往拘，一訊果服。按今小說家演包孝肅事，有捕落帽風事，不知其本此也。〔清俞樾〕

荀學齋日記 宋史包拯傳言其權知開封府時，貴戚宦官爲之斂手，聞者憚之，人以拯笑比河淸，童稚婦女，亦知其名，呼曰包待制。京師爲之語曰：「關節不到，有閻羅包老。」然又曰惡吏苛刻，務敦厚，雖甚嫉惡，而未嘗不推以忠恕，是孝肅非任威刑者。其折獄，史惟載其知天長縣察盜割牛舌一事，然此事穆衍傳亦載之，又以爲衍宰華池時事，至孝肅因連劾罷三司使張方平、宋祁，遂權使職，歐陽文忠至比之奪蹊田之牛，其詞甚厲。而胡宿傳云：涇州卒以析支不時給，出惡言，且欲相扇爲亂，既置於法，乃命劾三司吏，三司使包拯護弗遣。宿曰：涇卒固悖慢，然當給之物，越八十五日而不與，計吏安得爲無罪？拯不知自省，公拒制命，紀綱益廢，拯懼，立遣吏，則希仁亦非眞關節不到者矣。〔清，李慈銘〕

歡喜冤家

堅瓠集　金文通息齋云：冤不讓，不成眷屬，可見六親皆冤家聚會。今俗有歡喜冤家小說，始則兩情眷戀，終或至於仇殺，眞所謂不是冤家不聚頭也。疾讀一過，可當慾海晨鐘。〔清褚人穫〕

毘梨耶室隨筆　明說部嘗紀王有道出妻事，清初有人譜廬夜雨傳奇，衍之。同時又有作合雙歡者，亦演此事，但改王有道爲宋珍，淑貞爲瑤姬耳。小說載月華詩句云：「拚赴陽臺了宿緣，」本有語病，作者亦知其誤，改曰「芽屋相逢事偶然，」不知有道出妻，實以前句致疑，若如改句，愈覺其棄妻之不審矣。柳生之中式，小說祗云鄉闈，此劇以爲會試，且云柳爲狀元，宋爲探花；湖州推官申高，劇以爲翰林學士。雖是傳奇中鋪張故套，然據小說，則眞有此事，據劇反成子虛矣。蓋明代會試主考，無所謂申高，狀元探花，無所謂宋珍柳鼎，可考而知也。

如意君傳

黃居堂集　歙潭渡黃訓，字傳古，明嘉靖己丑進士。歷官湖廣按察司副使，著讀書一得八卷，其從孫研旅宗夏重刊之。凡九經二十一史諸子文集雜家傳志一百餘種。自古迄明，隨事立論，皆弘博正大，談名理，證治道，是非法戒瞭如也。吾族之善讀書者，唯讀如意君傳，此何書也而讀之哉？中引朱子詩，以昏風歸咎太宗論甚正，易其題可也。〔清黃之雋〕

檮杌閒評

骨董續記　檮杌閒評，不詳撰人。其所載侯魏封爵制辭，皆不類虛構，述忠賢亂政，多足與史相參。繆藝風耦香簃別鈔云：弘光朝工科給事中李清爲其祖李思誠辨冤，思誠由翰林轉福建副使，與呂純如比而媚稅監高寀逆賢用事，仍復原官，歷升禮部尚書，頌美逆奄有純忠體國大業匡時等語，故入逆案。按酌中志云：河南右布政使何志完輦三千金饋崔呈秀，謀升京卿，爲邏卒所獲。思誠寓呈秀比鄰，乃卸罪於思誠，因之革職。映碧欲辨三千金之誣則可，欲辨入逆案之冤則不可，純忠體國大業匡時是何等語，尚以爲不當入逆案耶？檮杌閒評亦載此事，因心疑亦映碧所撰之誠案。檮杌閒評記事亦有與三垣筆記相發明者。總之，非身預其事者不能作也，謂之映碧所撰，頗有似處。（當代，鄧文如）

華光天王傳

五雜組　小說載華光天王之母，以喜食人入餓鬼獄。經數百年，其子得道，乃拔而出之，甫出獄門，卽求人肉。其子泣諫，母怒曰：「不孝之子如此！若無人食，何用救吾出來？」世之爲惡者，往往如此矣。〔明，謝肇淛〕

黑白傳

墨餘錄　吾郡董文敏公，文章書畫冠絕一時，海內望之，亦如山斗。徒以名士流風，每疎繩檢，且以身修爲庭訓，致其子弟亦鮮克由禮。仲子祖常性尤暴戾，幹僕陳明，素所信任，因更倚勢作威。郡諸生陸紹芬，面黑身頎，頗負氣，口微吃而好議論。家有僕生女綠英，年尚未笄而有殊色，仲慕之，餌以金弗許，遂强刼之。陸憤甚，遍告通國，欲與爲難，得郡紳出解，陸始勉從。時有好事者，戲演黑白傳小說。其第一回標題曰：「白公子直打陸家莊，黑秀才大鬧龍門里。」蓋紹芬人呼陸黑，文敏旣號思白，仲又有霸力，人常以小白名，所居近龍門寺故云。其詼諧點綴處，頗堪捧腹，共傳一時。文敏聞怒甚，奈欲治之而無可指名。有范生者，父名廷言，曾任萬州刺史，物故已久，惟夫人尚在。當黑白傳事起，文敏疑范所爲，日督其過，范無如何，因詣城隍廟矢神自白，乃不數日而生竟以暴疾卒。范母謂爲董氏逼死，率女奴登門詬罵。仲卽閉門擒諸婦，褫其相衣，備極楚毒，由是人情多不平。范生子啓宋，廣召同類，訴之公庭，詞有剝褌搗陰語。郡守以衆怒難犯，姑受其詞，而又壓於文敏，依違瞻狥，案懸不斷。衆見事無濟，遂相率焚公宅。公於白龍潭東北隅，建閣曰護珠，時挾侍姬登眺者，至此亦付一炬。凡衙宇寺院，文敏所題匾額，毀擊殆盡。董遂聞之上官，時學使王公以寧，殊震怒，檄司里吳公之甲嚴鞫。吳守正不撓，惟以昌言尤力之郁伯紳落籍，餘無所問。其讞詞有云：「縱惡而養奸，司地方者固不敢出，殺人以媚宦，有人心者又何肯爲？」遂大拂上臺意，不久卽謝病歸。而郡庠掌教胡公胄，屢梗憲檄，不肯蔓引諸生，因亦挂冠去。於是郡中諸先達，亦不直董。張少宰鼐，率諸紳致公函於學院，「有不宜甘心士類，爲一家全勝之局。」自是王之氣稍沮，而事亦寢矣。萬曆己未，駱公沆瀣，督學江蘇，案臨松郡。唱名至董祖常，遽加訶責云：即剝褌搗陰四字，死有餘辜，今以案結不深究，姑與大杖二十，一時人咸稱快云。按此事釁牛牀第，禍延學校，劇於焚坑，致隕多命。或謂文敏德不勝妖，或且謂事出公意，仲承乃公指；然如仲者，罪已浮於杖矣。所惜吳胡二公，俱以少年科第，甫入宦途，而以保全士類，以致敝屣一官。求之今人，可多得乎！〔清毛祥麟〕

景船齋雜記　董思白在鄉時，鄉人皆惡之。今所傳黑白傳傳奇可證也。姜雲龍爲諸生時，思白曾因事下石，故神超有所著，每痛詆思白云。神超，雲龍字。

水滸後傳

明詩綜　陳忱字遐心，烏程人。唐羅隱詩中稱錢鏐爲尚父。遐心詩云：「餘杭山水役精魂，末世才人眼界昏，憔悴感恩依尚父，可憐尚父事朱溫。」〔淸朱彝尊〕

國朝詩人徵略　閱羅隱詩議論自佳，但羅昭諫曾勸錢鏐討朱溫，未可以此誚昭諫也。〔淸張維屏〕

茶香室續抄　沈登瀛南潯備志云：陳雁宕忱，前明遺老，生平著述並佚，惟後水滸一書，乃遊戲之作，託宋遺民刊行。按此書余曾見之，不知爲雁宕作也。〔淸俞樾〕

震澤縣志　國初吾邑（震澤）之高蹈而能文者，相率爲驚隱詩社，四方同志咸集。今見於葉桓奏詩稿與其他可考者有……陳忱雁宕……（原文列舉四十餘人，今俱不錄。）於時定亂已四五年；跡其始起，蓋在順治庚寅。諸君以故國遺民，絕意仕進，相與遯跡林泉，優遊文酒，角巾方袍，時往來於五湖三泖之間……其後史案株連，同社有罹法者，社集遂散。〔淸沈彤〕

南潯鎭志　陳忱，字遐心，號雁蕩山樵。其先自長興遷潯，閱數傳至忱。（研志居瑣錄）讀書晦藏，以賣卜自給。（范志）究心經史，稗編野乘，無不貫穿。（董志）好作詩文，鄉荐紳咸推重之，惜貧老以終，詩文雜志俱散佚不傳。（瑣錄），〔淸汪曰楨〕

南潯鎭志　潯人所撰……彈詞則有陳忱續廿一史彈詞，曲本則有陳忱癡世界……演義則有……陳忱後

水滸。此類舊不免闌入，今悉不載。〔清，汪曰楨〕

同治湖州府志　陳忱雁宕詩集　詩彙小序：忱字遐心，號雁宕，烏程人。詩人隱逸者，唐如張志和，陸鴻漸，宋如林君復，魏仲先，明如孫太初，吳孺子輩，身雖隱而名愈彰，未有身名俱隱如吾鄉陳君雁宕者。雁宕與予同處城闉間，相去止里許，生平未識其面，并不聞其名。沒後始見其詩及雜著小說家言。驅策史冊典故，若數家珍，而鬱鬱無聊骯髒不平之氣，時復盤旋於楮墨之上。亟覓其全集，已零落不能多得矣。夫以同爲遯世之人，同居桑梓之地，尚不能一接其音容言笑，則其埋名匿影於古詩人之隱者何如也！〔卷五十九藝文略〕

光緒烏程縣志　陳忱，字遐心，號雁蕩山樵，居貧賣卜自給。究心經史稗編野乘，無不貫穿。好作詩文，驅策典故，若數家珍，而無聊不平之氣，時復盤旋於楮墨之上，鄉薦紳咸推重之。身名俱隱，窮餓以終。詩文雜著多散佚不傳。〔近詩彙南潯志按：忱生於明季，其先自長興遷南潯鎮，忱又遷郡城，居烏程已數世。成宏間別有一陳忱，歸安人陳恪之從弟，字克誠，號醉月，著宿松縣志，瓦缶集，覽勝記游。見湖錄。　國初又有一陳忱，字用亶，秀水人，順治甲午副貢，著誠齋詩集，不出庭戶錄，讀史隨筆，同姓名錄，東寧記年。見嘉興府志及楊鳳苞南疆逸史跋。前人紀載，每多牽溷，特辨正之。〕〔卷十六人物五〕

光緒烏程縣志　陳忱（人物傳）　雁宕雜著　雁宕詩集二卷。〔按〕明及國初有三陳忱同姓名唯此二書是烏程陳忱著詳人物〔卷三十一著述〕

西遊補

明詩綜　董說字若雨，烏程人。晚爲僧，號南潛，字寶雲，有豐草菴等十八集。若雨腹笥便便，未免有才多之恨；至其硬語澀體，絕不猶人，方之浩翁不足，比於饒德操有餘。南柳秋鬼謠云：「妖狐拜月霜花青，髑髏騎馬空中行。秋魂吹作塔鈴語，叫斷東流一溪水。鬼車曉喚精靈去，綠燈移過江楓樹。」春日云：「煮茶烟透綠陰中，遮屋黃茅間瓦松，但遣異書供研北，不妨野語聽齊東。香拈細雨招新夢，門閉春風仗短童。秋色今年應更好，小牕移得碧梧桐。」夢華潭口聽客話嘉隆間大內舊事云：「月華門外轉靈旂，照夜銀盤碧藕肥，祠罷天孫桐葉落，君王新賜鵲橋衣。江南風景藥玉灣，霧縠單衣綠玉環，紅芍藥邊棋局罷，自裁團扇畫秋山。」〔清朱彝尊〕

觚賸續編　吳興董說字若雨，華閥懿孫，才情恬曠，淑配稱閨閣之賢，佳兒獲芝蘭之秀，中年以後，一旦捐棄，獨皈淨域，自號月涵，所至之地，緇素宗仰，於是海內無不推月涵爲禪門尊宿矣。月涵於傳鉢開堂飛錫住山之暇，視若蔑如，而身心融悟，得之典籍，每一出游，則有書五十擔隨之，雖僻谷之深，洪濤之險，不暫離也。余幼時曾見其西游補一書，俱言孫悟空夢游事，鑿天驅山，出入莊老，而未來世界，歷日先晦後朔，尤奇。〔清鈕琇〕

甲申朝事小紀　董公諱說，字若雨，生於萬歷庚申甫三歲，嘗趺坐自語，父遐周先生甚愛之。五歲讀書，師教之總不開口，時董玄宰陳眉公在座，問他喜讀何書，忽開口曰：「要讀圓覺經。」聞者甚怪之。遐周先生依其言，曰：「吾教之自得域外之方也。」讀圓覺畢，即讀四書五經，十歲能文，十三歲入泮，十六歲補廩，二十餘歲善觀天象，崇禎年間聞中原流賊之亂，從此無意功名矣。先生家道豐腴，房屋巍煥，園畝膏腴；忽以爲富饒非亂世之福，値歲荒，出金珠米穀，用給飢寒之家。滄桑之變，先生剪髮不剃頭，頭巾道袍，蓋豐草菴，足不越戶，有豐草集千餘章，詩詞樂府十餘卷，生六子，曰樵，曰牧，曰耒，曰舫，曰漁，曰村。於三十四歲走見靈巖繼和尙，打七參不與萬物侶者是什麼人，第三日卽豁然，因隨靈巖披剃，法名南潛、字月涵、堯封、寶雲；因瓦破霜飛，又別號漏霜。有上堂晚參唱酬語錄。事師最孝；不接見賓客，其姪董楚望高發謁師，不許相見。直俟靈巖圓寂之後，在西洞庭紫石山葛公泉諸處住靜，每日禮坐或吟詩，不喜見冠蓋。一日，偶在夕香避暑；其時暮撫臺祖道尊企慕欲見，再三囑華山僧鑒和尙指引求見。鑒曰：「若遇先通知，必不肯見，今在夕香，乞二公減從，同片舟去，卽可相見矣。」同至夕香叩門，僧鑒先入，祖暮二公尾行。師曰：「請少坐，吾去穿道服。」從籬門逃至湖邊，搭便船過洞庭去矣。其高致如此。師棄現在田園，滄桑後卽剪髮作頭陀；及出家三十餘年，惟與黃九烟先生深談。生平目不較柴米，手不拈銀錢，足不履城市，或與樵叟漁父交談，而紈袴市井，從不相對。方外之淸高，誰可與匹儔哉！〔淸之江抱陽生〕

春在堂隨筆　董若雨說揀衣磯隨筆，但有鈔本，沈穀臣庶常以示余，字跡皆草草，殆邨學中童子所書也。其中載朱元文祝融峯詩云：「我來萬里駕長風，絕壑層雲許盪胸，濁酒三杯豪氣發，朗吟飛下祝融峯。」有校者云，下當作上。余案頭無朱文公集，未知孰是。然以愚見論之，作下者殊勝。蓋既御風而行，則摶扶搖而上，背負蒼天，視祝融峯轉在下矣，故云飛下祝融峯也。若作上，則與芒鞋藜杖攀援而上者何異？一字之分，仙凡頓別矣。嘗與穀臣言之，未知以爲然否？又董若雨世皆以爲明人，而揀花磯隨筆有一則云：庚申二月，在鷗鴣溪艇子上見陽明先生書迹，念先師所許一凝字及補山堂一涼字，皆書苑未發之祕。舊吳釋南潛題。然則此老爲僧後，至康熙十九年猶在，入本朝不可謂不久矣。顧亭林王船山皆明之遺老而卒於本朝，則皆本朝人物也。董若雨亦可援此例乎？考汪謝城南潯志，董若雨卒於康熙二十五年丙寅，年六十七。則明亡時纔二十五歲耳。其爲本朝人無疑。潯志列入明人，是論其志，非論其世。揀花磯隨筆有一則云；客有戴星叩余門云云。此客出門，徧告市人曰，高暉生直是退財白虎。余按汪謝城南潯志董說傳所說名字甚多：初名說，字若雨，號西菴，自稱鷓鴣生，又稱斯張子；聞谷大師錫名智齡；國變後改姓林，名蹇，字遠遊，號南村，亦稱林鬍子，又稱槁木林；靈巖大師名之曰元潛，字俟庵，爲僧後更名南潛，字月涵，一作月巖，號補樵，一號楓庵，又名本以，而無高暉生之名。此可補潯志之缺。〔清俞樾〕

乾隆烏程縣志　董說字若雨，斯張子。少補弟子員，長工古文詞，江左名士爭相傾倒。未幾，罹闖禍，屏跡豐草菴，宗親莫覩其面，以蹇自名，改氏曰林，精研五經，尤邃於易。丙申秋，削髮靈岩，時往來潯川。甲子母亡，遂不復至，寓吳之夕香菴，一當事屏輿從訪之，聞聲避匿，當事嘆息而去。〔卷六〕

光緒烏程縣志　董說字若雨，號西庵，自稱鷓鴣生，斯張子。幼時謁開元寺聞谷大師廣印，錫名智齡。事母至孝，畢生孺慕不衰。年十四補弟子員，旋食廩餼，出太倉張溥門，工古文辭，江左名士爭相傾倒，而姿稟孤特，與俗寡諧。更國變，遂棄諸生，改姓林，名蹇，字遠游，號南村，亦稱林鬍子，又稱槁木林。皈依靈巖繼起大師宏儲，名之曰元潛，字俟庵，屏迹豐草庵，宗親莫覩其面。精研五經，尤邃於易，方言、地志、星經、律法、釋老之書，靡不鈎纂。少未嘗作詩，酉戌以後，始爲詩以寫其空坑崖海之思。樂府出入漢魏。丙申秋，削髮靈巖，更名南潛，字月涵，一作月巖，又字寶雲，號補樵，一號楓巢，又名本以雲游四方，浮湘上衡嶽，至長沙，見陶汝鼐，傾蓋言歡。晤寓公黃周星，曰，此古之傷心人也，屐桑海遺氏錄，黯然而別。已歸吳中，主古堯峯寶雲院，時往來於洞庭之西小湖及潯溪補船庵之間。甲子母亡，葬畢歸山，遂不復至。嘗寓吳之夕香庵，一當事屏輿從訪之，聞聲避匿，當事歎息而去。年六十七示寂夕香，時康熙丙寅五月六日也。子樵牧耒舫漁村，說戒諸子棄舉業，以韋布終其身，兄弟六人確守家訓；樵與耒學尤拔出，詩尤瀟蕩俊偉。樵字袠夏，號蕉圃，耒字江屏，號稼庵。〔羅志胡府志溫袠忱董若雨傳明詩綜兩浙輶軒錄南潯志〕〔卷十六人物〕

光緒烏程縣志 董說人物傳 易發八卷一作易法 易運 周易十八爻未濟通輪表 周易十三爻參天地兩表 出震三易合表 洪範變 古詩緯 詩發 周禮緯一卷 左傳提一卷 律呂發一卷一名律呂考 六書發 史記脈 二代文獻一名夏殷文獻 七國考十四卷分職官食貨都邑宮室國名羣禮音樂器服雜記喪制兵制刑法災異瑣徵凡十四類每類各分秦齊楚趙韓魏燕七國 潯書 豐草庵書譜即書目 運氣定論一卷 天官翼 天象編年 歲差考 文音發一卷 豐草庵雜著十二卷照陽夢史一名 夢鄉志非煙香法柳谷編河圖卦版文字發分野發詩律表七種各一卷漢鐃歌發三卷分測義測韻測音三門樂緯掃葉錄二種各二卷 林翳子野語七卷分堯天表離中緯寶鏡拈殘雪錄四種題南村林蹇 遠游著小序自稱鷓鴣溪上林翳子 甲申野語 曉寒長語 相字略 夢鄉譜 聞書 桐葉十書 草庵羣碎錄 豐暇錄 問道錄 承雨錄一卷 研雪錄一卷 蘭葉筆存一卷一名慎辭錄題釋本以撰 楝花磯隨筆一卷附雜文一卷 拂煙錄一卷 堯封語錄四卷 寶雲語錄二卷 靈巖首座寮語錄二卷 樵堂說略一卷 堯封別錄四卷 寶雲別錄四卷 靈巖餘錄 散隨錄四卷 寶安錄 樵堂法頂拈一卷 七法頂五篇 法華嶺太極圖說表 臨濟兩宗世次表 篋屋記一卷 化琉璃記 寶雲雜著一卷 宗門書法一作法書 石楠堂石表 豐草庵前集三卷別集六卷

詩集十一卷　辛壬雜著　甲申乙酉詩歌一卷　乙酉雜文一卷　丙戌悲憤詩一卷　賓雲詩集七卷　禪樂府一卷　補船長語八卷（一名補船集）　賓雲詩甲編二卷乙存三卷　散隨續稿一卷　樵堂題跋一卷　西荒詩三卷　西荒別存一卷　西荒別編一卷　小品一卷　癸亥雜文一卷　乙酉集　秋雪堂稿一卷　二餘雜稿　後庚集　藥離雜文一卷　乙丑雜文一卷　若雨逸稿一卷　南潛詩一冊　風雅編年　古樂府發　文苑英華詩略　嶺雲集（錄古今山水詩畫方外之文）　曉寒合錄（（南潛志）說所著尚有通鑑翼宋異編年五六高原暉堂家語兒雅樵雅蟲魚箋草木箋僧寶五書古文編年疑末屬草故不錄楊鳳苞南疆逸史跋有無名氏夢華潭客談疑亦說所作）〔卷三十一著述一〕

東周列國演義

常談叢錄 說部之書，以話說字起者，至今漸益多。有憑虛結構者，亦有依傍古事而裝點者。大概皆爲說書人所撰，多成於粗鄙之人，或閒放之士，儒者不屑道，故其籤帙不登於架。然此亦別是一家筆墨，其流總出於稗官野史也。凡於各朝代之興衰治亂，皆有敍述，而三國衍義最稱，其次則東周列國志。予謂爲列國志者尤難，蓋國多則頭緒紛如，難於聯貫，又列國時事多首尾曲折不具詳，難於敷衍，未免使覽者厭倦。今觀其書於附會處，每多細意體會，如齊襄公之弑，依左傳從獵貝丘，起見大豕人立而啼，從者謂是公子彭生，懼而隊車喪屨之下，添豕啣屨去之語。及賊入尋公不見，而見一屨於複壁下，乃得而弑焉。謂蓋彭生厲魂化豕，取屨置壁下，以報公也。得此而前者豕之見屨之喪，及誅屨弗得，始爲有因。不拘泥於左氏見公足戶下之言，斯爲善解左文者矣，豈妄爲添飾之比哉。〔淸李元復〕、

鬘櫻廡隨筆 開歲無俚，兒輩案頭有東周列國演義，偶一翻帙，是書起周幽迄秦政，臚敍事實，與左國史鑑十九符合，絕無嚮壁虛造之言。其第八十三回有云：句踐班師回越，載西施以歸，越夫人潛使人引出，負以大石，沈於江中，曰：此亡國之物，留之何爲？後人不知其事，訛傳范蠡載入五湖，遂有「載去西施豈無意，恐留傾國誤君王」之句。按范蠡扁舟獨往，妻子且棄之，況吳宮寵妃，何敢私載乎？又有言范蠡恐越王復迷其色，乃以計沈之於江，此亦謬也。（演義止此）曩余輯證璧集，（元名祥福集，取「語作吉祥能載福」句義，凡爲昔人辨誣之文，皆吉祥文字也。）辨西施隨范蠡之誣，語兒亭舊說之非，並極詳確。惟西施負石沈江，越夫人實主之，則僅見於是書，是亦證璧之一說，

惜未詳其所本耳。

說岳全傳

堅瓠集：夷堅志載：秦檜矯詔，逮岳武穆父子下棘寺獄，遣万俟卨鍛鍊，未服。一日，檜於東廂窗下畫灰密謀，檜妻王氏曰：擒虎易，放虎難。武穆遂死獄中，張憲岳雲棄市。金人酌酒相賀曰：莫予毒也！後檜挈家游西湖，忽得暴疾，見一人瞋目厲聲曰：汝誤國害民，我已訴於天，當受鐵杖於太祖皇帝殿下。檜自此怏怏以死。未幾，子熺亦亡。方士伏章見熺荷鐵枷，因問太師何在，熺泣曰：在酆都。方士如其言以往，果見檜與万俟卨俱荷鐵枷囚鐵籠中，備受諸苦。檜囑方士曰：煩傳語夫人，東窗事犯矣！後有考官歸自荆湖，暴死旅舍，復甦曰：適看陰間斷秦檜事，檜與卨爭辯，檜受鐵杖，押往某處受報矣。但不載押衙何立事。江湖雜記，載檜既殺武穆，向靈隱寺祈禱，有一行者亂言譏檜，檜問其居止，僧賦詩有「相公問我歸何處，家在東南第一山」之句，檜令隸何立物色。立至一宮殿，見僧坐決事，立問侍者答曰：地藏王決秦檜殺岳飛事。須臾數卒引檜至，身荷鐵枷，囚首垢面，見立呼告曰：傳語夫人，東窗事發矣！七修類稿又載元平陽孔文仲有東窗事犯樂府，杭金人傑有東窗事犯小說，廬陵張光弼有蓑衣仙詩樂府，小說不能記憶，大約與世所傳相似。詩有引云：宋押衙何立。秦太師差往東南第一峯搆幹，恍惚一人引至陰司，見檜對岳事，令歸告夫人，東窗事犯矣。復命後，即棄官學道蛻骨，今蘇州玄妙觀蓑衣仙是也。據此諸說，則當日實有是事，非止假說爲武穆雪冤也。

〔清。褚人穫〕

續金瓶梅

今世說 丁野鶴宦椒邱廣文，忽念京師舊游，策長耳驢，冒風雪日馳三四百里，至華嚴寺陸舫中，召諸貴遊山人琴師劍客雜坐酣飲，笑謔怒罵，筆墨淋漓；興盡策驢而返。（丁名耀亢，山東諸城人，襟期曠朗，讀書好奇，節高譚驚坐，目無古人。）〔清王晫〕

今世說 丁野鶴在椒邱，每晏起不冠，搦管倚樹，高哦得佳句，呼酒禿髮酣叫，傍若無人，閒以示椒邱諸生，多不解，因抵地直上牀蒙被而睡。〔清王晫〕

池北偶談 徐東癡言：少時於章邱逆旅見一客，袴褶急裝，據案大嚼，旁若無人。見徐年少，呼就語曰，吾東武丁野鶴也，頃有詩數百篇，苦無人知，子爲我定之。因擲一巨編示徐，尚記其一律云：「陶令兒郎諸葛妻，妻能炊黍子蒸藜，一家命薄皆耽隱，十載形勞合靜栖。野徑看雲雙屐蠟，石田耕雨半犂泥，誰須更洗臨流耳，戞戞幽禽盡日啼。」野鶴晚遊京師，與王文安（鐸）諸公倡和，其詩亢厲，無此風致矣。〔清王士禎〕

聊齋志異呂湛恩注 野鶴公名耀光，字西生，貢生，明侍御少濱公子，官容城敎諭，遷惠安知縣，著有陸舫，椒邱，江干，歸山，聽山等詩集行世。〔清呂湛恩〕

乾隆諸城志 丁耀亢字野鶴，少孤，負奇才，倜儻不羈。弱冠爲諸生，走江南，遊董其昌門，與陳古白、趙凡夫、徐闇公輩聯文社。旣歸，鬱鬱不得志，取歷代吉凶諸事類，作天史十卷，以獻益都鍾羽正，羽正奇之。明季鄉國盜起，時益都王導坦用劉澤清兵捕士賊，耀亢素善導坦，遇於日照境，吏爲募數千人解安邱圍。順治四年入京師，由順天籍拔貢充鑲白旗教習，其時名公卿王鐸傅掌雷張坦公劉正宗龔鼎孳皆與結交日賦詩陸舫中，名大噪。陸舫者，耀亢所築室，而正宗名之者也。後爲容城教諭；遷惠安知縣，以母老不赴。爲詩踔厲風發，少時即饒丰韻，晚年語更壯浪，開一邑風雅之始，縣中諸詩人皆推爲先輩。六旬後病目，自署木雞道人，更著聽山草；卒年七十二。詩甚多，李澄中嘗爲選擇，序曰余取其言之昌明博大者，以與世相見云。〔卷三十六文苑〕

乾隆諸城志　丁耀亢逍遙遊一卷，陸舫詩草五卷，椒邱詩二卷，江干草一卷，歸山草二卷，聽山亭草一卷，天史十卷，西湖扇傳奇一卷，化人遊傳奇一卷，蚺蛇膽傳奇一卷，赤松遊傳奇一卷。〔卷十三藝文考〕

四庫全書總目　丁野鶴詩鈔十卷（江西巡撫採進本）國朝丁耀亢撰。耀亢字西生，號野鶴，諸城人。順治中由貢生官至惠安縣知縣。是集凡分五種：曰椒邱集二卷，起甲午，終戊戌，官容城教諭時所作；曰陸舫詩草五卷，起戊子，終癸巳，皆其入都以後所作；曰江干草一卷，起己亥，終庚子；曰歸山草一卷，起壬寅，終丙午；曰聽山亭草一卷，起丁未，止己酉。自陸舫詩草以前，耀亢所自刻，江干草以下，皆其子愼行所續刻也。耀亢少負儁才，中更變亂，栖遲羇旅，時多激楚之音；自入都以後，交游漸廣，聲氣日盛，而性情之故亦日薄。王士禎池北偶談載其陶命兒郎諸葛妻一律，謂野鶴晚遊京師，與王文安諸公唱和，其詩亢厲無此風致，蓋亦有所不滿矣。〔卷一百八十二集部別集類存目九〕

無聲戲

心齋集　湖上李笠翁作無聲戲小說，有鬼輸錢故事。所敍賭場情狀，不翅頰上三豪，此雖其筆舌之妙，亦以此中人眞有如是之不堪言說者。前段戒賭，後段傳戒囊家，描寫偪眞，令人生畏。嗚呼，今世之子弟以好賭敗厥家聲者，不可勝數，其祖父九泉之下，亦安得盡如王繼軒者，現賭人身而爲說法乎哉！〔清，程鴻詔〕

清波三志　李漁字笠翁，錢塘人。有慧性，善製作，工詩文，諳音律，遨遊公卿間，通倪儻蕩，有古滑稽風。築芥子園於鐵冶嶺上，凡門扇、窗牖、扁額、對聯，皆獨出新意，即起居服用之物，亦多異尋常，其制度備載所著閒情偶記中。著述頗富，如一家言，耐歌詞，笠翁尺牘，笠翁詩韻，十種曲，芥子園畫譜及各種稗史，皆其行世者也。子將華，遷居吳門。〔清，陳景鐘〕

十二樓

納川叢話　李笠翁十種曲，實傳奇中之錚錚者。后人多輕視之，最不可曉。詆笠翁尤甚者，爲袁隨園。然隨園之爲人，與笠翁亦不過五十步百步之分耳。笠翁著有平話小說，曰十二樓，倣今古奇觀體例，書甚佳，可與十種曲參觀。又俗傳耶蒲緣亦出笠翁手筆，余讀之良然。

女仙外史

野獲編 永樂十八年，山東魚臺縣妖婦唐賽兒，本縣民林三妻，少誦佛經，自號佛母，詭言能知前後成敗事。又能剪紙爲人馬相鬥，往來益都諸城安邱莒州卽墨壽光諸州縣，擁衆先據益都，指揮高鳳等討之，俱陷歿。上命使馳驛招撫之，不報。乃遣總兵安遠侯柳升等討之，賊衆敗去；餘黨漸俘至京師，而賊首不得。上以賽兒稽大刑，慮削髮爲尼，或遁女道士中，命北京山東境內尼及女道士悉逮至京師面訊；既又命在外有司，凡軍民婦女出家爲尼及道姑者，悉送之京師，而賽兒終不獲。一云賽兒至故夫林三墓所，發土得一石匣，中有兵書寶劍。賽兒秘之，因以叛，後終逸去，蓋神人所佑助云。〔明，沈德符〕

通俗編 明史成祖記：永樂十八年二月，蒲臺妖婦唐賽兒作亂。安遠侯柳升帥師討之，三月辛巳，敗賊於卸石，賽兒逸去。甲申，山東都指揮僉事衛青敗賊於安邱，指揮王眞敗賊於諸城，獻俘京師。按雜說，唐賽兒夫死，祭墓經山麓，見罅露出石匣，發視得妖書，取以究習，遂得通諸術。削髮爲尼，以其教施於村里，凡衣食財物，隨須以術運至。細民翕然從之，漸至數萬，官軍不能獲。朝命集數路擊之，屢戰，殺傷甚衆。既而捕得，將伏法，刃不能入，不得已，復下獄，三木被體，鐵紐繫足，俄皆自解脫，竟遁去，不知所終。好事者演其事，謂之女仙外史。〔清，翟灝〕

茶香室叢鈔 劉廷璣在園雜志云：吳人呂文兆熊，性情孤冷，舉止怪僻，所衍女仙外史百回，亦荒誕，而平生學問心事，皆寄託於此。女仙外史一書，余在京師曾見之，不知爲呂文兆所作也。〔清，俞樾〕

隋唐演義

兩般秋雨盦隨筆　隋唐演義，小說也，敍煬帝明皇宮闈事甚悉，而皆有所本。其敍土木之功，御女之車，矮民王義及侯夫人自經詩詞，則見於迷樓記。其敍楊素密謀，西苑十六院名號，美人名姓，泛舟北海，遇陳後主，楊梅玉李開花，及司馬戡逼帝，朱貴兒殉節等事，並見於海山記。其敍宮中閱廣陵圖，麻叔謀開河食小兒，冢中見宋襄公，狄去邪入地穴，皇甫君擊大鼠，殿腳女挽龍舟等事，並見於開河記（三記皆韓偓撰。）其敍唐宮事，則雜採劉餗隋唐嘉話，曹鄴梅妃傳，鄭處誨明皇雜錄，柳珵常侍言旨，鄭棨開天傳信記，王仁裕開元天寶遺事，無名氏大唐傳載，李德裕次柳氏舊聞，史官樂史之太眞外傳，陳鴻之長恨歌傳，復緯之以本紀列傳而成者，可謂無一字無來歷矣。〔淸梁紹壬〕

浪跡續談　唐書高祖諸子傳，高祖二十二子。竇皇后生建成，太宗，元吉，元霸。元霸字大德，幼辨惠，隋大業十年薨，年十六，無子，武德元年追王及諡曰衞懷王。今小說家所言元霸勇力事，正史俱無之。〔淸梁章鉅〕

小浮梅閒話　梁紹壬兩般秋雨庵隨筆，稱隋唐衍義所載隋唐間事，幾於無一事無來歷。余按所載煬帝事，皆本海山記，迷樓記，開河記三書。此三書並載明吳琯古今佚史中，無譔人名氏，本非實錄。小說家據以敷衍，較之鑿空譔造者，稍有據耳。唯矮民王義，實自宮，不蓄妻子，帝未遇害，義先自刎死，則小說所載，又不亡增益其詞也。至煬帝諸子，並無至突厥者。隋書煬三子傳：齊王暕遺腹子政道，與蕭后同入突厥，處羅可汗號爲隋王，中國人沒入北蕃者，悉配之，以爲部落，以定襄城處之。及突厥滅，歸於大唐，授員外散騎侍郎。是入突厥者，煬帝之孫，非趙王杲也。杲死江都之難，未嘗至突厥，而政道又與蕭后偕往，非如小說所云王義夫婦奉之而去也。又此書託始於秦叔寶，而所載叔寶事，多無稽考。羅藝傳：曹州女子李氏，爲五戒，自言通於鬼神，高祖聞之，詔赴京師。因往來藝家，謂藝妻孟氏曰：妃骨相貴不可言，必當母儀天下。孟竺信之，命密觀藝。又曰：妃之貴者由於王，王貴色發矣，十日間當升大位。孟氏由是勸藝反，孟及李皆坐斬。是藝妻孟氏，非秦也。所傳秦叔寶事，多非其實。〔清，俞樾〕

茶香室叢抄　唐劉餗隋唐嘉話云：英公始與單雄信俱臣李密，結爲兄弟。密既亡，雄信降王世充；勣來歸國。后與海陵王元吉圍雒陽，元吉恃其膂力，每親行圍，王世充召雄信告之，雄信馳馬而出，槍不及海陵者尺。勣惶遽，連呼曰：阿兄阿兄，雄信攬轡而止。世俗相傳以爲救太宗，不知實救元吉也。宋長白柳亭詩話：貫休作懷素屮書歌曰：忽如鄂公捉住單雄信，秦王身上搭著棗木槊。史稱敬德善辟矟，與元吉鬥勝，嘗三奪之。后秦王與王世充戰，雄信躍馬奮槊，幾及秦王，敬德橫刺雄信墜馬，蓋實事也。〔清，俞樾〕

談瀛室隨筆　隋唐衍義載隋文帝獨孤后之悍妒，實爲古今所罕見。明人姜南洗硯新錄，轉据箨冠道人徐延之云：史稱隋文帝獨孤后妒，後宮罕得進御，尉迴女孫沒入宮，得幸於上，后陰殺之。帝大怒，單騎入山谷間，行行十餘里，高熲楊素追及，叩馬苦諫還宮。熲夫人卒，帝欲爲娶，熲辭年老，納室非所願。後熲妾生男，后不悅，譖熲於帝：「陛下尚復信高熲邪？始欲爲熲娶，而熲面欺，今其詐見矣！」帝由是疎熲。太子勇詔訓雲氏有寵，生儼裕，又諸姬子數人，而與妃元氏不相得，后稱不平，遣人伺求勇過，不惟於帝有妒，且妒其子妾，而又妬於熲，所謂并他人家亦妒也，殊不可曉。以余論之，自古得國之暴，未有如文帝者，故未旋踵而身弑國危。獨孤之妬，楊素之奸，殆天生二人以爲亡隋之階邪？

隔簾花影

茶香室叢抄　明沈德符顧曲雜言，袁中郎觴政云云。今金瓶梅尚有流傳本，而玉嬌李則不聞有此書矣。余從前在書肆中見有名隔簾花影者，云是金瓶梅後本，余未披覽，不知是否此書也。〔淸俞樾〕

譚瀛室筆記　明沈德符顧曲雜言云：袁中郎觴政，以金瓶梅配水滸傳爲外典。中郎又云，尚有玉嬌李者，亦出此名士手筆。與前書各設報應因果，武大後世化爲淫夫，上蒸下報；潘金蓮亦作河間婦，終以極刑；西門慶則一騃男子，坐視妻妾外遇，以見輪迴不爽。中郎亦耳剽，未見之也。俞曲園嘗轉引其說，謂金瓶梅今尚有流傳本，而玉嬌李則不聞有此書。從前在書肆中見有名隔簾花影者，云是金瓶梅後本，余未披覽，不知是否此書云云。按現在坊間流行之玉嬌李，筆意蕪陋惡劣，且所述之事與西門慶潘金蓮等絕不相關，必係後人襲其名，而別譔事實爲魚目之混。中郎所謂與金瓶梅同出此名士手者，恐另有其書，今則久已失傳矣。至隔簾花影，確係金瓶梅後本，惟西門慶易名南宮吉，吳月娘易名楚雲娘，潘金蓮易名紅繡鞋，其李瓶兒春梅等，亦均有以意闔合之名；而敍述汴京遭金人蹂躪，西門一家流離困苦，以及妻妾淫蕩猥褻之事，描寫頗淋漓盡致。所謂報應因果者，庶乎近之。筆意雖不及金瓶梅之靈活跳脫，然亦頗不弱。唯究以淫穢太多，坊間不敢公然發售，故欲求其書亦殊不易也。

醒世姻緣傳

骨董瑣記　夢闌瑣筆云：聊齋志異，乾隆三十一年萊陽趙起杲守睦州，以稿本授鮑以文廷博刊行。余蓉裳集，時客于趙，爲之校讐是正焉。鮑以文云：留仙尚有醒世姻緣小說，實有所指，書成爲其家所訐，至褫其衿，易簀時，自知後身卽平陽徐崑，字后山，登鄉榜，撰柳崖外編。乾隆庚子，其孫某所述如此。志異未刊者尚數百篇，藏于家。按留仙曾擇志異中珊瑚張訥江城，編爲小曲，演爲傳奇；又輯古來言行關于修身齊家接物處世之道，成書五六十卷。柳泉在其邑東，泉深丈許，水滿而溢，小山環之，雜以垂柳，頗稱勝境，因以爲號。又作逸老園，殆晚歲境稍亨矣。〔當代，鄧文如〕

劉公案

小說話　劉大人私訪一書，乃說山東諸城劉文淸相國事。聞相國在日，此書亦流傳社會，相國聞之，喚一說者來謂之曰：「且說一夕吾聽之內有一句實說，卽賞錢百文。」既罷，僅與百錢，說者請曰：「一夕中只有一句實耶？」公曰：「然。」問何句？曰：「私訪二字。除此之外，無一句道著。」其書雖粗野可笑，然亦頗有意味。中有一段，謂文淸奏參乾隆皇帝盜明陵梁棟，修乾淸宮，知法犯法，罪加一等，按律應流，帝遂下江南，以應流罪。〔當代，解弢〕

兒女英雄傳

棲霞閣野乘 兒女英雄傳說部，燕北閒人著。全書所記，皆俠女何玉鳳事，其人有無不必論，惟據其紀載，則玉鳳故大家女也。奉老母辟地青雲山，隱其名曰十三妹，則以有一功名蓋世炙手可熱之人陷其父於死，立志不與共戴天也。功名蓋世者為誰？曰紀獻唐也，即閒人所謂天大地大無不大者。然本朝二百六十年中有紀獻唐其人不乎？吾之意，以為紀者年也，獻者，曲禮云：犬名羹獻，唐為帝堯年號，合之則年羹堯也。年氏用兵西陲，轉戰萬里，為本朝勛臣第一，後以跋扈誅，人盡知之矣。其事蹟與本傳所記悉合，故吾謂其書雖傳何玉鳳，實則傳年羹堯也。紀獻唐特變幻其字耳。雖然，年以罪誅，直書其名，述其事，當不至干犯禁網，何須委曲乃爾？意者，年氏之死，出於同僚誣衊，而非其罪，燕北閒人特隱約其詞，紀之小說，以表明之耶？不然，何玉鳳為全書主人，而開宗明義第一章，反敘安驥救父，玉鳳正事，直至全書將完，始行述及，何也？安氏籍貫，惟著者之意所欲云，必曰旗人，又何也？夫阿里嗎一武夫耳，且忌之如眼中釘，必殺之而後快，不以其為滿人，故稍寬假之。況年羹堯以漢兒而擁重兵，目無餘子者乎。燕北閒人蓋言之有餘痛矣，試稔知博聞者。〔清，孫靜庵〕

說唐演義

小浮梅閒話　舊唐書薛仁貴傳：仁貴自恃驍勇，欲立奇功，乃異其服色，著白衣握戟，腰鞬張弓，大呼先入，所向無前。太宗遙望見之，遣馳問先鋒白衣者爲誰？特引見，賜馬兩匹，絹四十匹，則俗傳爲白袍小將，固有徵矣。高宗稱其北伐九姓，東檄高麗，漢北遼東，咸遵聲教者，並卿之力也。其爲一朝名將，固不必言。其子訥，自有傳。始爲藍田令，其后突厥入寇，武后以訥將門，使攝左武威將軍安東道經略，久當邊鎮之任，累有戰功。開元二年，討契丹，爲所覆，訥脫身走免；制削其官爵。吐蕃寇臨洮，以白衣攝左羽林將軍，爲隴右防禦使，大破賊衆，錄功拜左羽林軍大將軍，復封平陽郡公，卒諡昭定。史稱其沉勇寡言，臨大敵而益壯，是訥固不愧將門之子。其弟楚玉，開元中爲幽州大都督府長史，以不稱旨代而卒。訥子暢，拜朝散大夫。薛氏一門，可考者如此。世人附會云薛家世爲名將，則非也。〔清，俞樾〕

紅樓夢

隨園詩話　康熙年間，曹楝亭爲江寧織造，每出，擁八騶，必攜書一本，觀玩不輟。人問公何好學？曰，非也。我非地方官，百姓見我必起立，我心不安，故藉此遮目耳。素與江寧太守陳鵬年不相得，及陳獲罪，乃密疏薦陳，人以此重之。其子雪芹撰紅樓夢一書，備記風月繁華之盛；明我齋讀而豔之。當時紅樓有女校書某尤豔，我齋題云：「病容憔悴勝桃花，午汗潮回熱轉加，猶恐意中人看出，強言今日校差些，威儀棣棣若山河，應把風流奪綺羅，不似小家拘束態，與時偏少默時多。」〔清袁枚〕

關隴與中偶憶編　飲水詩詞集，爲長白性德著，大學士明珠子。曝書亭集有輓納蘭侍衛詩，世所傳賈寶玉者，卽其人也。詞以小令爲佳，得南唐李後主意。余嘗刻於粵西藩署，原本殘缺，其有不合律者，或傳抄之訛，余爲更易十數處。周稚圭中丞之琦稱爲善本焉。〔清張祥河〕

勸戒四錄　紅樓夢一書，誨淫之甚者也。乾隆五十年以後，其書始傳，爲演說故相明珠家事：以寶玉隱明珠之名，以甄（眞）寶玉賈（假）寶玉亂其緒，以開卷之秦氏爲入情之始，以卷終之小青爲點睛之筆。摹寫柔情，婉孌萬狀，啓人淫竇，導人邪機。自是而有續紅樓夢，後紅樓夢，紅樓重夢，紅樓復夢，紅樓再夢，紅樓幻夢，紅樓圓夢諸刻，曼衍支離，不可究詰。評者尚嫌其手筆遠遜原書，而不知原書實爲厲階。諸刻特衍誨淫之謬種，其弊一也。滿洲玉研農先生（麟）家大人座主也，嘗語家大人曰：紅樓夢一書，我滿洲無識者流，每以爲奇寶，往往向人夸耀，以爲助我鋪張。甚至串成戲齣，演作彈詞，觀者爲之感嘆欷噓，聲淚俱下，謂此曾經我所在場目擊者。其實毫無影響，自欺欺人，不値我在傍齒冷也。其稍有識者，無不以此爲誣蔑我滿人，可恥可恨。若果尤而效之，豈但書所云驕奢淫佚，將由惡終者哉？我做安徽學政時，曾經出示嚴禁，而力量不能遠及，徒喚奈何。有一庠士頗擅才筆，私撰紅樓夢節要一書，已付書坊剞劂，經我訪出，曾褫其衿，焚其版，一時觀聽頗爲肅然；惜他處無有仿而行之者。那繹堂先生亦極言紅樓夢一書爲邪說詖行之尤，無非蹧蹋旗人，實堪痛恨；我擬奏請通行禁絕，又恐立言不能得體，是以隱忍未行，則與我有同心矣。此書全部中無一人是眞的，惟屬筆之曹雪芹實有其人，然以老貢生槁死牖下，徒抱伯道之嗟，身後蕭條，更無人稍爲矜恤，則未必非編造淫書之顯報矣。〔清梁拱辰〕

桐陰清話　樗散軒叢談載紅樓夢實才子書也，或言是康熙間京師某府西賓常州某孝廉手筆。巨家間有之，然皆抄錄無刊本，乾隆某年，蘇大司寇家因是書被鼠傷，付琉璃廠書坊裝釘，坊中人藉以抄出，刊板印刷漁利。其書一百二十回，第原書僅止八十回，余所目擊，後四十回不知何人所續云云。按紅樓夢八十回以後，皆高蘭墅（鶚）所補，見船山詩注。〔清倪鴻〕

庸閒齋筆記　淫書以紅樓夢爲最，處描摩癡男女情性，其字面絕不露一淫字，令人目想神游，而意爲之移，所謂大盜不操干矛也。豐潤丁雨生中丞巡撫江蘇時，嚴行禁止，而卒不能絕，則以文人學士多好之之故。余弱冠時，讀書杭州，聞有某賈人女，明艷工詩，以酷嗜紅樓夢，致成瘵疾。當綿綴時，父母以是書貽禍，取投諸火，女在床，乃大哭曰：奈何殺我寶玉，遂死，杭州人傳以爲笑。此書乃康熙年間江寧織造曹楝亭之子雪芹所撰，楝亭在官有賢聲，與江寧知府陳鵬年素不相得，及陳被陷，乃密疏薦之，人尤以爲賢。至嘉慶年間，其曾孫曹勛，以貧故入林清天理教，林爲逆，勛被誅，覆其宗世以爲撰是書之果報焉。〔清陳其元〕

郎潛紀聞二筆　姜西溟太史宸英與其同年李脩撰蟠，同典康熙己卯順天鄉試，獲咎。……時蓋因士論沸騰，有「老姜全無辣氣，小李大有甜頭」之謠，風聞於上，以致被逮，姜竟卒於請室。第前輩多紀述此事，而不能定其關節之有無。昔讀鮚埼亭集先生墓表稱滿朝臣僚皆知先生之無罪，而王新城亦有「我爲刑官，令西溟以非罪死，何以謝天下」之語，知同時公論，早以西溟之連染爲寃。嗣聞先師徐柳泉先生云：小說紅樓夢一書，即記故相明珠家事，金釵十二，皆納蘭侍御所奉爲上客者也。寶釵影高澹人，妙玉即影西溟先生，妙爲少女，姜亦婦人之美稱，如玉如英，義可通段，妙玉以看經入園，猶先生以借觀藏書就館相府，以妙玉之孤潔而横罹盜窟，并被以喪身失節之名，以先生之貞廉而庾死圜扉，并加以嗜利受賕之謗，作者　深痛之也。徐先生之言甚詳，惜余不盡記憶。……〔清陳康祺〕

郎潛紀聞三筆　康熙己卯夏四月，上南巡回馭，駐蹕于江寧織造曹寅之署。曹世受國恩，與親臣世臣之列，爰奉母孫氏朝謁。上見之色喜，且勞之曰：此吾家老人也。賞賚甚渥。會庭中萱花盛開，遂御書「萱瑞堂」三字以賜。考史大臣母高年召見者，或給扶，或賜幣，或稱老福，從無親灑翰墨之事。曹氏母子，洵昌黎所云「上祥下瑞無休期」矣。〔清陳康祺〕

國朝詩人徵略二編　容若原名成德，大學士明珠子，世所傳紅樓夢賈寶玉，蓋即其人也。紅樓夢所云，乃其髫齡時事。其詩善言情，又好言愁，摘錄兩首，可想見其人。……「幽谷有美人，無言若有思。含顰但斜睇，吁嗟憐者誰？予本多情人，寸心聊自持。私心託遠夢，初日照簾帷。」詩中美人，卽林黛玉耶？〔淸，張維屏〕

國朝詩人徵略二編　容若無題起句云：「是誰看月是誰愁？」余爲作出句云：「同我惜花同我病。」而句中皆有黛玉在。〔淸，張維屏〕

一亭雜記　乾隆八旬盛典後，京板紅樓夢流行江浙，每部數十金。至翻印日多，低者不及二兩。其書較金瓶梅愈奇愈熱，巧於不露，士夫愛玩鼓掌，傳入閨閣，毫無避忌。作俑者曹雪芹，漢軍舉人也。由是後夢、續夢、復夢、翻夢，新書疊出，詩牌酒令，鬥勝一時。然入陰界者，每傳地獄治雪芹甚苦，人亦不恤，蓋其誘壞身心性命者，業力甚大，與佛經之昇堂，正作反對。嘉慶癸酉，以林淸逆案，牽都司曹某，凌遲覆族，乃漢軍雪芹家也。余始驚其叛逆隱情，乃天報以陰律耳。傷風教者，罪安逃哉！然若狂者今亦少衰矣。更得潘順之補之昆仲，汪杏春嶺梅叔姪等，捐貲收燬，請示永禁，功德不小。然散播何能止息？莫若聚此淫書，移送海外，以答其鴟烟流毒之意，庶合古人屛諸遠方，似亦陰符長策也。〔淸，毛慶臻〕

小浮梅閒話　紅樓夢一書，膾炙人口，世傳爲明珠之子而作。明珠之子，何人也？余曰：明珠子名成德，字容若，通志堂經解每一種，有納蘭成德容若序，卽其人也。乾隆五十一年二月二十九日上諭：成德于康熙十一年壬子科中式舉人，十二年癸丑科中式進士，年甫十六歲。則其中舉人止十五歲，于書中所述頗合也。此書末卷自具作者姓名曰曹雪芹。袁子才詩話云：曹楝亭康熙中爲江寧織造，其子雪芹撰紅樓夢一書，備極風月繁華之盛，則曹雪芹固有可考矣。又船山詩草有贈高蘭墅鶚同年一首云：「豔情人自說紅樓」注云，傳奇紅樓夢八十回以後，俱蘭墅所補，然則此書非出一手。按鄉會試增五言八韻詩，始乾隆朝，而書中敍科場事，已有詩，則其爲高君所補可證矣。（納蘭容若飲水詞集有滿江紅詞爲曹子淸題其先人所搆楝亭即曹雪芹也）〔淸俞樾〕

茶香室三鈔　國朝朱彝尊靜志居詩話云：趙彩姬字今燕，名冠北里。時曲中有劉、董、羅、葛、段、趙、何、蔣、王、楊、馬、褚，先後齊名，所稱十二釵也。按此，則今小說中所稱金陵十二釵，亦非無本。〔淸俞樾〕

茶香室三鈔　禮親王昭槤嘯亭雜錄云：明太傅廣置田產，市買奴僕，厚加賞賚，使其充足，無事外求；立主家長，司理家務，奴隸有不法者，許主家立斃杖下。所逐出之奴，皆無容之者，曰伊于明府尚不能存，何況它處也。故其下愛戴，罔敢不法。其后田產豐盈，日進斗金，子孫歷世富豪。至成安時，以倨傲和相故，嬰法網，籍沒其產，有天府所未有者。也世傳紅樓夢小說，爲衍說明珠家事，今觀此，則明珠之子納蘭成德至成安籍沒時，幾及百年矣，于事固不合也。雜錄又載癸酉之變云：有侍衛那倫者，納蘭太傅明珠後也。少時家巨富，凡滌面銀器，日易其一，晚年貧窶，一冠數年，人多笑之。是日應值太和門，聞警趨入，遂被害。此亦可見明珠家之久富矣。又云：納蘭侍衛寧秀，爲明珠太傅曾孫，生時有髭數十莖，羅羅頤下。年弱冠，顏貌蒼老，宛如四五十人，未三十即下世，其家因之日替，亦一異也。小說所稱生有異徵者，豈即斯人與？〔淸俞樾〕

壺東漫錄　紅樓夢小說有詠林四娘事，此亦實有其人。王漁洋池北偶談云：閩陳寶鑰字綠崖，觀察青州。一日，燕坐齋中，忽有小鬟，年可十四五，姿首甚美，褰簾入曰：林四孃見。逡巡間，四娘已至前萬福，蠻髻朱衣，繡半臂，鳳觜鞾，腰佩雙劍，自言故衡王宮嬪也，生長金陵，衡王以千金聘妾入後宮，寵絕倫輩，不幸早死，殯于宮中，不數年國破，遂北去，妾魂魄猶戀故墟，今宮殿荒蕪，聊欲假君亭館延客，願無疑焉。自是日必一至，久之設具宴陳，嘉肴旨酒，不異人世，亦不知從何至也。酒酣，敍述宮中舊事，悲不自勝，引節而歌，聲甚哀怨，舉坐沾衣罷酒。一日，告陳言當往終南山，自后遂絕。有詩一卷，其一云：「靜鎖深宮憶往年，樓台簫鼓徧烽烟，紅顏力辱難爲厲，黑海心悲只學禪。細讀蓮華千百偈，閒看貝葉兩三篇，梨園高唱興亡事，君試聽之亦惘然，」是林四娘事甚奇，而云早死，殯于宮中，則與小說家言不甚合，或傳聞異詞乎？考之明史，憲宗之子祐揮，封衡王，就藩青州，其玄孫常澵，萬歷二十四年襲封，不載所終，林四娘所云，國破北去者，卽斯人矣。〔淸，俞樾〕

三借廬筆談 石頭記筆墨深微，初讀忽之，而多閱一回，便多一種情味，迨目想神游，遂覺甘爲情死矣。然此書之淫，妙在有意無意，非粗淺人所得而知。蘇州金姓，吾友紀友梅之戚也，喜讀此記，設林黛玉木主，日夕祭之，讀至絕粒焚稿數回，則嗚咽失聲，中夜常爲隱泣，遂得癇疾。一日，炷香長跽，良久拔爐中香出門，家人問何之？，曰往警幻天見瀟湘妃子耳。家人雖禁之，而或迷或悟，哭笑無常，卒於夜深逸去，尋數月始獲云。〔淸，鄒弢〕

三借廬筆談 許伯謙茂才紹源，論紅樓夢，尊薛而抑林，謂黛玉尖酸，寶釵端重，直被作者瞞過。夫黛玉尖酸，固也，而天眞爛漫，相見以天；寶玉豈有第二人知己哉？況黛玉以寶釵之奸，鬱未得志，口頭吐露，事或有之，蓋人當歷境未亨，往往形之歌咏，詩三百篇，大抵聖賢發憤之所爲作也。聖賢且此如，何有於兒女？寶釵以爭一寶玉，致矯揉其性，林以剛，我以柔；林以顯，我以暗，所謂大奸不奸，大盜不盜也。書中譏寶釵處，如丸曰冷香，言非熱心人也。水亭撲蝶，欲下之結怨於林也，借衣金釧，欲上之疑忌於林也，此皆其大作用處。楊國忠三字，明明從自己口中說出，作者故弄狡獪，不可爲其所欺。況寶釵在人前，必故意裝喬，若幽寂無人，如觀金鎖一段，則眞情畢露矣。己卯春，余與伯謙論此書，一言不合，遂相齟齬，幾揮老拳，而毓仙排解之，於是兩人誓不共談紅樓。秋試同舟，伯謙謂余曰：君何爲泥而不化邪？余曰：子亦何爲窒而不通邪？一笑而罷。〔清鄒弢〕

粟香隨筆　容若名性德，原名成德，滿洲人。十八舉鄉試，十九成進士，大學士明珠子，生長華閥，勤於學問，通志堂經解，卽其所刻，又輯全唐詩選，自著有通志堂集。有絕句云：「綠槐陰轉小欄杆，八尺龍鬚玉簟寒，自把紅窗開一扇，放他明月枕邊看。」張南山謂其最近韓冬郎。〔清金武祥〕

棲霞閣野乘　紅樓夢一書，說者極多，要無能窺其宏旨者。吾疑此書所隱，必係國朝第一大事，而非徒紀載私家故實。謂必明珠家事者，此一孔之見耳。觀賈政之父名代善，而代善實禮烈親王名，可以知其確非明珠矣。今略舉所臆見諸條於後，以諗世之善讀此書者。林薛二人之爭寶玉，當是康熙末允禩諸人奪嫡事。寶玉非人，寓言玉璽耳，著者故明言爲一塊頑石矣。黛玉之名，取黛字下半之黑字，與玉字相合，而去其四點，明明代理兩字。代理者，代理親王之名詞也。（廢太子後封理親王）理親王本皇次子，故以雙木之林字影之，猶慮觀者不解，故又於迎春之名曰二木頭，迎春亦行二也。寶釵之影子爲襲人，寫寶釵不能極情盡致者，則寫一襲人以足之，而襲人兩字拆之，固儼然龍衣人三字，此爲書中第一大事。此書所包者廣，不僅此一事，蓋順康兩朝八十年之歷史，皆在其中。海外女子，明指延平王之據臺灣，焦大蓋指洪承疇。承疇晚年罷柄權閒居，極侘傺無聊，曩曾於某說部中得其遺事數則，今忘之矣。

大醉後自表戰功，極與洪承疇事符合。妙玉必係吳梅村，走魔遇刼，卽紀其家居被迫，不得已而出仕之事。梅村吳人，妙玉亦吳人，居大觀園中而自稱檻外，明寓不臣之意。參觀桃花扇餘韻一齣，當日官府，方點派差役，持牌票訪求前代遺民，可知梅村之出，必備受逼迫也。王熙鳳當卽指宛平相國王文靖熙。康熙一朝，漢大臣之有權衡者，以文靖爲第一，書中固明言王熙鳳爲一男子也。〔當代孫靜庵〕

石遺室詩話　吳楳邨清涼山讚佛詩五首，爲前淸詩中一疑案。第一首第四韻云：「王母攜雙成，綠蓋雲中來。」言董姓也。以下漢皇坐法宮云云，至「對酒毋傷懷」，言皇帝定情，種種寵愛，以及樂極生悲，念及身後事也。第二首第三韻云：「可憐千里草，萎落無顏色」，言董姓者竟死也。以下「孔雀蒲桃錦」云云至「輕我人王力」言種種布施，以及大作道場，皇帝亦久久素食也。末韻「戒言秣我馬，遨遊凌八極」，先逗起皇帝將遠游也。第三首首韻云：「八極何茫茫，曰往淸涼山」，言將往淸涼山求之，以應第一首。首六句云：「西北有高山，云是文殊臺，臺上明月池，千葉金蓮開，花花相映發，葉葉同根栽。」言生有自來，本從五臺山來，故亦往五臺山去也。自「此山蓄靈異，」至「中坐一天人，吐氣如旃檀，寄語漢皇帝，何苦留人間」諸句，言來去明白，與山中見此天人，寄語勸皇帝出家，脫屣萬乘也。「房星竟未動，天降白玉棺，惜哉善財洞，未得誇迎鑾」四句，言非正大光明，舍身出家，迺託言升遐也。第四首自「嘗聞穆天子」云云，至「殘碑泣風雨，」言古天子之遠遊求仙，及佳人難再得，遂棄天下臣民者，以譬實係出家而託言升遐之事。不然，如安南國王陳日燇傳位世子，出家修行，庵居安子山紫霄峯，自號竹林大士者，正可比例也。至「天地有此山」以下，則明言皇帝在五臺山修行矣，故有「怡神在玉几」及「羊車稀復幸，牛山竊所鄙，縱灑蒼梧淚，莫賣西陵履」各云云也。於是相傳爲章皇帝董妃之事，然滿洲蒙古無董姓，於是有以董貴妃行狀與影梅庵憶語相連刊印者。有謂紅樓夢說部，雖寓康熙間朝局，其言賈寶玉因林黛玉死而出家，卽隱寓此事者。紅樓夢中諸閨秀結詩社，各起別號，獨黛玉以瀟湘妃子稱，冒辟疆寒碧孤吟，爲小宛而作，多言生離，而序言太白之才，明皇能憐之，貴妃可侍，巨璫可奴，末又言旦夕醉倚沈香，詔賦名花傾國，當此捧硯脫靴時，猶然憶寒碧樓否耶？憶語則既有與姬決捨之議，又有獨不見姬與數人強去之夢，恐其言皆非無因矣。〔當代，陳衍〕

骨董瑣記 庸閒齋筆記言：曹雪芹因著紅樓夢小說，後其孫綸入林清黨致族誅者，譬言也。按靖逆記：綸漢軍正黃旗人，曾祖金鐸，官驍騎校，伯祖瑛，歷官工部侍郎，祖珹，雲南順寧府知府，父廷奎，貴州安順府同知，有廉聲，與其妻荊妾孫，皆死苗難，綸與子福昌同磔，以廷奎故得免族誅。世或因寅瑛聲相近而混耳。雪芹名霑，以貢生終，無子。〔當代，鄧文如〕

骨董瑣記 樺葉述聞八卷，長白西淸撰，記載宏博，足資考證，惜未刊印。有一則云：紅樓夢始出，家置一編，皆曰此曹雪芹書，而雪芹何許人，不盡知也。雪芹名霑，漢軍也。其曾祖寅，字子淸，號楝亭，康熙間名士，累官通政，爲織造時，雪芹隨任，故繁華聲色，閱歷者深，然竟坎壈半生以死。宗室懋齋（名敦敏）敬亭與雪芹善，懋齋詩：「燕市哭歌悲遇合，秦淮風月憶繁華。」敬亭詩：「勸君莫彈食客鋏，勸君莫叩富兒門，殘杯冷炙有德色，不如著書黃葉村。」兩詩畫出雪芹矣。〔當代，鄧文如〕

王靜庵文集 自我朝考證之學盛行，而讀小說者，亦以考證之眼讀之。於是評紅樓夢者，紛然索此書之主人公之爲誰。綜觀其說，約有兩種：一謂述他人之事，一謂作者自寫其生平也。第一說中，大抵以賈寶玉爲卽納蘭性德，其說要非無所本。按性德飲水詩集別意六首之三曰：「獨擁餘香冷不勝，殘更數盡思騰騰，今宵便有隨風夢，知在紅樓第幾層。」又飲水詞中於中好一闋云：「別緒如絲睡不成，那堪孤枕夢邊城，因聽紫塞三更雨，却憶紅樓半夜燈。」又減字木蘭花一闋，咏新月云：「莫教星替，守取團圓終必遂，此夜紅樓，天上人間一樣愁。」紅樓之字凡三見，而云夢紅樓者一。又其亡婦忌日作金縷曲一闋，其首三句云：「此恨何時已，滴空堦寒更雨歇，葬花天氣。」葬花二字，始出於此。然則飲水集與紅樓夢之間，稍有文字之關係，世人以寶玉爲卽納蘭侍衞者，殆由於此。然詩人與小說家之用語，其偶合者固不少，苟執此例以求紅樓夢之主人公，吾恐其可以附合者，斷不止容若一人而已。至謂紅樓夢一書，爲作者自道其生平者，其說本於此書第一回「竟不如我親見親聞的幾個女子」一語，信如此說，則唐旦之天國喜劇，可謂無獨有偶者矣。所謂親見親聞者，亦可自旁觀者之口言之，未必躬爲劇中之人物。如謂書中種種境界，種種人物，非局中人不能道，則是水滸傳之作者，必爲大盜，三國志衍義之作者，必爲兵家，此又大不然之說也。〔當代王國維〕

小說話　余於京都肆上，得抄本石頭記三冊，與通行本多有不同處。晴雯之表嫂，卽多姑娘，柳五兒之死，在晴雯之先，芳官戴皮冠，反著狐裘，寶玉呼之爲耶律匈奴，後音轉爲野驢子，此尙類多，今不復省記。初欲付印行世，以冊本過少未決。辛亥秋，忽忽旋里，置之會館中，今遂失矣，惜哉！〔當代解弢〕

𧞎堪叢話　董小宛事，近人附會穿鑿，有紅樓夢索隱之作，淺學者視之，幾疑實有其事。然考淸世祖入主燕京，年甫七齡，平安南疆，在順治二年年未及冠，而是時小宛年已近三十，斷無以半老徐娘，入充後宮之理。曩頗疑附會者之失學，近讀繆藝風年丈雲自在龕筆記，對於茲說之繆，極有鐵據，並引御撰行狀以爲證，草野異聞，可以息矣。筆記云：順治十三年八月，封董鄂氏爲皇貴妃；十七年八月十九日薨逝，追封皇后，謚號曰「孝獻莊和至德宣仁溫惠端敬皇后，」自撰行狀，典禮依崇遺詔中以踰濫爲罪。董鄂滿洲鉅族，本係地名，因以爲姓，其氏族世居董鄂地方，后爲魯克索之後，后父鄂碩內大臣，以積勳封至伯，歿贈侯，「謚剛毅。」后年十八，選入掖庭，後加封至貴妃，始末具在，近人剿襲梅庵夢憶等小說，附會吳梅村詩，不自知其不學。〔當代，顧燮光〕

淸稗類鈔　紅樓夢一書所指皆雍乾以前事。寧國榮國者，卽赫赫有名之六王七王第也。二王於開國有大功，賜第弘敞，本相聯屬，金陵十二釵，悉二王南下用兵時所得吳越佳麗，列之寵姬者也。作是書者，乃江南一士子，爲二王上賓，才氣縱橫，不可一世，二王倚之如左右手。時出其愛姬使執經問難，從學文字，以才投才，如磁引石，久之遂不能自持也。事機不密，終爲二王偵悉，遂斥士子，不予深究，士子落拓京師，窮無聊賴，迺成是書，以志感。京師後城之西北，有大觀園舊址，樹石池水，猶隱約可辨。或曰是書實國初文人，抱民族之痛，無可發泄，遂以極哀豔極繁華之筆爲之，欲道滿人奢侈，而覆其國祚者，其說亦非無稽。試讀第一回之詩曰：「滿紙荒唐言，一把辛酸淚，都云作者癡，誰解其中意，」其言何等悽楚痛絕，則知其中有絕大原因，非遊戲筆墨，自道身世者可比。或曰紅樓夢可謂之政治小說，於其敘元妃歸省也，則曰「當初旣把我送到那不得見人的去處，」於其敘元妃之疾也，則曰「反不如尋常貧賤人家娘兒兄妹們常在一塊兒，」絕不及皇家一語，而隱然有一專制之威在其言外，使人讀之而自喻，此其關係於

政治上者也。〔當代，徐珂〕

淸稗類鈔　紅樓夢一書，風行久矣，士大夫有習之者，稱爲紅學。而嘉道兩朝，則以講求經學爲風尙，朱子美嘗訕笑之，謂其穿鑿附會，曲學阿世也。獨嗜說部書，曾寓目者，幾九百種，尤精熟紅樓夢，與朋輩閑話，輒及之。一日，有友過訪，語之曰：君何不治經？朱曰：予亦攻經學，第與世人所治之經不同耳。友大詫，曰：予之經學，所少於人者，一畫三曲也。友瞠目，朱曰：紅學耳。蓋經字少巛，即爲紅也。朱名昌鼎，華亭人。〔當代，徐珂〕

續閱微草堂筆記　紅樓夢一書，膾炙人口，吾輩尤喜閱之，然自百回以后，脫枝失節，終非一人手筆，戴君誠夫，曾見一舊時眞本，八十回之後，皆不與今同。榮寧籍沒後，皆極蕭條，寶釵亦早卒，寶玉無以作家，至淪於擊柝之流，史湘雲則爲乞丐，后乃與寶玉仍成夫婦，故書中回目，有因麒麟伏白首雙星之言也。聞吳潤生中丞家，尙藏有其本，惜在京邸時未曾談及，竢再踏軟紅，定當假而閱之，以擴所未見也。

春冰室野乘　寧藩下永寧王世子妃彭氏，奉賢人，生有國色，足極纖，江西人以彭小脚稱之，而饒勇多智，力敵萬夫，江西破，永寧父子皆殉國，妃乃帥家丁數十人入閩，寓汀州，結義軍將范繼辰等，聚衆數千，克寧化歸化等十餘州縣，淸兵極畏之，會歲飢，衆稍散，遂以順治五年，爲叛將王夢煜所敗，被執不屈，絞殺於汀州之靈龜廟前，其從婢二人，一名金保，一名魏眞，年皆未及笄，而俱有勇力，善騎射，妃既死，保自剄，眞竄山谷間十數日，兵退乃出，竊妃與保屍葬之，遂去爲尼，不知所終。此事明季諸野史俱未紀載，惟見施鴻保所著閩雜記中，頗疑紅樓夢所記姽嫿將軍事，即指彭。

窕言　王雪香評石頭記，其未經道破之燈謎，皆爲釋明。惟懷古十詩，隱俗物十件，不能全釋，余代釋之。其一赤壁，蚊子鐙也。其二交阯，銅喇叭也。（雪香同。）其三鍾山，耍猴兒也。其四淮陰，納賓瓶也。（喪家以瓦罌貯飯，並銅泉數枚，納諸棺中，俗謂納賓瓶，且謂冥中有惡狗村，持此無恐，語甚誕。）其五廣陵，剔牙棒也。（俗用柳木爲之，謂可去風。）其六桃葉渡，門神紙也。（新年與桃符並換。）其七青塚，墨斗也。（雪香同。）其八馬嵬，肥皂也。其九蒲東寺，竹簾也。其十梅花瓶，紈扇也。（雪香同）此中惟耍猴兒似非物件一類，作者特於前卷先設史湘雲一謎，且云眞是俗物，蓋留爲明眼人取決地耳。

窕言　石頭記一書，俗謂之紅樓夢，本書並無此名，其措詞全仿語錄，而又多加助字，絕非不學之人所得而妄作也。至於摹繪人情物理，靡不盡態極妍，信能於小說家中自樹赤幟。後有留心於一代方言者，舍是其何徵哉！王雪香又爲之評贊，以輔翼之，亦文人遊戲三昧也，可以並傳矣。

海漚閒話　紅樓夢一書，揣測者不知凡幾。嘗見貫廡賸筆一則，記紅樓亦謂敍納蘭故事，皆實錄也。其所引證，則與他人之指爲敍納蘭事者不相同，因節錄其大略於下：納蘭眷一女，絕色也，有婚姻之約，旋此女入宮，頓成陌路，容若愁思鬱結，誓必一見，了此宿因。會遭國喪，喇嘛每日應入宮唪經，容若賄通喇嘛，披袈裟居然入宮，果得一見彼姝，而宮禁森嚴，竟如漢武帝重見李夫人故事，始終無由通一詞，悵然而出。故書中林黛玉之稱瀟湘妃子，乃係事實。不則黛玉未嫁而詩社遽以妃子題名，以作者才思之周密，不應疏忽乃爾。第一百十六回寶玉出家做和尚，即指披袈裟冒充喇嘛事也。又云：雪芹初無著作，無從參考，嗣閱其父楝亭先生集，知與納蘭氏往還甚密，則容若平生艷史，雪芹以通家無勿知宜也。又云：側帽詞減字木蘭花六闋，與此一一吻合，其第三闋，卽指入宮事也云云。原詞六闋，均附於後，茲特錄其第三闋云「相逢不語，一朵芙容着秋雨；小暈紅潮，斜溜鬟心雙翠翹，待將低喚，直爲癡情恐人見；欲訴幽懷，轉過迴欄叩玉釵。」此說所引證妃子一節，尤爲有力，吾不敢謂必是，要之大可洪闊者之推求也。賃廡筆者署一虎字，不知爲何許人，稱此說得之袁爽秋太常，太常則得之鍾子勤者也。

乘光舍筆記　紅樓夢爲政治小說，全書所記，皆康雍年間滿漢之結構，此意近人多能明。按之本書寶玉所云男人是土做的，女人是水做的，便可見也。蓋漢字之偏旁爲水，故知書中之女人皆指漢人，而明季及國初人多稱滿人爲達達，（卽韃靼，明葉盛水東日記所云達達試馬駒生百日后以騾馬置山巔羣駒見母犇躍而上一氣及巔者上也，達達卽指滿人，其它載籍可證正倘多，今不備引）達之起筆爲土，故知書中男人皆指滿人。由此分析，全書皆迎刃而解，如土委地矣。

寄蝸殘贅　紅樓夢一書，始於乾隆年間，相傳出於漢軍曹雪芹之手。嘉慶年間，逆犯曹綸，卽其孫也。滅族之禍，實基於此。曾聞一旗下友人云：紅樓夢爲讖緯之書，相傳有此說，言之鑿鑿，具有徵引，是邪非邪？吾不得而知之矣。

花簾塵影　張南山詩人徵略，謂紅樓夢之賈寶玉，係明珠子容若，近人筆記中，多著說以證之。讀容若所爲詩，風流旖旎，頗肖寶玉之爲人，其言當不誣也。集中擬古諸作，有一節云：「美人臨殘月，無言若有思，含顰但斜睇，吁嗟憐者誰；予本多情者，寸心聊自持，浩謌幽蘭曲，援琴終不怡。私恨託夢遠，初日照簾帷。」所謂美人者，卽指黛玉而言者邪？按容若詩名頗爲詞所掩，飲水集中佳搆正多，余最愛誦其四時無題詩，謂每首中各有一黛玉在，錄數首於下：

「挑盡銀燈月滿階，立春先繡踏青鞋，夜深欲睡還無睡，要聽檀郎讀紫釵。青杏園林試越羅，映妝殘月曉風和，春山自愛天然好，虛費隋宮十斛螺。綠槐陰轉小闌干，八尺龍鬚玉簟寒，自把紅窗開一扇，放他明月枕邊看。水榭同攜喚莫愁，一天涼雨晚來收，戲將蓮菂拋池裏，種出花枝是並頭。小睡醒來近夕陽，鉛華洗盡淡梳粧，紗幮此日偏惆悵，繫去巫雲作晚涼。追涼池上晚偏宜，菱角雞頭散綠漪，偏是玉人憐雪藕，為他心裏一絲絲。却對菱花淚暗流，誰將風月印綢繆，生來悔識相思字，判與齊紈共早秋。璇璣好譜斷腸圖，却為思君碧作朱，幾夜西風消瘦盡，問儂還似舊時無？寒香細細撲重簾，日壓彫檐改未忺，端的為花憔悴損，一枝還向膽瓶添。是誰看月是誰愁，夜冷無端上小樓，已過日高還未起，任教嬰武喚梳頭。」

譚瀛室筆記　「和珅秉政時，內寵甚多，自妻以下，內嬖如夫人者二十四人，即紅樓夢所指正副十二金釵是也。有龔姬者，齒最稚，顏色妖冶，性淫蕩，寵冠諸妾。顧奇妒，和愛而憚之，多方以媚其意。龔姬喜啖榛栗及熊白，和為百計致之，宰夫饍之失飪，往往致死。龔夏日晚浴后，著蟬紗霧縠，肌體依約可見。和少子玉寶，別姬所出，最佻撻，龔素愛之，遂私焉。每交接，不避婢媵，醜聲四溢，不知者惟和與其妻耳。幕下有羅生者，質朴而能事，和倚之如左右手。一日侍和閒談，適玉寶趨過於前，衣服麗異，腰間雜佩纍纍，和顧而樂之，目逆而送，謂羅曰：誠翩翩美少年也，使宰河陽，當為萬花主人。此間風俗不良，當防閑其出，勿使近孌童。羅曰：服之不衷，身之災也。子臧所以得罪於鄭。今公子衣服炫異，是謂不衷，修飾儀容，是謂階厲，臣恐穢德之彰，在蕭牆之內，不在寢門之外也。和大怒，遣事杖殺之。玉寶好為冶遊，時有柳參將者，新任城門校，立法嚴肅，伐鼓撽柝，終宵戒嚴。適夜巡，玉寶微服過所懂，為柳所執，問何事夜行，叱令通名，玉寶不以實告，柳怒，即街頭褫衣笞二十，血肉狼籍，臥月餘始瘥，人無知者。有婢倩霞，容貌姣好，聰穎過人，喜學內家妝，手潔白，甲長二寸許，幼侍玉寶，玉寶嬖之，襲姬疾其寵，讒於和，妻出倩霞，玉寶私往瞰之，倩霞斷甲贈之，誓不更事他人，鬱鬱而死。玉寶哭之慟，隱恨襲姬，姬多方媚之，終不懌焉。和府故多梨園子弟，皆極一時之選，有貼旦名珍兒者，尤姣媚，娓娓依人，玉寶與結斷袖之契，輒夜宿其家。襲姬廉知其事，大恨曰：儇薄子乃如此妄作邪？亟帥侍婢十數人，聯燈列炬，潛出府後門，掩其不備，玉寶大驚，肘行以逆，叩頭求免，珍兒伏地戰慄，不敢仰視，襲姬叱令舉首，燭之美，渠慰之曰：女勿恐，吾非噬人者，竟與偕歸，亦留與亂。是夜，襲姬以暴疾死，死后恆爲厲府中，和知之，以珍兒殉焉，乃止。按此見護梅氏有清佚史。襲姬蓋即襲人；倩霞即晴雯，字義鈞有關合，而玉寶之爲寶玉，尤爲明顯，不過顚到其字耳。紅樓夢一書，考之清乾嘉時人記載，均言刺某相國家事，但所謂某相國者，他書均指明珠，護梅氏獨以爲和珅，言之鑿鑿，似頗有佐徵者，錄之亦足以廣異聞也。

樗椒軒叢談　紅樓夢，才子書也。或言是康熙間，京師某府西賓常州某孝廉手筆。巨家間有之，然皆鈔錄無刊本。乾隆某年，蘇大司寇家因是書被鼠傷，付琉璃廠書坊裝訂，坊中人藉以鈔出，刊板刷印漁利，其書百二十回，第原書僅止八十回，余所目擊，后四十回，不知何人所續也。

燕市貞明錄　地安門外鐘鼓樓西有絕大之池沼，曰什剎海，橫斷，分前海後海，夏植蓮花偏滿，冬日結冰，游行其上，又別是一竟。后海清醇王府在焉。前海垂楊夾道，錯落有致，或曰是石頭記之大觀園。然余常登陶然亭，亭東數武，又有黛玉花冢，其去什剎海蓋十里而遙，中間隔皇城，二說不知孰是？

能靜居筆記　謁宋于庭丈（翔鳳）於葑溪精舍，于翁言，曹雪芹紅樓夢，高廟末年，和珅以呈上，然不知所指，高廟閱而然之曰：此蓋爲明珠家作也，後遂以此書爲珠遺事。曹實楝亭先生子，素放浪至衣食不給，其父執某鑰空室中，三年，遂成此書云。

飛龍傳

畏廬瑣記 飛龍傳，爲述宋太祖龍興時事，敍世宗登極，及陳橋兵變，似是而非；至云太祖有鸞帶一條，伸之即爲巨棒，此與孫悟空耳中金箍棒事相埒。余家居時門臨池上，毗舍即爲社公之廟，戲台高出池上，涼陰四合。有陳華者，日講演義，雅有聲色，余亦時就聽之。鄉有老人年八十二矣，忽謂余曰：趙匡胤能使棒耶？余前數月，適觀鐵圍山叢談，即應之曰：宋徽宗講漢武帝期門故事，出時，宦者必攜從二物，一爲玉拳，一則鐵棒，鐵棒者，乃藝祖仄微時，以至受命後，所持鐵桿棒也。據此以觀，則使棒事，或有之。小說家用孫悟空事，稱爲鸞帶所化，謬矣。〔當代，林紓〕

五虎平西

兩般秋雨盦隨筆　許亭皮孝廉心坦，仁和人，官慶元學博，性嗜飲而好詼諧。一日，坐中忽舉問曰：戲劇中八大王，予嘗考之，已得其人。昨閱五虎平西小說，有所謂路化王者，稱李國舅，云是李太后之弟，自民間訪來者，其人亦有可考不？一客曰：先生亦太好古矣。此不過狄太后有姪封王，故設言此人以作陪襯耳，何足深究耶。余幷五虎平西小說亦未之見，並不敢置喙，后閱宋魏泰東軒筆錄，首一條卽記云：李太后始入掖庭，纔十餘歲，唯一弟七齡，太后臨別，手結刻絲鞶囊與之，拊背泣曰：女雖淪落顚沛，不可失此囊，異時我若遭遇，必訪女，以此爲物色也。后其弟傭於鑿紙錢家，然常以囊縣胸間，未嘗斯須去身也。一日，苦下利，勢將不救，爲紙家棄於道旁，有入內院子者見而收養之，怪其衣服百結，而胸縣囊，問之，以告，院子慇然驚異，蓋嘗奉太后旨令物色訪其弟也。遂解其囊入眎太后，具道本末，是時太后封宸妃，眞宗已生仁宗矣。聞之悲喜，遂以其事白眞宗，尋官之爲右班殿直，卽李用和也。及仁宗立，召用和，擢以顯官，后至殿前指揮使，領節鉞，贈隴西郡王。世所謂李國舅者是也。據此，則其人並非杜譔。〔清，梁紹壬〕

小浮梅閒話　狄青事據宋史本傳，但云臨敵披髮帶銅面具，出入賊中，皆披靡莫敢當，無他異也。然起家行伍，位至樞密使，史稱言者以青家狗生角，且數有光怪，請出青於外，以保全之。歐陽文忠集有論狄青箚子，極言其以武臣掌機密而得軍情，於國家不便，且以朱泚事爲戒，則在當日已嘖有煩言。小說家神奇其說，固無怪矣。淸波雜誌云：向在建康，於鄰人狄似處見其五世祖武襄公收儂智高時所戴銅面具，及所佩牌，上刻眞武像，世言武襄乃眞武神也，此卽小說家所本。王則之亂，在宋仁宗慶歷七年冬，凡六十六日而平。其討平之者，文彥博明鎬也。王則事詳明鎬傳，曰：王則本涿州人，歲飢，流至恩州，隸宣毅軍爲小校。恩冀俗妖幻，相與習五龍滴淚等經，及圖讖諸書，言釋迦佛衰謝，彌勒佛當持世，州吏張巒卜吉主其謀，約以慶歷八年正旦，斷澶州浮梁，亂河北，會其郚潘方淨以書謁北京留守賈昌朝，事覺被執，故不待期，亟以七年冬至叛，僭號東平郡王，以張巒爲宰相，卜吉爲樞密使，建國曰安陽，改年曰得聖。是張巒卜吉皆實有其人，餘則烏有子虛也。宋史列女傳云：趙氏貝州人，王吉反，聞趙氏有殊色，使人劫致之，欲納爲妻，趙日號哭慢罵求死，賊愛其色，不殺，多使人守之，乃紿曰：必欲妻我，宜擇日以禮聘，賊信之，使歸其家，家人懼其自隕，得禍於賊，益使人守視，賊具聘帛駕輿以來迎，趙與家人訣曰：吾不復歸此矣。問其故，曰：豈有爲賊汚辱至此，而尚有生理乎？遂登輿，涕泣而去。至州廨，舉簾視之，已自縊輿中死矣。今小說亦載此事，蓋眞有之。〔淸，俞越〕

儒林外史

勉行齋文　吳敬梓傳：先生姓吳氏，諱敬梓，字敏軒，一字文木，全椒人。世望族，科第仕宦多顯者。先生生而穎異，讀書才過目，輒能背誦。稍長補學官弟子員。襲父祖業，有二萬餘金；素不習治生，性復豪上，遇貧卽施，偕文士輩往還，傾酒歌呼，窮日夜，不數年而產盡矣。安徽巡撫趙公國麟聞其名，招之試，才之，以博學鴻詞荐，竟不赴廷試；亦自此不應鄉擧，而家益以貧。乃移居江城東之大中橋，環堵蕭然，擁故書數十冊，日夕自娛。窮極，則以書易米。或冬日苦寒，無酒食，邀同好汪京門，樊聖口輩五六人，乘月出城南門，繞城堞行數十里，歌吟嘯呼，相與應和，逮明，入水西門，各大笑散去，夜夜如是，謂之「暖足」。余族伯祖麗山先生與有姻連，時周之。方秋，霖潦三四日，族祖告諸子曰：比日城中米奇貴，不知敏軒作何狀，可持米三斗，錢二千，往視之。至，則不食二日矣。然先生得錢，則飲食歌呶，未嘗爲來日計。其學尤精文選，詩賦援筆立成，夙構者莫之爲勝。辛酉壬戌間，延至余家，與研詩賦，相贈答，愜意無間。而性不耐久客，不數月，別去。生平見才士，汲引如不及。獨嫉時文士如讐；其尤工者，則尤嫉之。余恆以爲過，然莫之能禁。緣此所遇益窮。與余族祖綿莊爲至契。綿莊好治經，先生晚年亦好治經，曰，此人生立命處也。歲甲戌，與余遇於揚州，知余益貧，執余手以泣曰：子亦到我地位，此境不易處也，奈何！余返淮，將解纜，先生登船言別，指新月謂余曰，與子別後，會不可期，卽景悵悵，欲構句相贈，而澀於思，當俟異日耳。時十月七日也。又七日而先生歿矣。先數日，裒囊有餘錢，召友朋酣飲，醉，輒誦樊川「人生祇合揚州死」之句，而竟如所言，異哉。先是，先生子烺已官內閣中書舍人，其同年王又曾穀原適客揚，告轉運使盧公，殮而其歸殯於江寧，蓋享年五十有四。所著有文木山房集，詩說若干卷；又倣唐人小說爲儒林外史五十卷，窮極文士情態，人爭傳寫之。子三人，長卽烺也，今官寧武府同知。論曰：余生平交友，莫貧於敏軒。抵淮訪余，檢其橐，筆硯都無。余曰此吾輩所倚以生，可暫離耶？敏軒笑曰：吾胸中自有筆墨，不煩是也。其流風餘韻，足以掩映一時。窒其躬，傳其學，天之於敏軒，倘意別有在，未可以流俗好尚測之也。〔清，程晉芳〕

關隴與中偶憶編　小說家如儒林外史，臧否人物，隱有所指，可與聊齋諧鐸並傳。〔清，張祥和〕

茶香室叢鈔　唐馮翊桂苑叢談云：進士張祜自稱豪俠，一夕有非常人裝飾甚武，腰劍手囊，貯一物，流血於外，入門謂曰：此非張俠士居乎？曰，然。客曰：有一讎人，十年莫得，今夜獲之，喜不可已。指囊曰：此其首也。問張曰：有酒否？張命酒飲之。客曰：此去三數里有一義士，余欲報之，則平生恩讎畢矣。聞公氣義，可假余十萬緡，立欲酬之，此後赴湯蹈火無所憚。張深喜其說，乃傾囊與之。客曰：快哉，無所恨也！乃留囊首而去，期以卻回；及期不至。張慮囊首爲累，遣家人埋之，乃豕首也。按今稗官家有敷衍此事者，莫知其本此，故記之。〔清，俞樾〕

茶香室續鈔　國朝葉名澧橋西雜記云：坊間所刊儒林外史五十卷，全椒吳敬梓所著也。字敏軒，一字文木，乾隆間人。嘗以博學鴻詞薦，不赴。襲祖父業甚富，然素不治生，性復豪上，不數年而產盡。醉中輒誦「人生直合揚州死」之句，后竟如所言。程魚門吏部爲作傳。按嘉興李富孫鶴徵後錄載不就試者二十五人，無吳敬梓，惟有吳檠字青然，全椒人，乃與試而未用者，恐非其人也。〔清，俞樾〕

一葉軒漫筆　儒林外史一書，寓怒罵於嬉笑，雕鏤物情，如禹鼎溫犀，莫匿毫髮。沈文肅公督兩江時，公餘憙繙閱之。公智珠朗燭物無遁情，判決得間處，往往出人意表而入人意中。說者謂公閱徽之識，取資於是書者甚多。洴澼一方，善用者以之卻敵，非必謂虞初家言，僅供日遣也。第其書波瀾點綴，摭取他籍者爲多。幽閒鼓吹云：進士張祜下第后，多游江淮，每於酒后自稱豪俠。一夕，有人裝飾甚武，手劍腰囊，流血於外，入曰：此非張俠士居耶？張揖客甚謹，既坐，客曰：有一讐人，十年莫得，今夜獲之，喜不可已，指其囊曰：此其首也。問張曰：有酒否？張飲之。客曰：此去三數里，有一義士，余欲報之，則平生恩仇畢矣。聞公義氣，願假十萬緡，張傾囊燭下，等其縑素中之品物，量而與之。客曰：快哉，無所恨也。乃留囊首而去，期以卻回。東曦既駕，杳無蹤跡，開囊，乃豕首也。書中敍張鐵臂虛設人頭宴，卽本其事以衍之。堅瓠集載明嘉靖中，長興徐子輿中行，好客，尤好少年美麗者。一客醜甚，自負能詩，介蔡子木汝楠薦之於子輿。子木作書盛言客可喜狀，以家人將之，恐客之窺書而易求也。子輿得書大歡，亟延入，既見，子輿愕然，笑啞啞不止，贈以詩，有「自信金聲能擲地，誰知玉貌不如人」之句。書中仿支神樂觀，卽暗用其事爲關目。文海披沙載吳與弼名重一時，朝廷聘之闕下，面詢時政所宜，與弼噤不能對一語，但曰容臣上疏而已。出朝脫帽，則有雙蝎螫其頂間，不能對，以忍痛也。書中敍莊徵君奏對情事，直明摭其事跡矣。他如楊執中詩「不敢妄爲些子事，只因曾讀數行書。嚴霜烈日俱經過，取次春風到草廬。」乃元呂徽之七律下四句也。又趙醫士與邑令同謎一番議論，與耳新所載李倩玉國球毛詩玉山所生年月日時皆同，李中戊辰進士，授庶吉士，尋卒於官。毛僅食餼，多子而壽一事，小異大同，如此類者，不可枚舉。

松風閣筆乘　儒林外史，元不著作者姓名。一說謂係全椒吳敏軒徵君敬梓所著，杜少卿卽徵君自況，散財移居，辭薦建祠，皆實事也。慎卿乃其從兄青然先生檠，虞博士乃江寧府教授吳蒙泉，莊尙志乃上元程緜莊，馬二先生乃全椒馮粹中，遲衡山乃句容樊南仲，武書乃上元程文，其他二婁爲浙江梁家，牛布衣爲朱草衣，權勿用爲是鏡，鳳鳴岐爲甘鳳池，湯奏爲楊凱，蕭雲仙姓江，趙雪齋姓宋，隋岑庵姓楊，楊執中姓湯，匡超人姓汪，嚴貢生姓莊，高翰林姓郭，余先生姓金，萬青雲姓方，范進姓陶，荀玫姓荀，韋思元姓韓，沈瓊枝卽隨園所稱揚州女子。或象形諧聲，或庾詞隱語，若以雍乾間諸家文集紬繹而參稽之，則十得八九矣。徵君著有文木山房詩文集及詩說，均未付梓。是書爲金棕亭官揚州教授時所刊云。

蟫史

習園藏稿鷗亭詩話合序 ……余先生懇摯周洽，相對如老經師。屠先生則負不可一世之概，揮金如土，避俗若仇，於今人中皆不能多見者。辛酉春夏間，予以選人赴吏部，屠先生適候補入都，飲酒賦詩，晨夕相往來。予出京十二日而先生頓卒於客寓。遺愛云亡，老成凋謝，晨星零雨，愈用黯然……〔清，師範〕

天咫偶聞 世行蟫史一書，不箸姓名，以荒唐之辭，肆詆誹之說。詳其命意，似指三省教匪之役，當世將相，任意毀刺，且有上及乘輿處。考其用筆，極類烟霞萬古樓集，此殆王曇手筆。王為吳省欽弟子，吳曾舉其能用掌心雷破賊，奉仁宗嚴斥，蓋吳王皆和黨也。然則此書泄忿之作，胡足存乎？其書末少目翁，已明指省欽矣，為曇無疑。〔清，唐震鈞〕

玉麈集 屠進士紳弱冠即通籍。其為詩有雋才，余最愛其佳禾篇贈何明府云云，七古送陳伯玉云云，十月朔偕黃仲則飲旗亭云云，憶上人某云云。近體亦佳，紀其一聯云：「風雨十年留鐵甕，雲山千古話銅官。」有笏岩近稾，余及趙君味辛為之序。〔清，洪亮吉〕

北江詩話 屠州守紳詩如栽盆紅藥，蓄沼文魚。〔清，洪亮吉〕

北江詩話 屠刺史紳生平好色，正室至四五娶，妾媵仍不在此數，卒以此得暴疾卒。余久之哭以詩云：「閒情究累韓光政，醇酒終傷魏信陵」，蓋傷之也。〔清，洪亮吉〕

客窗偶筆 余家半里許西觀村屠氏，世業農。乾隆壬午癸未，屠氏子名紳，字尋巖，鄉會聯捷，授雲南師宗令，擢尋甸州牧，今任廣州別駕。……笏巖幼孤，資質聰悉，擅才名，年十三遊邑庠，十九捷鄉薦，二十成進士。……歲丁未，笏巖遷愛甸州刺史，入覲晝滇，過常郡，余與晤於蔣穎州太守立庵齋，燈昏晝燭，鼓打譙樓，爲余歌赤壁賦，余塡「鳳凰臺上憶吹簫」贈之。……迄今魚雁音乖，雲山望杳，四方奔走，故我依然，而每憶浩歌，猶覺洋洋盈耳也。〔清，金捧閶〕

粟香隨筆　屠笏巖刺史，名紳，又號賢書，所居西貫，與余居前後相望。先曾祖客窗筆記中屠氏善報一條，即紀其先代積累之由，今則式微甚矣。所著有六合內外瑣言二十卷，（署黍餘裔孫編）蟫史二十卷，（署磊砢山人撰）近年上海以洋版刷印，流傳頗廣。洪北江詩話云：屠州守紳詩，如蓄沼文魚，裁盆芍藥。庚申亂後，迄未見其詩也。余雜憶鄉居詩云：「州守風流憶往時，忽焉舊澤鮮留遺，瑣言蟫史猶傳徧，不見文魚芍藥詩。」北江詩話又云：刺史生平好色，正室至四五娶，妾媵仍不在此數，卒以此得暴疾卒。余久之，哭以詩曰：「閒情久累韓光政，醇酒終傷魏信陵，」蓋傷之也。〔清，金武祥〕

粟香三筆　陸祁生先生崇百藥齋五哀詩，哀廣州通判屠君紳云：「心期鬱鬱向誰陳，論定斯人我最眞，游戲文章都奧衍，猖狂意氣是酸辛。憐才熱淚傾如水，垂老柔鄉葬此身，却悔臨歧殊草草，危言含意未全伸。」即咏吾鄉笏巖刺史也。其所著六合內外瑣言，初名瑣蛣雜記，吳穀人先生有敍，以吳錫麒署姬金麟，其詭異如此。瑣言及蟫史二種，縣志皆不載；僅載其酌酒與儲玉琴云：「當筵那復問悲懽，念爾茫茫感百端，風雨十年家鐵甕，雲山一夕話銅官。雖憐冷鍛嵇康竈，我媿虛彈貢禹冠，今夜蓉城好明月，醉中猶得坐團圞。」余見亦有生齋集有屠賢書詩敍，稱其曠朗出塵，時得神解，惜無由見其全集也。〔清，金武祥〕

光緒江陰縣志　屠紳，乾隆二十七年壬午鄉舉，乾隆二十八年癸未甲科。字賢書，尋甸州知州。〔卷十四選舉表〕

大禹治水

燕居續語　沈滕友先生，名嘉然，山陰人。以能書名，后入江南大憲幙中。嘗病，封神傳小說俚陋，因別撰一編，以大禹治水爲主，接禹貢所歷，而用山海經傳衍之，以眞仙通鑑古嶽瀆經敍禹疏鑿徧九州，至一處則有一處之山妖水怪爲梗，上帝命雲華夫人授禹金書玉簡，號召百神平治之。如庚辰、童律、巨靈、狂章、虞余、黃魔、大翳，皆神將而爲所使者也。至急難不可解之處，則夫人親降，或別求法力最鉅者救護之。邪物誅夷鎭壓，不可勝數，如刑天、帝江、無支祈之類是也。功成之后，其佐理及歸命者，皆封爲某山某水之神。卷分六十，目則一百二十回，曹公楝亭寅，欲爲梓行，滕友以事涉神怪，力辭焉。后自揚返越，覆舟於吳江，此書竟沉於水。滕友亦感寒疾歸而卒，書無副本，惜哉！

燕山外史

光緒嘉興府志 陳球字蘊齋，諸生。家貧，以賣畫自給。工駢儷，喜傳奇，嘗取明馮祭酒夢楨敍竇生事，演成燕山外史，事屬野稗，才華淹博。墨香居畫識稱其善山水。〔卷五十三秀水藝術傳〕

光緒嘉興府志 陳球，燕山外史八卷。〔卷八十二經籍志子部小說家〕

淸風閘

茶香室叢鈔　李斗揚州畫舫錄云：浦琳字天玉，右手短而捩，稱柲子，少孤，乞食城中，鄰婦爲之媒妁，借至一處，香匳甚盛，納柲子而强爲婚焉。逾年，大東門外釣橋南一茶爐老婦授柲子以呼盧術，百無一失，由是積金滿屋。鄰婦有姪，以平話爲生，柲子耳濡已久，以平話不難學，而各說部，則皆人所熟聞，乃以己所歷之境，假名皮五，撰爲淸風閘故事，養氣定辭，審音辨物，聞者懽怡嗢噱，進而毛髮盡悚，遂成絕技。按此書余曾見之，亦無甚佳處，不謂當日傾動一時也。殆由口吻之妙，有不在筆墨間耶？〔淸，俞樾〕

南花小史

說夢 倪氏，本上海新場人。自蛟樓（名甫英，字華月，隆慶丁卯舉人。）舉於鄉，遷居郡城。厥後蛟樓之子若姪，亦有登賢書者，如倪元錫（名家胤，萬曆甲午舉人。）倪曜嵐（名家泰，字開美，萬曆己酉舉人，刑部主事。）是也。其富甲一郡，故凡其子姪，無不挾厚貲。蛟樓之諸孫，有字慧珠者，頗豪放，以貲郎爲武英中書，有二子：長者缺脣，最忠厚；次者輕薄，作一書，羅列郡中美少，次其等第，每人以一花配之，各有論贊，名曰南花小史，一時傳播。中有世界子弟首列者，乃唐尹季（名允諧，天啓甲子舉人，文恪公幼子。）之子。諸縉紳大疾之，聞之於方公祖，以事關風化，逮之甚急，此子遂逃於杭之西溪，雖破家，畏罪不歸。未幾，一夕腹脹而死。〔清，曹家駒〕

鏡花緣

冷廬雜識　鏡花緣在說部中爲較近之作，文筆視紅樓水滸良有不逮，然而詼諧間作，談言微中，獨具察世隻眼，似較他書爲勝。其言女學女科，隱然有男女平權之意味，而佳智國民，盡人皆須讀書識字，而後始得爲成人。又近日國民教育之規模也。大人國冢宰出游，亦不過小奚相隨，無騶從儀衛之繁，暗合泰西風氣。飛艇航空，鐵血陷陣，直一目貫注到今。雖世之言進化論，恐無以加此。又不讓倍根氏文集專美於前。〔清陸以恬〕

蕙風簃二筆　尤袤全唐詩話：天授二年臘，卿相欲詐稱花發，請幸上苑，許可，尋復疑之，先遣使宣詔曰：明朝遊上苑，火速報春知，花須連夜發，莫待曉風吹。淩晨百花齊放，咸服其異。李松石汝珍撰章回小說名鏡花緣，言武后時百花齊放事本此。松石，卽撰李氏音鑑者。〔清況周頤〕

寃言　鐙謎，小道也。自廣陵列爲十二格，頗亦具有別腸。李松石鏡花緣中載數則，並皆佳妙。惟有一則云：「三七，」（藥名）打四書二句，乃「二之中四之下」也。雖經射出，而人莫識其故，迄今亦無有解者。予解之曰：此碑版中通借之法，非燈謎家所習用也。仲可省作中，故借中爲仲，二之仲豈非三乎？古文兕四兕六相近，故借四爲六，豈非七乎？此本不難解，但不諳金石之學者，則百思不得耳。

施公案

燕下鄉脞錄　少時卽聞鄉里父老言施世綸爲淸官。入都后，則聞盲詞院曲有演唱其政績者，蓋由小說中刻有施公案一書，比公爲宋之包孝肅，明之海忠介，故俗口流傳，至今不泯也。按公當官實廉强能恤下。初知江南泰州，値淮安下流被水，詔遣二大臣涖州督隄工，從者繹騷閭里，公白其不法者治之。湖廣兵變，撥剿官兵過境；沿涂擾敓，公具芻糧以應，而令人各持一梃，有犯者治之，兵皆斂手去。守揚州江寧，所至民懷，以父憂去，（公爲靖海侯琅次子）乞留者萬人，不得請，乃人投一文錢，建亭於府牙前，名一文亭。累遷督漕運。奉命勘陝西災，全陝積儲多虛耗，而西安鳳翔爲甚，將具疏，總督鄂海以公子知會寧也，微詞要挾，公笑曰：吾自入官，身且不顧，何有於子？卒劾之，鄂以失察罷。公平生得力全在不侮鰥寡，不畏强禦二語，蓋二百年茅檐婦孺之口，不盡無憑也。〔淸，陳康祺〕

蕩寇志

海天琴思錄 袁午橋欽使甲三過梁山泊詩云「此地昔爲奸盜區，叔夜掃平惟一鼓。」考施耐庵作水滸傳，描寫宋江姦惡，口忠義而心賊盜，故世目爲奸淫邪盜之書。羅貫中譔水滸後傳，竟謂宋江是眞忠義，智又出耐庵下矣。山陰俞仲華萬春，號忽雷道人，爲邑諸生，著蕩寇志，力駁羅貫中書名結水滸，從七十一回起之一百四十回止，又楔子一回。大旨謂宋江並無受招撫平方臘事，只有爲張叔夜擒拿正法一句，力破貫中僞言，使天下後世深明盜賊忠義之辨，絲毫不容假借。此書雖係小說，頗有關於人心世道。華樵雲太守廷杰爲之鐫版刊行，正堪與袁詩發明。〔清，林昌彝〕

品花寶鑑

夢華瑣簿　常州陳少逸譔品花寶鑑，用小說演義體，凡六十回。此體自元人水滸傳西遊記，始繼以三國志演義，至今家絃戶誦，蓋以其通俗易曉，市井細人多樂之。又得金聖嘆諸人為野狐教主，以之論禪悅論文法，張皇揚詡，耳食者幾奉為金科玉律矣。紅樓夢石頭記出，盡脫窠臼，別開蹊徑，以小李將軍金碧山水樓臺樹石人物之筆，描寫閨房小兒女喁喁私語，繪影繪聲，如見其人，如聞其語。都門竹枝詞所云：「開談不說紅樓夢，縱讀詩書也枉然。」一記一時風氣，非眞有所不足於此書也。余自幼酷嗜紅樓夢，寢饋以之。十六七歲時，每有所見，記於別紙，積日既久，遂得二千餘籤，擬汰而存之，更為補苴掇拾，輯成紅樓夢注，凡朝章國典之外，一切鄙言瑣事，與是書關涉者，悉匯而記之，不賢者識其小者，似不無小補焉。其禪悅文法，託諸空言，概在所屏，似與耳食者不同。今忽忽十餘年，未能脫稿，殊自媿也。嘉慶間新出鏡花緣一書，韻鶴軒筆談亟稱之，推許過當，余獨竊不謂然：作者自命為博物君子，不惜獺祭塡寫，是何不徑作類書，而必為小說耶？即如放榜謁師之日，百人羣飲，行令糾酒，乃至累三四卷不能畢其一日之事，閱者昏昏欲睡矣。作者猶津津有味，何其不憚煩也？紅樓夢敍述兒女子事，眞天地間不可無一不可有二之作；陳君乃師其意而變其體，為諸伶人寫照，吾每謂文人以擇題為第一誼，正謂此也。正如金瓶梅極力摹繪市井小人，紅樓夢反其意而師之，極力摹繪閥閱大家，如積薪然，後來者居上矣。顧余有私見，欲獻而商之者，寶鑑中所稱士大夫，我輩為尊親賢者諱，禮固宜之。至其中小人如奚老土之類，夫也不良，歌以誶之，不忍斥言，亦忠厚之至。獨至杜琴言等十伶官，亦別立名目，此大不必。若輩方幸得附驥尾而名益顯，奈何忍使湮沒弗章乎？桐仙爲余言，杜琴言卽桐仙也，書中推爲第一，未知信否？其十人者，曰杜琴言，袁寶珠，蘇蕙芳，陸素蘭，金漱芳，林春喜，李玉林，王蘭保，桂保，秦琪官。十人者皆不知所指，不能求其人以實之。素蘭春喜玉林雖有其人，皆與此書所述不稱，必別有所謂也。余丁酉夏從嚴州友吳立臣（達）案頭見之，迫欲借鈔，未得其便。聞季卿言，少逸館內城一尚書郎家，咫尺天涯，未能一握手爲笑，殊恨無緣。暇日作尺一書致少逸，述鄙見質之，方把筆而難作，書未及達也。立臣亦緣事論城旦。所謂品花寶鑑者，不知落誰何人之手，或者如歐公文有蛟龍妒且護之耶？（寶鑑是年僅成前三十回；及己酉，少逸游廣西歸京，迺足成六十卷。余壬子乃見其刊本。戊辰九月，掌生記。）〔清楊懋建〕

郙羅延室筆記　覺羅炳成，字集之，號半聾，因左耳重聽也。博覽羣書，尤熟本朝掌故。工篆隸，善詼諧。世爲顯宦，而半聾不求仕進，棄萬金之產給子姪，而自攜妻子居京師南城外龍樹院中。卽南下凹之龍爪槐，王漁洋曾咏之者。性孤僻耿介，鮮與人通問訊。余於光緒元年入都，居吾鄉光侍御家，半聾故與光善，見予篆隸，深相契合，遂爲忘年交。其時半聾已五十餘矣。所居院中曰天倪閣者，半聾捐資所建也，屬予爲天倪閣序，而刻之石焉。一日，與談品花寶鑑中人物，半聾曰：華公子予曾見之，其花園在平則門外，名可園。余見華公子時，公子已貧無以自給，拆賣柟木梁柱山石以糊口。時適夏令，公子留食瓜，少頃，雛婢捧大玻璃盤二，一貯黃色，一貯紅色，瓜子皆剔淨，瓜叉以黃金爲之，柄則翠玉也。其侈猶如此。未幾，公子死，幾不能成喪禮。公子號華岩，父崇某，羣呼之曰崇華巖，乃戶部銀庫郎中玉某之子，玉某者，旗人呼之曰玉八爺，沒後以虧空案查抄，家產蕩然，僅存一園以自給，故收局如是。徐子雲者，名錫，某侍郎也。

左手六枝指，故別號錫六指頭，其花園在南下凹，卽名怡園，今野鳧潭太淸觀一帶，皆其遺址也。蕭靜宜者，卽吾皖江愼修先生也。至田春航侯石翁，人皆知爲畢秋帆袁子才矣。史南湘卽蔣苕生，屈道翁卽張船山，梅學士爲鐵保，而梅子玉杜琴言實無其人，隱寓言二字之意。至如潘三乃內城錢糧胡同內興隆靴鋪掌櫃，姓蘇，諱號靴蘇者是也。奚十一爲孫爾準之子，孫爲兩廣總督，拆孫字偏旁爾字上截而湊爲奚字，從廣東來，故稱爲廣東人。其來也，夾帶大土無數至京販賣，故拆土字爲十一，又呼之爲老土也。姬亮軒爲嵇文恭公後人，游幕者也。隱嵇爲姬。宏濟寺卽後來之興勝寺，庚子拳亂，曾設壇於此，故洋兵焚之，今改醫局矣。寺中方丈善醫花柳病，光緒初年余入都，猶見寺門大書專治毒門招牌。田春航與蘇蕙芳之事，實有之，所謂狀元夫人者，畢督兩湖時，大權獨攬，招搖納賄，見諸參摺中者，其眞名則不能憶矣。魏聘才者，姓朱，號宜初，由一榜補內閣中書，截取同知，捐升知府，在京候選，詩書皆佳，至今其畫價直甚昂。玉天仙者，實有其人，名亦未改，朱納之爲妾，後正室死，卽以爲繼室，生子某，（案號雪膽）爲名進士，時文最工，爲江浙八名家之一，終於工部郎中，作者不知何故譏斥之不遺餘力，殆有私憾焉。至蘇侯卽琦侯，而硬扭爲田春航外舅，則不可解。孫亮功卽穆揚阿，（按卽慈安后之父）曾任廣西柳州知府，嗣徽嗣元，卽其二子，穆四山穆五山也。高品者，卽陳森書，常州名士，卽作品花寶鑑者。金粟者，旂人桂竹孫也。道光末年，以同知署常州知府，出資刻品花寶鑑，後因案革職，貧不能自存。羣旦中唯袁寶珠原姓原名，卽雲南甘太史爲之自盡者。咸豐季年，其人尚存，然門前冷落車馬稀，無人過問矣。其餘如王文輝王恂顏仲淸李性全王鬋等，皆實有其人，不過姓名皆更易矣，不可枚舉也。道光季年，品花寶鑑未出版時，陳森書挾鈔本持京師大老介紹書，徧游江浙諸大吏間，每至一處，作十日留，閱畢更之他處，每至一處至少贈以二十金，因時獲資無算。半聾少時，隨其父瀏江糧道任，陳至，留閱十日，贈以二十四金，彼猶以爲菲薄也。

萩園贅談 京師狎優之風，冠絕天下，朝貴名公，不相避忌，互成慣俗，其優伶之善修容飾貌，眉聽目語者，亦非外省所能學步，是故梨園坐滿，客之來者，不僅爲聆音賞技已也。憶乙未春在都，陳劍門孝廉招雛伶瑤卿糾觴，葉梅珊編修促席指示余曰：此花榜狀元也，與吳肅堂殿撰爲同年，余乍聞之不覺破顏，蓋彼中人得列花榜高選者，必更聲價十倍，而非色藝兼擅，頗知自愛之伶，必不可得。花榜體裁，隨人意擬，大約如品花寶鑑所載者是。此後詞人游戲之作，有所謂金臺殘淚記，燕蘭小譜，詞旨芊緜，風懷淡宕，尤爲盛稱於世，然皆弄花掬月，流水行雲，不失雅人深致。至若寶鑑中之奚士蓉官一流，風斯爲下，夫訪豔尋春，男女狂浪，選勝者輒侈美談，猶人情耳，忽而爲兩雄相悅，私贈餘桃之事，閱寶鑑於此，見其滿紙醜態，齷齪無聊，却難爲他彩筆人才，寫市兒俗事也。

萩園贅談 品花寶鑑，追紀乾隆全盛之時，描繪京師梨園人物，細膩熨貼，得未曾有，固平話小說之別開生面者。其託名田春航，以寫靈岩山人，自是名士風流，特用侯石公以景倉山居士，直是無賴佻撻皮裏陽秋，知非苟作。兒女英雄傳書隨後出，橫空插入一段，以蛇要之公相呼肚香之闊客，謔而近虐，煞風景矣。

青樓夢

三借廬筆談　余幼作客，歷館胥門，幾及十年，所交亦衆，惟趨炎逐熱，俱非同心，獨吟香一人可共患難。君姓俞名達，自號慕眞山人，中年累於情，比來揚州夢醒，志在山林，而塵紲羈牽，遽難擺脫，甲申初夏，遽以風疾亡。著有醉紅軒筆話，花間棒，吳中考古錄，閒鷗集等書。詩亦清新不俗，夜過青浦云：「一櫂長驅去，篷窗興不孤，港收陳墓鎭，風送澱山湖，檣影月扶直，船聲浪激麤，魚龍多變幻，放眼亦仙乎。」遊磨盤山云：「鳥道盤盤壁萬尋，支筇選勝獨登臨，寺餘半角佛猶古，徑轉三叉雲更深，夕照淡扶孤塔直，西風寒釀暮鐘沉。題詩一笑留鴻爪，要與山林證素心。」舟次滸關云：「篷窗屈指算征郵，猶聽吳音到耳柔，分付征帆遲一夕，要留明日別蘇州。」邀遊眞娘墓云：「何處埋香土一坏，墓前短碣沒蒿萊，芳魂地下曾知否，踏遍斜陽我獨來。」雜記如晚眺云：「一灣流水環溪曲，半角斜陽落塔尖。」縱筆云：「遣懷云「貧惹人嫌休算辱，愁須自遣不妨瞞。」題虎邱寺壁云：「壞塔風淒鈴語寂，荒池水激劍光浮。」縱筆云：「惟有癡情難學佛，獨無媚骨不如人。」五言如山中云：「林深酣鳥樂，山靜笑人忙。」渡太湖云：「勢挾魚龍壯，聲騎鷹隼呼。」夢中得句云：「花濃忙亂蝶，波靜穩閒鷗。」皆佳。〔清，鄒弢〕

三俠五義

小說小話　三俠五義一書曲園俞氏就石玉崑本序行，易其名爲七俠五義。（書中三俠，謂南俠，北俠，雙俠也。曲園因其人數爲四，疑有錯誤，遂湊入智化等，又改小義士艾虎爲小俠而稱七俠。常笑曲園賅博而不知有三王（禹湯文武亦四人，三俠蓋用其例）豈非怪事？）此書人物地址稱謂，多寓遊戲，作者亦無一定宗旨。（俗本龍圖公案中有五鼠鬧東京一事，作者殆惡其荒陋而另出機杼，借題發揮，章回小說家本有此一種。如元人二郎神雜劇，因楊戩擅作威福，比之灌口神而作；而西遊記封神榜卽以灌口神爲楊戩，侈敍其神通。水滸記有西門潘氏通姦一段，而金瓶梅之百餘回洋洋大篇，卽從此出，皆其一例也。）然豪神壯采，可集劍俠傳之大成，排水滸記之壁壘，而又有一特色，爲二書所不及者，則自始至終百餘萬言，除夢兆寃魂以外，絕無神怪妖妄之談（如水滸記高唐州芒碭山諸回，實耐庵敗筆。）而摹用人情冷暖，世途險惡，亦曲盡其妙，不獨爲俠義添頰毫也。宜其爲鴻儒欣賞，而刺激社會之力，至今未衰焉。〔當代黃摩西〕

古今奇聞

春在堂隨筆　南宋臨安有劉貴者，字君薦，妻王氏，妾陳氏。一日攜其妻往祝妻父壽，妻父王翁以其貧也，予錢十五貫，使營什一，留女而遣壻先歸，途遇其友，同飲而醉。及歸，妾見所負錢，問其故。劉貴醉後戲之曰：吾因家貧，不能共活，已質汝於人矣，此質錢也，明日當送汝去。言已就枕，卽入睡鄉。妾思告知其父母，乃之鄰人朱三老家，告以故，且寄宿焉，黎明卽行；而劉貴固熟睡未醒。有賊入其家，竊其錢；劉驚覺，起而追之。適地下有斧，賊卽取斧斫劉，殺之，盡負錢去。次日鄰人見其門久而不啓，入視得狀。朱三老乃言夜間其妾借宿事，因共追尋。妾行路未半，力疲少憩；有崔寧者自城中賣絲，亦得錢十五貫，與之同憩，追者至，並要之歸，聞於官，謂妾與崔有姦，殺其夫，竊資偕亡也，竟尸於市。後其妻以夫死家貧，其父王翁使人迎之歸，途遇大雨，避入林中，爲盜所得，據爲妻。偶言及數年前曾爲賊入人家，殺其主人，得錢十五貫。妻乃知殺其夫者卽此盜也，乘閒出告於臨安府，事乃白。殺盜，沒其家資，以其半給其妻，妻遂入尼庵以終。按此事不知出何書，余於國初人所作小說曰今古奇聞者見之，與今梨園所演十五貫事絕異，且事在南宋，非明時也。疑自宋相傳有十五貫冤獄，後人改易其本末，附會作況太守事耳。十五貫傳奇乃國朝吳縣朱素臣作，去況遠矣。〔清，俞樾〕

野叟曝言

江陰藝文志凡例　夏二銘先生之野叟曝言〔淸，金武祥〕

光緒江陰縣志　夏敬渠字懋修，諸生，英敏績學，通經史，旁及諸子百家禮樂兵刑天文算數之學，靡不淹貫。壯游京師，有貴顯聞而致焉，議偶不合，指尺不稍避，致爲動容加禮，欲延致賓館，敬渠謝弗往。生平足跡幾徧海內，所交盡賢豪。著有綱目舉正，經史餘論，全史約編，學古編，詩文集若干卷。〔卷十文苑傳〕

平山冷燕

柚堂續筆談 張博山先生，嘉興人，與查聲山宮詹僚壻也。幼聰敏，十四五時，私課小說未畢，父師見之，加以夏楚。其父執某爲之解紛曰：此子有異才，但書未完，其心不死，我爲足成之，卽所謂平山冷燕也。

花月痕

賭棋山莊文集（魏子安墓誌銘）咸豐中，予歸自永安，羸病幾死。稍間，或言曰：「魏子安自蜀至矣。」予躍然，乃就君而謁焉。君時困甚，授徒不足以自給，而意氣自若，一見如舊，蹤跡日益親。其後各饑驅奔走，不常相聚。今年春，予之漳州，君挈家之延平，予與君約：「予幸得早歸，當買舟西上，作十日歡。」乃君解裝不及旬，而竟長往矣。悲夫！君名秀仁，字子安，一字子敦，侯官人。父本唐，歷官教職，有重名，世所稱爲魏解元者。君其長子，盡傳其家學，而獨權奇有氣。少不利童試，年二十八始補弟子員，即連舉丙午鄉試。當是時，教諭君官於外，夫人持家務，諸婦佐饔飧，兄弟抱書，互相師友，家門方隆盛。君復才名四溢，傾其儕輩，當路能言之士多折節下交，而君獨居深念，忽高睇遠矚，若有不得於其意者。既累應春官不第，乃游晉遊秦遊蜀，故鄉先達與一時能爲禍福之人，莫不愛君重君，而卒不能爲君大力。君見時事多可危，手無寸尺，言不見異，而亢髒抑鬱之氣無所發舒，因遁爲稗官小說，託於兒女子之私，名其書曰花月痕。其言絕沉痛，閱者訝之，而君初不以自明，益與爲惝怳詼譎，而人終莫之測。最後主講成都之芙蓉書院，於是君年四十矣。劇賊起粵西，蹂躪湖南北，盤據金陵，浙閩皆警，聞問累月不通。君懸目萬里，生死皆疑。既而弟殉難；既而父棄養，欲歸無路，仰天椎胸，不自存濟。而蜀寇蠢動，焚掠慘酷，貲裝俱盡。挾其殘書稗妾，寄命一舟，偵東伺西，與賊上下。君憤廉恥之不立，刑賞之不平，吏治之壞，而兵食戰守之無可恃也，乃出其聞見，指陳利弊，愼擇而謹發之，爲咄咄錄。復依準邸報，博考名臣章奏，通人詩文集，爲詩話，相輔而行。君著書滿家，而此二書，爲尤不朽：蓋時務之著龜；功罪之金鑑；春秋之義；變風變雅之旨也。後世必有取焉。然而世乃不甚傳，獨傳其花月痕。嗟乎，知君固亦不易耶？君既歸，益寂寞無所向，米鹽瑣碎，百憂勞心。叩門請乞，苟求一飽。又以其間修治所著書，晨抄暝寫，汲汲顧影若不及。一年數病，頭童齒豁；而忽遭母夫人之變，形神益復支離。卒年五十有六。葬於某山之原。君性疎直不齷齪，既數世齟齬，乃摧方為圓，見俗客亦謬為恭敬周旋，惟恐不當，顧其人方出戶，君或譏誚隨之。家無隔宿糧，得錢，輒置酒歡會。窮交數輩，抵掌高論，君目光如電，聲如洪鐘，喜笑詼諧，千人皆廢。遇素所心折者，則出其書相質證，或能指瑕蹈隙，君敬聽唯唯，退，即篝燈點竄，不如意則盡棄其舊。蓋其知人善下，精進不吝，有如此者！予之聞君名也由於芑川。芑川實未見君，見所為荔枝詞而善之。今芑川歿矣，君又繼之，使余以悲芑川者悲君，君如有知，能無憾耶？然君書俱在，謂非後死者之責耶？乃錄其部目，而系之銘，畀君弟若子，使刻於石，以詔來者。

陔南石經考四卷　熹平石經遺文考一卷
正始石經遺文考一卷　開成石經校文十二卷
石經訂顧錄二卷　西蜀石經殘本一卷
化宋石經殘本一卷　南宋石經殘本一卷
洛陽漢魏石經考一卷　西安開成石經考一卷
益都石經考一卷　開封石經考一卷
臨安石經考一卷　陔南山館詩話十卷

咄咄錄四卷　蹇蹇錄二卷
彤史拾遺四卷　三朝讜論四卷
故我論詩錄二卷　論詩瑣錄二卷
丹鉛雜識四卷　榕陰雜掇二卷
蠶桑瑣錄一卷　湖壖閒話一卷
懲惡錄一卷　幕錄一卷
巴山曉音錄一卷　春明摭錄四卷
銅仙殘淚一卷　陔南山館文錄四卷
陔南山館駢體文抄一卷　陔南山館詩集二卷
碧花凝唾集一卷

銘曰：有美一人黔而豐，腰脚不健精神充，胸有鑪錘筆有風，百鍊之氣貫當中。蚩蚩者婆醉者翁，禿烏狡兔爭西東。傍立側睨讓乃公，笑罵非慢拜非恭，大聲疾呼亶不充，著書百卷完天功。〔清謝章鋌〕

課餘續錄　子安爲魏丈又瓶（本唐）教授之長子。教授五子，次子愉（秀孚）秀才，長於禮，三子壽（起）秀才，長於書，皆有遺著。而制作之才，子安爲最，撰述宏富，詳予所作墓誌銘。然而今之盛傳者，則在其花月痕小說。是時子安旅居山西，就太原知府保眠琴太守館。太守延師課子，不一人，亦不一途：課經，課史，課詩，課文，課字畫，課騎射，下而課彈唱，課拳棒，亦皆有師，人占一時，課畢卽退。子安則課詩之師也，巳時登席，授五言四韻一首，命題擬一首，事畢矣。歲修三百金，以故子安多暇日；欲讀書，又苦叢雜無聊，極乃創爲小說，以自寫照。其書中所稱韋瑩字癡珠者，卽子安也。方草一二回，適太守入其室，見之，大歡喜，乃與子安約：十日成一回，一回成，則張盛席，招菊部，爲先生潤筆壽。於是浸淫數十回，成巨帙焉。是花月痕者，乃子安花天月地，沈酣醉夢中，嘻笑怒罵，而一瀉其骯髒不平之氣者也。雖曰虞初之續，實爲玩世之雄。子安既沒，予謂子愉曰：「花月痕雖小說，畢竟是才人吐屬，其中詩文詞賦歌曲，無一不備，且皆嫻雅，市儈大腹賈未必能解，若載之京華，懸之五都之市，落拓之京員，需次之窮官，既無力看花，又無量飲酒，昏沉欲死，一見此書，必且破其炭敬別敬之餘囊，亂擲金錢，負之而去矣。於是捆載而歸，爲子安刻他書，豈不妙哉！」愉亦以爲然，逡巡未及行，其同宗或取而刻之，聞亦頗獲利市；近又聞上海已有翻本矣。子安所著書，以石經爲大宗，其訂顧錄二卷，是爲亭林諍友，而予尤賞其陔南詩話十卷，附咄咄錄四卷，是爲庬史必傳之作。是時子安遊秦，居同鄉王文勤公節署。子安，文勤之年家子也。文勤愛重其才，招入幕府。石經既近在咫尺，朝夕可以摩挱，故考訂較精。節署四方文報所集，而一時名人詩文集亦易備，子安據以成編，其中夷務、海寇、髮賊、回逆、捻匪，時政得失，無不羅列。雖傳聞異詞，而大略可以根據。惟采詩過繁，不無玉石雜糅之患。予題其後曰：「詩史一筆兼，孤憤固無兩，偏舟養羈魂，亂離憶疇曩，匪惟大事記，變風此遺響。」又哭子安句云：「憂樂兼家國，千夫氣不如，亂離垂死地，功罪敢言書。」云云，亦爲此發也。蓋子安客川陝十餘年，身經喪亂，事多目擊，固異日金匱石渠編摩之所不廢也……〔清，謝章鋌〕

雷顛隨筆 花月痕小說，筆墨哀艷淒婉，爲近代說部中之上乘。惜後半所述妖亂事，近於蛇足，不免白璧微瑕，書中韋癡珠，或言影李次青，然事跡殊不合。韓荷生或謂卽左宗棠，雖有相似處，亦未能畢肖要之小說結構，大都眞僞雜糅，虛實互用，興之所之，自爾成文，固不必膠柱鼓瑟以求也。相傳著者爲江南名士，游幕秦中，主人某太守，擁宦囊極豐，又躭於聲色，慕名士詩才，延之幕中，命侍姬及女公子輩從之學詩，然每日祇授課一二小時，且亦有數日不至書室者，故名士從容唫歎，頗有餘閒，星晚露初，客懷寂寞，則往往譔小說以自遣，命名曰花月痕。書成及半，太守偶至書房，無意中翻檢得之，讀而狂喜，促名士速竣其事，謂成書一卷，立贈五十金，并盛筵一席，蓋知名士性落拓，不如是恐半途而廢，永無殺青時也。名士勉從所請，不半年而書成，有人攜之南中，不及鏤版，卽以鉛字印行，流傳甚廣，文士多喜閱之。所謂某名士者，究爲何人，初時無從考索，嗣讀謝枚如題魏子安所著書後五絕三首，一爲石經考，一爲陵南山館詩話，一卽花月痕小說也。前二首不備錄，第三首云：「有淚無地灑，都付管城子，醇酒與婦人，末路乃如此，獨抱一片心，不生亦不死。」又哭子安第二首云：「憂樂兼家國，千夫氣不如，亂離垂死地，功罪敢言書，將母情初盡，還山願竟虛，幽光終待發，試看百年餘。」自注：『子安客川陝十數年，身經喪亂，其咄咄錄詩話等書，皆草刱於是時，君沒時尚在母喪。』讀此數詩，知魏君著作甚富，懷才早世，花月痕一書，或者寓美人香草之思，自寫其牢愁哀怨，未可知也。謝枚如名章鋌，福建長樂人，光緒丁丑進士，官內閣中書，著有賭棊山莊詩集若干卷，魏君旣與同時，或亦係同光朝人云。〔當代，雷瑨〕

藝海叢談　侯官丁威起先生震，文章爾雅，家藏古籍極多，於近代名賢撰述之未經刊行者，必手自錄副以藏前數期雜志所登藍水書塾筆記榕陰談屑二書，皆其所藏稿本，承遠道錄寄，得印行以公諸世也。又有咄咄錄稿本一書，係其同邑魏子安先生秀仁所著，首粵事緣起，次金田倡亂，次紫荆屯兵，次賊困永安，次賊撲桂林，次賊屠全州，次金陵自戕，次福建軍務，次蜀事始末，次陝甘回變，次皖豫捻匪，共十一篇。按子安當時憤吏治之窳敗，風俗之偷薄，而兵食戰守之無可恃，乃殫見洽聞，筆而錄之，論斷公平，允稱良史之作，以視徭寇記略何多讓焉。又按子安著書滿家，考訂石經，尤爲精審，顧皆不傳，獨所著花月痕小說風行一時，亦可悲矣。〔當代，雷瑨〕

小奢摩館脞錄　花月痕一書，相傳爲湘人某作，非也。蓋實出於閩縣魏子安晚年手筆。子安早歲負文名，長而游四方，所交多一時名士，喜爲狹邪游。所作詩詞駢儷，尤富麗瑰縟。中年以後，乃折節學道，治程朱學最邃，言行不苟，鄉里以長者稱，一時言程朱者宗之。晚歲則事事爲身後誌墓計，學行益高，唯時念及早歲所爲詩詞不忍割棄，乃託名眠鶴主人，成花月痕說部十六卷，以前所作詩詞，盡行塡入，流傳世間，卽今所傳本也。子安與謝枚如章鋌同時，故卷首有枚如題詞。友人林浚南爲枚如所最稱賞，親侍謦欬，曾爲余言及此。

海上花列傳

譚瀛室筆記　專寫妓院情形之書，以海上花爲第一發見。書中均用吳音，如覅朆之類，皆有音無字，故以拼音之法成之，在六書爲會意而兼諧聲，唯吳中人讀之頗合情景，他省人則不盡解也。作者爲松江韓君子雲，韓爲人風流蘊藉，初弈棋，兼有阿芙蓉癖，旅居滬上甚久。曾充報館編輯之職，所得筆墨之資，悉揮霍於花叢。閱歷既深，此中狐媚伎倆，洞燭無遺，筆意又足以達之，故雖小說家言，而有伏筆，有反筆，有側筆，語語含蓄，却又語語尖刻，非細心人不能得此中三昧也。書中人名，大抵皆有所指，熟於同光間上海名流事實者，類能言之，茲姑舉所知者：如齊韻叟爲沈仲馥，史天然爲李木齋，賴頭黿爲勒元俠，方蓬壺爲袁翔父，一說爲王紫詮，李實夫爲盛樸人，李鶴汀爲盛杏蓀，黎篆鴻爲胡雪岩，王蓮生爲馬眉叔，小柳兒爲楊猴子，高亞白爲李芋仙，以外諸人，苟以類推之，當十得八九，是在讀者之留意也。

官場現形記

新菴筆記　昔南亭亭長李伯元徵君創游戲報，一時靡然從風，效顰者踵相接也。南亭乃喟然曰：何善步趨而不知變哉？遂設繁華報別樹一幟，一紙風行，千言日試，雖滑稽玩世之文而識者咸推重之。丙午三月，徵君赴修文之召，惜春生歐陽巨源繼之。……〔當代，周桂笙〕

談瀛室隨筆　官場現形記，爲常州李伯元先生譔。其體裁仿儒林外史，每一人演述完竣，卽遞入他人，全書以此蟬聯而下，蓋章回小說之變體也。刻畫官途惡劣處，頗有入木三分之妙。李君自號南亭亭長，曾創游戲報於滬上，方朔詼諧，淳于嘲諷，實開後來各小報之先聲。其爲人尤風流蘊藉，無絲毫塵俗氣。嘗爲予言：未作官場現形記之先，覺胸中有無限蘊蓄，可以藉此發舒，迨一涉筆，又覺描繪世情，不能盡肖，頗自媿閱歷未廣，倘再閱十年而有所撰述，或可免此病矣。李君之不自滿假，良可欽敬。惜成書未久，遽患瘵疾，卒天不假年，使中國失一小說家，傷哉！

二十年目覩之怪現狀

新世說　吳趼人自號我佛山人，神宇軒然，望而知爲高逸之士，惟目甚短視。每有所著述，下筆萬言，不加點竄，然恆於靜夜爲之。昧爽乃少休，以酒爲糧，或逾月不一飯。（吳名沃堯，廣東南海人，光緒時以小說名於滬。）〔當代，易宗夔〕

我佛山人筆記序　南海吳趼人先生以小說名於世，每有撰述，無不傾動一時。余於清光緒丙午丁未之際，創刊月月小說，延先生主筆政。此報頗有名；後未幾先生卽歸道山，報亦停刊。先生著述以二十年目覩之怪現狀一書爲最著，固婦孺能道之。其他零星文字，散逸不收。市上有拾其遺稿爲之刊布者，曰趼廛筆記，曰我佛山人笥記小說，約數種，或自報紙采錄，或且雜以僞作，要非先生所樂爲刊布者也……民國四年三月，休寧汪維甫序。〔當代，汪維甫〕

我佛山人筆記　果報之說，儒者不談，然有時相值之巧，雖欲謂之非果報而不可得者，使非余親見之，猶未敢以爲信也。臨桂某甲，諱其姓名，本宦家子，與其弟同寓上海，瞰其弟之私蓄，欲分之，弟不可。甲父宦天津，甲惑於婦言，密遣書於父，誣其弟以穢事。父得書大怒，馳書促其少子死。甲得父書，持以迫其弟；弟泣求免，不可，遂仰藥。甲卽謀鬻其弟婦，弟婦懼，奔余求救。余許以明日往責甲，及明日往，其弟婦已在妓院矣。卽走妓院，威其鴇，迫令退還，爲之擇配，謂事已了矣。不數日，有人走告余，謂甲婦爲人拐逃，甲已悔恨而爲僧。以甲之非人也，一笑置之。閱數月，又有以異事來告者，謂某乙利甲婦之儲藏，誘拐之，既盡所有，狂姿淩虐，婦不堪其苦，已奔某妓院，儼然娼矣。某妓院，卽甲鬻弟婦處也。初不信，訪之果然，婦且笑語承迎，略不自愧。嗚呼，請君入甕，其報何酷且速哉！此事佘引入新撰二十年目覩之怪現狀中，而變易其姓名，彰其惡而諱其人，存厚道也。〔當代，吳沃堯〕

新菴筆記　滌菴叢話載曾見某報刊婁西任庸子挽函云：吳研人先生小說巨子，其在橫濱則著痛史，在歇浦則作上海遊驂錄與怪現狀，識者敬之。不意其晚年作一還我靈魂記，又何說也？因作輓聯曰：「百戰文壇眞福將，十年前死是完人。」評說確切，蓋棺定論，研人有知，當亦俯首矣云云。按趼人元字繭人，某女士爲畫扇，誤署繭仁，趼人唶曰，殭蠶我矣！亟易爲趼人，蓋繭趼音同也。滌菴叢話竟體誤作研人，則滌菴庸子二子之所以知趼人者，亦云僅矣。趼人性彊毅，平生不欲下人，坐是坎壈沒身，死而有知，詎俯首於此一二無聊之語，吾知其必不然矣。趼人先生及佘皆嘗任橫濱新小說社譯著事，自滬郵稿，雖後先東渡日本，然別有所營，非事著書也。其在滬所成小說，無慮三十餘種，遊驂錄怪現狀特九牛之一毛。且所著因人因地因事，各有變態，觸類旁通，輒以命筆，一無成見，而文章自臻妙境，其爲讀者敬愛，詎止此三作乎哉？不可與言而與之言，失言。先生爲市儈作還我靈魂記，猶是失言之過，所作應酬文字，類此者不知凡幾，殆亦文人通病，烏得以咎趼人？是記別關蹊徑，文致殊佳，惜天不永年，遂使此藥與斯文同腐，於先生何慽焉。同時日報主筆如病鴛、雲水、玉聲諸君，且受庸藥肆劇場專事歌頌，則又何說？古之人有爲文諛墓以致重金者，今人猶不可以諛藥耶？還我靈魂記甫脫稿，市儈立奉三百金以去，先生卽資以壽老母，開筵稱觴，名流畢集。李懷霜先生嘗爲駢儷之文，慶其有古稀現存，刊載天驛報，信而有徵。爲人子者苟同此心，何必前死十年，始爲完人？

夫完人界說，亦至泛濫，將以功業蓋世，聲施爛然，無纖毫疵病者爲完人乎？則凡人之所難，趼人非其類也。將以鄉鄙自好，無毀無譽者爲完人乎？則趼人怒目翕張，不屑爲也。瑕瑜互見，卽非完人，則勢必胥納天下人於僞君子之塗而後可，是豈趼人先生之所自許哉？余知趼人最稔，不得不寫其眞以告滌菴庸子。其行誼，則懷霜先生我佛山人傳言之綦詳，不更贅一辭。〔當代，周桂笙〕

活世生機

虞初支志　藍鼎元公案偶記兄弟訟田一則云：故民陳智有二子，長阿明，次阿定，少同學，長同耕，兩人相友愛也。娶後分產異居。父沒，剩有餘田七畝，兄弟互爭，親族不能解，至相爭訟。阿明曰：父與我也。呈圖書閱之，內有「老人百年後，此田付與長孫」之語。阿定亦曰：父與我也。有臨終批囑爲憑。余曰皆是也。曲在汝父，當取其棺斲之，阿明阿定皆無言。余曰田土細故也，兄弟爭訟大惡也，我不能斷，汝兩人各伸一足，合而夾之，能忍耐不言痛者，則田歸之矣。但不知汝等左足痛乎？右足痛乎？左右惟女自擇，我不能强，女兩人各伸一不痛之足來。阿明阿定答曰，皆痛也。余曰，噫，奇哉！女兩足無一不痛乎？女之身猶女父也，女身之視左足，猶女父之視明也，女身之視右足，猶女父之視定也，女兩足尚不忍舍其一，女父兩子，肯舍其一乎？此事須他日再審，命隸役以鐵索一條兩縶之，封其鑰口，不許私開。使阿明阿定同席而坐，聯袂而食，並頭而臥，行則同起，居則同止，便溺糞穢同蹲同立，頃刻不能相離，更使人偵其舉動詞色，日來報。初倖倖不相語言，背立側坐，至一二日，則漸漸相向，又三四日，則相對太息，俄而相與言矣。未幾，又相與共飯而食矣。余知其有悔心也。問二人有子否？則阿明阿定皆有二子，或十四五，或十七八年，齒亦不相上下。命拘其四子偕來，呼阿明阿定謂之曰：汝父不合生汝兄弟二人，以至今日至此，向使汝止孑然一身，田宅皆爲己有，何等快樂，今汝等又不幸皆有二子，他日相爭相奪，欲割欲殺，無有已時，深爲汝等憂之。今代汝思患預防，汝兩人各留一子足矣。明居長，留長子，去少者可也；定居次，留次子，去長者可也。命差役將阿明少子，阿定長子，押交濟養院，賞與丐首爲親男，取其收管存案，彼丐家無田可爭，他日得免於禍患。阿明阿定皆叩頭號哭曰：今不敢矣。余曰：不敢何也？阿明曰：我知罪矣，願讓田與弟，至死不復爭。阿定曰：我不受也，願讓田與兄，終身無怨悔。余曰：女二人皆非實心，我不敢信。二人叩首曰：實矣，如有悔心，神明殛之。余曰：女二人皆有此心，二人之妻，亦未必肯，且歸與婦計之，三日來定議。越翌日，阿明妻郭氏，阿定妻林氏，邀其族長陳德俊陳朝議，當堂求息，娣姒相扶擕，伏地涕泣，請自今以後，求相和好，皆不愛田。阿明阿定皆泣曰：我兄弟蠢愚不知義理，致費仁心，今如夢初醒，慚愧欲絕，悔之晚矣，我兄弟皆不願得此田，請捨入佛寺齋僧，可乎？余曰：噫，此不孝之甚者也。言及舍寺齋僧，便當大板撲死矣。女父汗血辛勤，創玆產業，女兄弟鷸蚌相持，使禿子收漁人之利，女父九泉之下，能瞑目乎？為兄則讓弟，為弟則讓兄，交讓不得，則還女父，今以此田為汝父祭產，汝弟兄輪年收租備祭，子孫世世，永無爭端，此一舉而數善備者也。於是族長陳德俊陳朝議，皆叩首稱善敎。阿明阿定郭氏林氏悉歡欣感激，當堂七八拜，致謝而去。兄弟妯娌，相親相愛，百倍曩時，民間遂有言禮讓者矣。青坨曰：履園叢話載，陸清獻公宰嘉定，有兄弟爭訟不休，公謂之曰：兄弟不睦，倫常大變，予為斯民父母，皆予敎訓無方之過也，遂自跪烈日中。訟者感泣，自此式好無尤，此蓋以至誠惻怛動之也。錢氏謂為道以德，齊以禮，而有恥且格者是矣。鹿洲先生之判此事，與清獻異用而同功，專以聳動其天良為心而已。陸以恬冷廬雜識，節錄此事，以示折獄良法，而閩人林君琴南鐵笛亭瑣記，亦述此事，但與先生所自述互異；以鐵索兩縶，鑰封其口，為以竹筒通鐵繩於筒中，兄弟相去二尺，其後判其二子為丐，及令二人各與其妻計議等事。林氏所述，均與先生自序不甚合，蓋出自胸臆，未檢公案元書也。近出稗說曰活世生機者，亦載入此事，中間補入阿明阿定歸家，各與其妻互商追悔情節，雖屬虛構，亦復

入情，而又衍以白話，淺人都能讀，亦可訓俗也。〔當代，王葆心〕

淸代小說之禁黜

十駕養新錄　唐士大夫多浮薄輕佻，所作小說，無非奇詭妖艷之事，任意編造，誑惑後輩。而牛僧孺周秦行紀尤爲狂誕，至稱德宗爲沈婆兒，則幾於大不敬矣。李衞公窮愁志載其文，意在滅族其家而始快，雖怨毒之詞，未免過當，而僧孺之妄談，實有以招之也。（或云僧孺本無此記，衞公門客僞造耳。）宋元以後，士之能自立者，皆恥而不爲矣。而市井無賴，則有說書一家，演義盲詞，日增月益，誨淫勸殺，爲風俗人心之害，較之唐人小說，殆有甚焉。〔淸，錢大昕〕

嘯亭雜錄　按紀曉嵐宗伯灤陽續錄載五火神事，力辨其妄，因思委巷瑣談，雖不足與辯，然使村夫野婦聞之，足使顚倒黑白。如關公釋曹操，潘美陷楊業，此顯然者。近有承運傳，載朱棣篡逆事，乃以鐵景二公爲奸佞。又有正統傳，以于忠肅爲元惡大憝。又本朝佛撫院盲詞，以李文襄公（之芳）爲奸臣，包庇其弟。此皆以忠爲奸，使人豎髮不知作俑者始自何人？任使流傳後世，不加禁止，亦有司之過也。〔淸，昭槤〕

癸巳存稿　順治七年正月，頒行淸字三國演義。此如明時文淵閣書有黃氏女書也。黃氏女書爲念佛，三國演義爲關聖，一時人心所向，不以書之眞僞論。其小說之禁，順治九年題准，瑣語淫詞通行嚴禁。康熙四十八年六月議准，淫詞小說及各種秘藥，地方官嚴禁。五十三年四月九卿議定，坊肆小說淫詞嚴查禁絕，版與書銷燬，違者治罪，印者流，賣者徒。乾隆元年覆准，淫詞穢說，疊架盈箱，列肆租賃，限文到三日銷燬；官故縱者，照禁止邪教不能察緝例，降二級調用。嘉慶七年禁坊肆不經小說，此後不准再行編造。十五年六月，御史伯依保奏禁燈草和尚如意君傳濃情快史株林野史肉蒲團等。諭旨不得令吏胥等藉端於坊市紛紛搜查致有滋擾。十八年十月，又禁止淫詞小說。〔清，兪正燮〕

求益齋文集　昔許文正公有言，弓矢所以待盜也，使盜得之，亦將待人。信哉斯言。自文字作而簡策興，聖賢遺訓，藉以不墜，而惑世誣民之書，亦因是得傳。有爲書至陋若嬉戲不足道，而亦能爲害者，如小說是已。虞初齊諧，其來已久，魏晉至唐，作者浸廣，宋以後尤多。其詭誕鄙褻亦日益甚。觀者尤且廢時失業，故蕩心氣，況於爲之者哉？下至閭巷小人，轉相慕效，更爲傳奇演義之類，蠱誑愚蒙，敗壞風俗，流毒尤甚。夫人幸而讀書能文辭，既不能立言，有補於世，汲汲焉思以著述取名，斯已陋矣。然亦何事不可爲哉？何至降而爲小說，敝神勞思，取媚流俗，甘爲識者所恥笑，甚矣其不自重也！然亦學術之衰，無良師友敎誨規益之助，故邪辟汙下，至於此極而不自悟其非。嗚呼，可哀也已！魏晉以來小說傳世既久，余家亦間有之，其辭或稍雅馴，姑列於目，而論得失，以爲後戒焉。〔淸，强汝詢〕

骨董瑣記　康熙五十三年四月，諭禮部：朕惟治天下，以人心風俗爲本。欲正人心風俗，必崇尚經學，而嚴絕非聖之書，此不易之理也。近見坊間多賣小說淫詞，荒唐鄙俚，殊非正理！不但誘惑愚民，卽縉紳士子，未免游目而蠱惑焉。所關於風俗者非細，應卽通行嚴禁！其書作何銷毀，市賣者作何問罪，着九卿詹事科道會議具奏。尋議定：凡坊肆市賣一應小說淫詞，在內交與八旗都統都察院順天府，在外交與督撫，轉行所屬文武官弁，嚴查禁絕，將版與書一併盡行銷毀。如仍行造作刻印者，係官革職，軍民杖一百流三千里；市賣者杖一百徒三年。該管官不行查出者，初次罰俸六個月，二次罰俸一年，三次降一級調用。又道光十四年二月特諭申禁坊肆淫書小說。據此，知明季以來小說，多不傳於世，實緣康熙有此厲禁。自乾隆中葉以後，託於海宇承平，禁例稍寬，紅樓，綠野，儒林，鏡花諸著，遂盛行一時。雖道光申禁，而品花成書於丁酉，實在禁後二年；兒女英雄評話且出於朝士文康之手，唯小說爲道咸以後重刻者，略删猥褻過甚語而已。或謂是時是宮禁中流傳甚廣，故不能絕。聞孝欽頗好讀說部，略能背誦，尤熟於紅樓，時引賈太君自比。孝欽亡後三年，清運果終；且有頤和遙與大觀輝映，則「悼紅」一夢，不啻繫二百六十年終始之局，亦一異也。〔當代，鄧文如〕

譚瀛室筆記　有清一朝，屢申刊印小說之禁，因不免有誨淫誨盜之處，有害於人心風俗也。同治七年，丁日昌任江蘇巡撫，嚴禁坊間瑣語淫詞，毋許刊刻販售，茲錄札文及書名於下：「爲札飭嚴禁事照得淫詞小說，最易壞人心術，乃近來書賈射利，往往鏤版流傳，揚波扇焰。水滸西廂等書，幾於家置一編，人懷一篋。原其著述之始，大率少年浮薄，以綺膩爲風流，鄉曲武豪，藉放縱爲任俠，而愚民尠識，遂以犯上作亂之事，視爲尋常；地方官漠不經心，方以盜案奸情，紛歧疊出，殊不知忠孝廉節之事，千百人教之而未見爲功，奸盜詐僞之書，一二人道之而立萌其禍，風俗與人心，相爲表裏。近來兵戈浩刼，未嘗非此等踰閑蕩檢之說，默釀其殃。若不嚴行禁燬，流毒伊於胡底！本部院前在藩司任內，曾通飭所屬，宜講聖諭廣訓，並頒發小學各書，飭令認眞勸解，俾城鄉士民，得以目染耳濡，納身軌物，惟是尊崇正學，尤須力黜邪言，合亟將應禁書目，黏單札飭，札到，該司即於見在書局附設銷燬淫詞小說局，略籌經費，俾可永遠經理；並嚴飭府縣，明定限期，諭令各書鋪，將已刷陳本及未印版片，一律赴局呈繳，由局彙齊，分別給價，即由該局親督銷燬，仍禁書差毋得向各書肆藉端滋擾。此係爲風俗人心起見，切勿視爲迂闊之談！幷由司通飭外府縣，一律嚴禁！本部院將以辦理之認眞與否，辨守令之優劣焉。計開應禁書目：

龍圖公案　品花寶鑑　照陽趣史　玉妃媚史　呼春稗史　春燈迷史　濃情快史　何必西廂　國色天香　繡榻野史　隔簾花影　無稽讕語　幻情佚史　如意君傳　北史演義　夢幻姻緣　株林野史　桃花艷史　檮杌閒評　攝生總要　隋煬艷史　巫山艷史　脂粉春秋　溫柔珠玉　禪眞佚史　禪眞後史　風流野志　燈草和尙　漢宋奇書　笑林廣記　風流艷史　拍案驚奇　宜春香質　女仙外史　妖狐媚史　海底撈針　紅樓重夢　續紅樓夢　紅樓圓夢　後紅樓夢　紅樓後夢　紅樓補夢　增補紅樓　續金瓶梅　唱金瓶梅　前七國志（非四友傳）　醒世奇書（即空空幻）　今古奇觀（抽禁）　豈有此理　更豈有此理　摘錦倭袍　綠野仙踪　雙鳳奇緣　文武香球　摘錦雙珠鳳　鸞鳳雙簫　龍鳳金釵　花間笑語　小說各種（福建版）　巫山十二峯　金石緣　五美緣　燈月緣　萬惡緣　雅觀緣　巫夢緣　一夕緣　雲雨緣　諭癡符　夢月緣　桃花影　嬌紅傳　紅樓夢　紫金環　牡丹亭　七美圖　梧桐影　循環報（即肉蒲團）　金瓶梅　艷異編　天豹圖　八美圖（即百美圖）　鴛鴦影　三妙傳　貪歡報（即歡喜寃家）　日月環　天寶圖　杏花天　桃花艷　怡情陣　兩交歡　同拜月　蜃樓志　石點頭　蒲蘆草　碧玉環　載花船　癡婆子　一片情　皮布袋　奇團圓　八段錦（非講玄門者）　碧玉獅　鬧花叢　醉春風　同枕眠　弁而釵　清風閘　文武元　鳳點頭　綠牡丹　錦繡衣　尋夢記　雙珠鳳　芙蓉洞（即玉蜻蜓）　一夕話　十二樓　乾坤套　解人頤　子不語　夜航船　二才子　百鳥圖　劉成美　盤龍鐲　繡球緣　萬花樓　玉鴛鴦　九美圖　十美圖

換空箱　一箭緣　雙玉燕　金桂樓　白蛇傳　空空幻　五鳳唫　眞金扇　探河源　雙翦髮　百花台　鍾情傳　四箱緣　錦香亭　玉連環　合歡圖　西廂即六才子　浪史　情史　倭袍　反唐　隋唐　蟫史」

按以上各書，羅列不可爲不廣，然其中頗有並非淫穢者。且少年子弟雖嗜閱淫豔小說，奈未知其名，亦無從徧覓，今列舉如此詳備，儘可按圖而索，是不翅示讀淫書者以提要焉，夫亦未免多此一舉矣！

批評與雜記

嘯亭續錄　自金聖嘆好批小說，以爲其文法畢具，逼肖龍門，故世之續編者，汗牛充棟，牛鬼蛇神，至士大夫家几上，無不陳水滸傳金瓶梅以爲把玩。余謂小說初無一佳者，其他庸劣者無足論，卽以前二書言，水滸傳官階地理，雖皆本之宋代，然桃花山旣爲魯達由代郡之汴京路，何以三山聚義時，反在靑州北京之汴，不過數程，楊志奚急行數十日尚未至，又紆至山東鄆城，何也？此皆地理未明之故。一百八人原難鋪排，然亦必各見圭角，始爲著書體裁，如太史公漢興諸王侯是也。今於魯達林冲詳爲鋪敍，至盧俊義關勝輩乃天罡著名者，反皆草率成章，初無一見長者；又於馬麟蔣敬等四五人，層見疊出，初不能辨其眉目。太史公之筆固如是乎？至「三打祝家莊」後文字益加卑鄙，直與續傳無異，此善讀書人，必能辨別者。金瓶梅其淫褻不待言，至敍宋代事，除水滸所有外，俱不能得其要領，以宋明二代官名羼亂其間，最屬可笑。是人尚未見商輅宋元通鑑者，無論宋金正史，弇州山人何至謭陋若此，必爲贋作無疑。世人於古今經史，略不過目，而津津於淫邪庸鄙之書，稱贊不已，甚無謂也。〔清昭槤〕

勸戒四錄　汪棣香曰：施耐庵成水滸傳，奸盜之事，描寫如畫，子孫三世皆啞。金聖嘆評而刊之，復評刻西廂記等書，卒陷大辟，並無子孫。蓋水滸傳誨盜，西廂記誨淫，皆邪書之最可恨者。〔清梁拱辰〕

歸田瑣記　今人鮮不閱三國演義西廂記水滸傳，卽無不知有金聖嘆其人者，而皆不能道其詳。王東溆柳南隨筆云：金人瑞字若采，聖嘆其法號也。少年以諸生爲游戲具，得而旋棄，棄而旋得，性故穎敏絕世，而用心虛明，魔來附之。某宗伯作天台泐法師靈異記，所謂慈月宮陳夫人，以天啓丁卯五月，降於金氏之卟者，卽指聖嘆也。聖嘆自爲卟所憑，下筆益機辯瀾翻，常有神助，然多不軌於正，好評解稗官詞曲，手眼獨出，初批水滸傳，歸元恭（莊）見之曰：此倡亂之書也。繼又批西廂記，元恭見之又曰：此誨淫之書也。顧一時學者，愛議聖歎書，幾於家置一編，而聖歎亦自負其才，益肆言無忌，遂陷於難。初世廟遺詔至蘇，巡撫以下大臨府治，諸生從而訐吳縣令不法事。巡撫朱國治方匿令，於是諸生被繫者五人，翌日諸生羣哭於文廟，復逮繫十三人，俱劾大不敬，而聖歎與焉。當是時，海寇入犯江南，衣冠陷賊者，坐反叛，興大獄，廷議遣大臣卽訊，并治諸生及獄具，聖歎與十七人俱傳會逆案坐斬。聞聖歎將死，大歎詫曰：斷頭至痛也，而聖歎以無意得之，大奇，於是一笑受刑云。〔清梁章鉅〕

蟲鳴漫錄　吳門金解元聖歎，善批小說，性滑稽，喜詼諧。自言人生惟新婚及入泮二者爲最樂，然妻不能屢娶，無如何，入泮屢黜而屢售也。每遇歲試，或以俚辭入詩文，或於卷尾作小詩譏刺試官，輒被黜，復更名入泮。如是者數矣，司訓者惡之，促令面課，命作「人之所以異於禽獸者幾希」一文，金於後比起曰：「禽獸不可以教諭，卽教諭亦禽獸也。對曰禽獸不可以訓導，卽訓導亦禽獸也。」學博見之，亦無如何。金恃才傲物，所作多類此。後遇相士，稱其百日內有飛災，不可出戶。金信之，潛匿家中，已九十八日，懣甚，立門首閒觀。見三學弟子員結隊而過，詰以何事，衆曰：主司鬻孝廉，吾等將舁孔子出，而移財神入大成殿，盍同往乎？金大喜，隨之去。中丞聞之，飭役數十至明倫堂拘拿，衆踰垣匿迹，一閧而散。金獨徘徊階廡間，乃縶之往，再三研鞫，自承爲首，而不累及一人，同學者皆因是得免。爰書既成，主司論腰斬，金以擅移聖像，擬大不敬，斬決。相傳金弱冠時，游西湖，祈夢于忠肅祠，夢長木參天，無枝葉，上立一鳥，悟爲梟字。自思窮措大手無縛鷄力，萬無殺人論抵事，恐通籍後，或以官事攖刑戮，乃放浪江湖，不圖進取，詎意大數難逃，禍出於所備之外耶？金臨刑時，其子泣送之，金曰，有一對爾屬之：「蓮子心中苦」（蓮憐借音巧合），子方悲痛，久而未答，金曰，痴兒，是何足悲乎，吾代爾對：「梨兒腹內酸」，此蓋志氣準定，故臨難不迷也。〔清采蘅子〕

一亭雜記　國初諸生金聖歎，才雋不羈，好評論奇書小說，透發心花，窮搜詭譎，閱者爲之大快。以有司不公哭文廟，搆成獄，避匿僻所。卜滿百日可脫災，及三月定稿，僅欠一日，以爲倖免矣。悶鬱已久，暮稍出探巷口，舊門斗過，賀曰，相公幸甚，案定不追，但我拖累艱苦，須爲壓驚，信之，旋爲訪拏，抵案陷辟，正落百日之厄。其評書儇佻刻薄，導淫誨盜；足資笑謔，而陰譴之重，尚不止此。才子自貽伊戚，豈特狂不顧忌，將爲何等人耶？讀其文者惜之。〔清毛慶臻〕

茶香室叢鈔　國朝劉廷璣在園雜識云：三國演義敘述不乖正史，而桃園結義，戰陣回合，不脫稗官窠臼。杭永年一倣金聖嘆筆意批之，似屬效顰，然亦有開生面處。西遊爲證道之書，邱長春借說金丹奧旨，汪澹漪批注處，大半摸索皮毛，即通書之太極無極，何能一語道破耶？金瓶梅以淫說法，彭城張竹坡爲之先總大綱，次則逐卷逐段分注批點，可以繼武聖嘆。按金聖嘆評水滸，人人知之。至三國演義爲杭永年評，西游爲汪澹漪評，金瓶梅爲張竹坡評，則知者鮮矣。金瓶梅余未寓目；至西遊記，每回必有悟一子評，其即汪澹漪乎？惟邱長春別有西遊記，非此書也。劉氏沿襲俗說，失之。〔清俞樾〕

因樹屋書影　葉文通名晝，無錫人，多讀書，有才情，留心二氏學，故爲詭異之行。迹其生平，多似何心隱。或自稱錦翁，或自稱葉五葉，或稱葉不夜，最後名粱無知，謂粱谿無人知之也。當溫陵焚藏書盛行時，坊間種種借溫陵之名以行者，如四書第一評，第二評，水滸傳，琵琶，拜月諸評，皆出文通手。文通自有中庸頌，法海雪，悅容編諸集；今所傳者，獨悅容編耳。文通甲子乙丑間游吾梁，與雍邱侯五汝戡倡爲海金社，合八郡知名之士人鐫一集以行。中州文社之盛，自海金社始。後誤納一麗質，爲其夫毆死。文通氣息僅屬，猶嗚寃邑令前；惜乎無有白其事者。侯汝戡言其遺骸至今旅泊雍邱郊外。〔清，周亮工〕

五雜組　小說野俚諸書，稗官所不載者，雖極幻妄無當，然亦有至理存焉。如水滸傳無論已。西遊記曼衍虛誕，而其縱横變化，以猿爲心之神，以猪爲意之神，其始之放縱，上天下地，莫能禁制，而歸於緊箍一咒，能使心猿馴伏，至死靡他，蓋亦求放心之喩，非浪作也。華光小說則皆五行生尅之理，火之熾也，亦上天下地，莫之撲滅，而眞武以水制之，始歸正道。其他諸傳記之寓言者，亦皆有可采。惟三國志演義與錢唐記，宣和遺事，楊六郎等書，俚而無味矣。何者，事太實則近腐，可以悅里巷小兒，而不足爲士君子道也。凡爲小說及雜劇戲文，須是虛實相半，方爲遊戲三昧之筆，亦要情景造極而止，不必問其有無也。古今小說家如西京雜記，飛燕外傳，天寶遺事諸書，虬髯，紅線，隱娘，白猿諸傳，雜劇家如琵琶，西廂，荆釵，蒙正等詞，豈必眞有是事哉？近來作小說，稍涉怪誕，人便笑其不經，而新出雜劇，若浣紗，靑衫，義乳，孤兒等作，必事事考之正史，年月不合，姓字不同，不敢作也。如此，則看史傳足矣，何名爲戲？〔明，謝肇淛〕

香祖筆記　小說演義，亦各有所據。如水滸傳，平妖傳之類，予嘗詳之居易錄中。又如警世通言有拗相公一篇，述王安石罷相歸金陵事，極快人意，乃因盧多遜謫嶺南事而稍附益之耳。故野史傳奇，往往存三代之直，反勝穢史曲筆者倍蓰。前輩謂村中兒童聽說三國事，聞昭烈帝敗則顰蹙，曹操敗則歡喜踴躍，正此謂也。禮失而求之野，惟史

亦然。〔清王士禎〕

觚賸續編　傳奇演義，即詩歌記傳之變而爲通俗者，哀豔奇恣，各有專家。其文章近於游戲，大約空中結撰，寄姓氏於有無之間，以徵其詭幻。然博考之，皆有所本。如水滸傳三十六天罡，本於龔聖與之三十六贊；其贊首呼保義宋江，終撲天鵰李應，水滸名號，悉與相符。惟易尺八腿劉唐爲赤髮鬼，易鐵天王晁蓋爲托塔天王，則與龔贊稍異耳。琵琶記所稱牛丞相，卽僧孺。僧孺子牛蔚，與同年友鄧鄗相善，强以女弟妻之，而牛氏甚賢，鄧元配李氏亦婉順有謙德。鄧攜牛氏歸，牛李二人各以門第年齒相讓，結爲姊妹。其事本玉泉子，作者以歸伯喈，蓋憾其有愧於忠，而以不盡孝譏之也。古以孝稱者，莫著於王氏，裒祥其首也。若夫萬里尋親，則滇南慟哭記，亦係王紳之事。故近時傳奇行世者，兩孝子皆姓王，豈無所本而命意乎？〔清鈕琇〕

聽雨軒筆記　小說所以敷衍正史，而評話又以敷衍小說。小說間或有與正史相同，而評話則皆海市蜃樓，憑空架造。如列國、東西漢、三國、隋唐、殘唐、飛龍、金槍、精忠、英烈傳之類是已。然其中亦有標異出奇，豁人耳目者。茲就予所聞者而言之，以見其概焉。予昔在郡城隍廟，見有說三國演義，葭萌關桓侯戰馬超者。言孟起與桓侯苦戰三日夜，欲於馬上擒桓侯而不能，遂詐敗，桓侯追之，孟起回身手擲飛抓，罩其首。蓋孟起之高祖爲新息侯馬援，素精此技，昔佐光武定天下，百步之內，取敵人首如囊中物，孟起之家傳絕技也。桓侯見飛抓自空直下，猝不及避，不覺大聲而呼，舉蛇矛向上格之。孟起回望桓侯頂上，黑氣沖天而起，內現一大鳥，以翅擊抓，抓墮於地不可收，大驚而退。後李恢說之，遂降照烈。世傳桓侯是大鵬金翅鳥降生，故急迫之際，元神出現耳。昔有桓侯在唐留姓，在宋留名之說。於唐時爲張睢陽，宋時爲岳忠武。在孕時，母夢鵬飛入室而生，此其徵據也。說書者可謂有源有委矣。後於杭州昭慶寺西廊茶店內，聽說飛龍傳陳橋兵變一段。言宋太祖領兵北伐，夜宿陳橋驛中，張光遠羅彥瓌等，議欲奉以爲帝，太祖聞之大驚，遂踰牆至廐，獨乘九天斑豹馬而逃。行至陳橋時，月色明甚，見一白鬚者握鐵鞭立於橋上，大呼曰：來者非趙某乎？曰，然。其人曰：我高行周也。向知汝係眞命天子，故我聽苗訓之言，自刎以全汝一家，今天命在汝，逃欲何之？蓋行周渾名高鷂子，而周太祖郭威渾名郭雀兒，鷂能捕雀，故昔郭威與高戰輒敗，歷有仇隙，後郭威登極，知宋太祖之父宏毅，素與行周結生死盟，遂執宏毅及其眷屬囚之，而令宋太祖往說行周，使之歸降，否則取其首來，若二者皆不能，則滿門皆戮。時行周爲漢守海平城。宋太祖奉命而至，行周誓不背漢，不肯歸降，術士苗訓，以天命有在，勸之，行周遂自刎死。其首以畀太祖，太祖持歸。周太祖親啓匣驗之，忽見行周立於前，以鞭擊其頭，驚悸而卒。宏毅全家，始得釋繫。今宋太祖將次登位而逃，其馬日行千里，夜行八百人不能追，故行周顯靈以阻之。太祖不答，策馬上橋，行周拒以鞭，馬驚躍長嘶不敢進。正徘徊間，張光遠等自後聞聲追至，被以黃袍，擁之而還。行周亦冉冉入雲去。按二說雖皆謬悠繆紗之辭，然亦新穎可喜。所以柳敬亭一派，至今盛行，而人莫之厭也。溽暑炎蒸，北窗高臥，靜聽說書者劇談一回，亦一快事。〔清，清涼道人〕

茶香室叢鈔　平妖傳，禪眞逸史，金瓶梅，皆平話也。倭袍，珍珠塔，三笑姻緣，皆彈詞也。乃曲海所載，則皆有曲本。學問無窮，即此可見矣。〔清，俞樾〕

新世說　乾隆時小說盛行，其言之雅馴者，言情之作則莫如曹雪芹之紅樓夢，譏世之書則莫如吳文木之儒林外史。曹以婉轉纏綿勝，見理精妙，神與物游，有將軍欲以巧勝人，盤馬彎弓故不發之致；吳以精刻廉悍勝，窮形盡相，惟妙惟肖，有箭在弦上不得不發之勢，所謂各造其極也。（曹名未詳，江南上元人。吳名敬梓，安徽全椒人。）〔現代，易宗夔〕

畏廬瑣記　說部中有不可解者，如稱之美，必曰潘安，將仁字拆去；稱潘美必曰潘仁美，卻增一仁字。余前已論過矣。至於岳雲，宋史列傳爲飛養子，從張憲戰，多得其力。軍中呼曰贏官人。每戰以手握兩鐵椎，重八十斤。而說部偏以爲忠武所生子。關興者，壯繆子也，而演義復以爲養子，何所見而然，殊不可解。〔當代，林紓〕

小說小話　聞羅貫中有十七史演義，今惟三國演義流行最廣（據陳鼎黔滇紀遊關索嶺考，則以三國演義爲王實甫作，不知何本。）其次則隋唐演義亦稍傳布，餘無可稽矣。茲據余少時所見而能追憶者，依歷史時代，不問良劣，略次於左：

開闢傳　顢頇無可觀。

禹會塗山記　點竄古書，頗見賅博，惟大戰防風氏一段，未脫俗套。聞此書係某名士與座客賭勝，窮一日夜力所成，不知是原本否？

采女傳　係敍彭祖興覇，娶八十一妻，生百五十子，皆擅才智。殷不能制，物色得采女，進於彭祖，以房中術殺之。設想頗奇，但多淫穢語。

封神榜　相傳爲一老儒所作，以板值代奩贈嫁女者。

西周志　鋪張昭王南征，穆王見西王母及平徐偃王事。較列國志稍有變化，而語多不根。
東周列國志　亦見經營慘澹之功，惟左國史記之敍事，妙絕千古，妄爲變換鋪張，不免點金成鐵。
前後七國志　惡劣。
西漢演義　平衍。
昭陽趣史　本飛燕外傳，不脫通常色情小說習氣。
東漢演義　與西漢演義如出一手。
班定遠平西記　杜撰無理，不如近人所著雜劇也。
三國演義　武人奉爲孫吳，傖父信逾陳裴，重譯者數國，頗見價値。
後三國志　惡劣。
兩晉演義　平衍。
南北史演義　稍有興味，惟裝點鬼怪，殊爲蛇足。
禪眞逸史　有前後編。書中主人公前編爲林澹然，後編爲瞿琰，至點綴以薛舉杜伏威諸人之三生因果，憑空結撰，不知其命意何在。
梁武帝外傳　與東西漢演義仲伯。
隋煬艷史　不俗。

隋唐演義　證引頗宏富，自隋平陳至唐玄宗復辟止，貫穿百數十年事跡，一絲不紊，頗見力量，信足與三國演義抗行。

說唐　征東　征西　皆惡劣。蓋隋唐演義詞旨淵雅，不合社會之程度，黠者另編此等書，以徇俗好。凡余所評爲惡劣者，皆最得社會之歡迎。所謂「都都平丈我，學生滿堂坐，」俗情大抵如是，豈止葉公之好龍者。

錦香亭　以雷萬春甥女爲主，而間以睢陽守城事，不倫不類，亦惡扎也。

反唐　綠牡丹　與說唐等略同。

則天外史　頗有依據，筆亦姚冶，可與隋煬艷史相匹；非濃情快史，如意君傳，狄公案等所能望其項背也。

殘唐演義　飛龍傳　太祖下江南　金槍傳　萬花樓　平南傳　平西傳　皆惡劣。

平妖傳　雖涉神怪，然王則本以妖妄煽亂，非節外生枝，而如張鸞嚴三點趙無暇諸葛遂多目神事，皆有所本。敘次亦明爽，不可與許旌陽傳，升仙傳，四遊記諸書，鬼笑靈譚，絕無意識者等觀。

水滸記　已有專論。

英雄譜　卽羅貫中之續水滸，筆墨亦遠不如前集，無論宗旨宜金采之極口詆斥也。

水滸後傳　處處模仿前傳，而失之毫釐，繆以千里。

蕩寇志　鬱絕處幾欲駕耐庵而上之（如陳麗卿楊騰蛟諸傳，及高平山採藥，笥冠仙指迷各段，皆耐庵屐齒所未經。）惜通體不相稱，而一百八人之因果，雖針鋒相對，未免過露痕迹。

精忠傳　平衍。

岳傳　較精忠傳稍有興會，而失之荒俚。岳忠武爲我國武士道中之山海麟鳳，卽就其本傳鋪張，已足震鑠古今，此書多設支節反令忠武減色。凡通俗歷史小說中，於第一流人物，輒暗加抑置，謂並世似彼者有若而人，勝彼者有若而人。如說唐中之秦瓊尉遲恭，英烈傳中之常開平，此書之忠武，皆若僥倖成名者。意謂天下之大，成名者不過數人，其無名之英雄，淪落不偶者，蓋不知凡幾焉，然而矯誣亦甚矣。

後精忠傳　以孟珙爲主人翁，程度與岳傳相似，而稍有新意。

釆石戰記　書中雖以敍虞允文戰功爲主，而多記完顏亮穢亂事，直海陵之外史耳。

雪窖冰天錄　卽阿計替南渡錄而變爲章回小說。然著者熟於宋人稗史，其增益者頗有所依據。

賈平章外傳　其敍述閒靜，卽爲紅樓閣傳奇所本。襄樊城守數回，涉及神怪，殊覺無謂。

雙忠記　以張順張貴爲主人翁，雖寥寥短簡，尚能傳二張忠勇之神。

楚材晉用記　以譚峭爲仙人，而張元吳叩馬書生施宜生張宏範等，皆出其門下，作者之用意，蓋不勝其沉痛也。

大元龍興記　鋪揚蒙古功德，誠靦然無恥。然崇拜番僧回將，虜醜畢陳；而侈述元之發祚，較蒼猿白鹿尤覺可笑，亦可謂不善獻媚者矣。

庚申君外傳　大半採演撲兒傳，加以裝點，無甚歷史小說價值，然宮禁祕事，多有所本。

奇男子傳　元末羣盜，史多不詳，此書足補其闕。惟以常開平與擴廓爲伍胥申胥變相，未免擬不於倫。

英烈傳　一稱雲合奇蹤。相傳爲郭勛覬覦襲爵，使人爲此書以張其祖功，書甚惡劣，尚不能出東西漢演義上，而託名天池，抑何可笑。

眞英烈傳　似因反對前書而作。開國諸將中，於郭英多所痛詆，而盛敍傅友德胡德濟（卽平話中之王子）部榮（卽平話中之蔣忠）功業。平川之役，特表萬勝，而所謂飛天將鐵甲將者，亦多有來歷，勝前書多矣。（今日說平話者，當卽以此爲藍本。）又此書中謂沐黔國爲高后私生子，而懿文與永樂則皆蓄養於中宮者。永樂爲庚申君遺腹，其母甕妃，藍玉北征時俘獲，太祖納諸宮中，而玉曾染指焉。故玉之禍，不僅爲長樂之功狗，且因於長信之奇貨也。以上散見於明人野史中；而甕妃一事，張岱陶庵夢憶劉獻廷廣陽雜記中皆載之，未必盡委巷之談也。

女仙外史　青州唐賽兒之亂，奉惠帝年號，而石匱奇書（卽谷應泰明史紀事本末原本）中，更盛述賽兒奇跡，卽是書所本也。作者江南呂某，書中軍師呂律，卽作者自命。國初王士禎劉廷璣輩皆詫爲說部中之奇作。平心論之，其言魔仙佛並稱三教，理想殊奇特；而卽以成祖參酷刑法，對待一輩靖難功臣，請君入甕，痛快無似。至全書結構，則仍未脫四大奇書之窠臼也。

西洋記　記鄭和出使海外事。國土方物，尚不謬於史乘，而仙佛鬼怪，隨手捏揑，較封神榜西遊記尤荒唐矣。近時碩儒有推崇此書而引以考據者，毋亦好奇之過歟？

魚服記　惠帝遜荒一事，千古疑案。此書事蹟，作者謂得之程濟後人，殆與今日親見福爾摩斯之子而得聞奇案者同一可笑（作者爲本朝人而言遇程濟子。）惟所記山川方物，頗有可觀，而組織處亦見苦心。

鴟鴞記　其體格頗特別，似分非分，似連非連。（章回小說有兩體，平常皆以一人一事聯絡而中分回目。若今古奇觀貪歡報國色天香之類，皆一事爲一回。）此書自高煦稱兵以及寘鐇宸濠而至靖江王爲止，或數回敍一事，或一回敍數事，雖事有詳略，不能勻稱，然亦見其力量之弱矣。

太妃北征錄　此書余未見首尾，約有百餘回，筆意頗姿肆。太妃不知指何人，蓋合周天后遼蕭后爲一人者。而清唐國招親一段，尤極怪異。

正統傳　大約係石亨曹吉祥之黨徒所爲。書中以于忠肅爲元凶大憝，可謂喪心病狂。然明人小說，以私怨背公理，是其積習。惟此書與承運傳，（亦記靖難事者，痛詆方鍊景鐵諸公，不留餘地。）顚倒是非爲尤甚耳。若以張江陵爲巨奸，楊武陵爲大忠者，固數見不鮮矣。

野叟曝言　作者江陰夏某，（名二銘，著有種玉堂集，亦多偏駁。此書原缺數回，不知何人補全，先後詞氣多不貫。）文白即其自命，蓋析夏字爲姓名也。康熙中當道諸公爭尚程朱學說而排陸王，作者曾從某相國講學，故雅意迎合。書中所謂時太師者，雖若影射彭時，實指某相國也。其平生至友爲王某徐某，則所謂匡無外余雙人者是也。同邑仇家周某，所謂奡天門者是也。夫小說雖無所不包，然終須天然湊合，方有情趣。若此書之忽而講學，忽而說經，忽而談兵論文，忽而誨淫語怪，語錄不成語錄，史論不成史論，經解不成經解，詩話不成詩話，小說不成小說，雜事秘辛與昌黎原道同編，香奩妝品與廟堂禮器並設，陽阿激楚與雲門咸池共奏，豈不可厭？且作文最患其盡，小說兼文學美術兩性質，更不宜盡；而作者乃以盡之一字為其唯一之妙訣，眞別有肺腸也。其竭力供獻尊王法聖之奴隸性，以取媚於權要者，固無足深論矣。

萃忠錄　表揚于忠肅諸公大節，與正統傳正相反。然筆下枯槁無味，視盲詞中再造天，直一邱之貉耳。

玉蟾記　亦似為奪門案中諸忠吐氣，然庸劣特甚。

武皇西巡記　作者署名江南舊吏。觀其序言，大約乾隆中官江南，因供應巡幸不善而被議者，故作此以指斥。詞采頗豐蔚，所敍事實亦似得之躬歷，非叔孫通緜蕞所習之强作解事者比。

豹房秘史　妖艷在隋煬艷史上。惟艷史皆有所依據，而此書則多憑空結撰，猶金瓶梅之借水滸武松傳中一事而發抒其胸中怨毒耳。

偉人傳　以徐武功韓襄毅王新建王威寧四人為主，蓋小說中之合傳體也。然事跡多不經，全乖於本傳。又四人功業雖可頡頏，而以人格論，則不免老子韓非之誚。

金齒能生錄　署名為用修自著，然未必眞出其手，因詞氣多不類也。敍述議大禮事，亦多與史矛盾，唯記苗族風尚，頗瑰異可觀。

驂鸞錄　敍世宗崇道事，蓋周穆漢武內外傳之流。唯書中李福建陶仲文藍道新，皆實有其人，事蹟則出之裝點耳。

青詞宰相傳　夏貴溪亦佞幸一流，人格在張孚敬下，幸爲嚴氏所傾陷，死非其罪，故世多惜之；又得鳳鳴記等爲之極力推崇儼然蹇蹇老臣矣。此書則極力醜詆之無異章惇蔡京，又未免太過揚之則登天抑之則置淵，文人之筆鋒，誠可畏哉！小說，猶其小焉者也。

綠野仙踪　蓋神怪小說而點綴以歷史者也。其敍神仙之變化飛昇，多未經人道語；而以大盜，市儈，浪子，猿，狐爲道器其憤尤深，燒丹一節，雖以唐小說中杜子春傳爲藍本，而能別出機杼，且合之近日催眠學家所實驗者，固確有此理，非若女仙外史之好强作解事而實毫無根據者比也。惟平倭一節，詆胡梅林不留餘地，不知何意？梅林將業雖不足觀，然功過當足相掩，在當時節鎮中不可謂非佼佼者，正未容一筆抹煞也。相如江陵，將如梅林，而明人小說中每痛毀之，蓋必別有不滿意於當時社會者在焉。

東樓穢史　筆力姿肆，尤出金瓶梅上；所不及金瓶梅者，彼洋洋百餘回，全敍家人瑣屑，不涉門外事，而此則國政，兵務，神仙，鬼怪，參雜其間，不及五十回，已成强弩之末矣。

大紅袍　筆頗整飭，非今日坊間通行之本，而一傳一不傳，殊覺可怪。我國章回小說界中，每一書出，輒有眞贋兩本，如此書及隋唐演義與說唐是也。與眞而雅者，每乏賞音，贋而俗者，易投時好；一小說也，而其遭際如此，亦可以覘我國民之程度矣。倘有所謂福壽大紅袍者，盲詞也，蓋就贋本更翻者，則其庸惡陋劣，無待言矣。

檮杌閒評　魏忠賢之外史也，亦有奇偉可喜處。唯以傳應星爲忠賢所生，且極口推崇之，不知其命意所在。今坊間翻刻，易其名曰明珠緣。

讒國錄　書中所謂張閣老朱國公者，不知指何人。敍三案事尙未全失實，唯頗不滿意於沈四明及王之宷；而文致鄭國泰視爲梁冀一流，雖下流所歸，而不知鄭之庸劣實不足以當之。欲甚其罪，而反重其身價，世間事往往有此。

賓遼東傳　曾見傳鈔殘本，雖多落窠臼，而頗多逸聞。惟馮布政父子奔逃一回，即涿州與東林搆怨之一原因者，則闕之矣。

瑤華傳　平空搆一福藩女爲王，亦能別出手眼者。雖荒誕穢褻，不可究詰，然較之隔簾花影綺樓重夢等蠅矢汚壁者，倜乎遠矣。

甲申痛史　書中以懷宗爲成祖後身，流寇則靖難諸臣轉世報仇者。其荒邈無稽，與續水滸之宋江爲楊么，盧俊義爲王魔及三分夢之韓彭英布轉世爲昭烈操權者深也。（成祖轉生爲懷宗之說，霜猿集等亦載之，而以流寇爲胡藍案中人，則西堂樂府亦有此類怪說，彼稗官家固無足責也。）

陸沈紀事　自薩爾滸之戰至睿忠親王入關止。其事蹟皆魏源國初龍興紀所不及知者。雖多道路流傳語，而作者見聞較近，且無忌諱，亦不能盡指爲齊東語也。書中於遼東李氏佟氏逸事，特多鋪張；而九蓮菩薩會文殊一回，稽之禮親王嘯亭雜錄，亦非全出傅會也。

鐵冠圖　此書共有三本，今所通行之新史奇觀，即其中之一，而亦不完全，蓋因有所觸忌而竄改也。其一則全言因果報應，與甲申痛史大致相同。其一以毛文龍爲主人翁，與耿孔尙皆其偏裨，（耿孔尙確係文龍養孫，）

而以洪遼陽爲出毛門下，因至長白山擬師邊大綬，故智爲神所呵，遂知天命有在，幡然歸順（此事在明人野史中亦曾見之，蓋顧亭林逸事）殊極荒謬。唯五龍會一節（五龍蓋謂世祖明懷宗唐王及闖獻皆逃禪就一師受記。）尚有所本，今說評話者，似卽據此爲藍本。

海角遺編　記常熟嚴栻等舉兵事。原本有四卷，後附題贊書中諸詩人一卷，今傳抄者，僅有首二卷也。

江陰城守記　卽荊駝逸史中之一種，而易爲通俗小說。書中四王八將，皆有姓氏，而稽之別種記載，幾若亡是公。且國初王之陣亡者，僅有尼堪與孔有德，事在滇粵，不在江陰也。大約所謂王者，係軍中綽號，如流寇中混世王小秦王之類耳，非封爵也。又當鼎革時，草澤之投誠者，每要求高爵，或權宜假借，以戢反側，雖未經奏請，而相呼以自貴，亦未可知。蘇郡之變，有所謂八大王者，亦其倫也。

殷頑志　專記大嵐山朱三太子一念和尙等之變，而於各處舉義旗者，多不及名，殊未稱聞。尙有沙溪妖亂志一書，亦記朱三一念事，余未之見也。

鯨鯢錄　此書搜羅頗廣，自魯監國，越中水師及閩之鄭氏，太湖之吳易黃蜚等義兵，而羣盜如赤脚張三等亦附列焉。惟滿家峒伏莽地占平原，而謂有隧道可通萊州入海，則眞齊東之語矣。投筆集中有所謂阮姑娘者，當卽此書中阮進之妹，飛龍飛蛟，不知誰屬。

臺灣外記　此延平別傳也。從飛黃椎埋以至克塽輿櫬，首尾數十年事蹟甚詳備。作者見聞較近，當有所根據，惟敍極散漫，多近乎斷爛朝報，不甚合章回小說體裁焉。

前後十叛王記　國初武略，世多侈言前後三藩，而此書獨稱十王。蓋於宏光隆武永歷之外，加入魯王及李定國孫可望爲前六王，而以孫延齡爲孔有德壻，更其姓爲孔延齡，而附於吳尙耿爲後四王。然明之三藩，不可云叛，而孫李人格，絕然相反，又豈可並列，亦好奇之過也。然書中所記張勇激變，王輔臣傳宏烈僞降，及射獵殺孫可望事，皆與劉獻廷廣陽雜記所載相合，亦非漫無根據者。

毘舍耶小劫記　記朱一貴之亂也。一貴本明裔（見日本人朱一貴事）所謂鴨母，其實龍孫也。惟一貴驟起驟滅，蕩平不過旬月，書中時間，未免延長。又以杜君英爲鄭忠英，指爲克塽之後，不知何本。

平臺記　事迹與前書略同。惟詞意多鄙倍，藍鼎元平臺記略序中所指，當卽是書。

年大將軍平西記　脫胎於封神榜西洋記，而魄力遠遜之；然較征東平南諸書，則倜乎遠矣。惟合金山青海爲一地，又以噶爾丹策妄布坦拉爲羅卜藏丹津將帥，及以哈敦爲阿奴名，本朝人演本朝事，而顚倒紕繆至此，殊命人齒冷。我鄉徐太史兆暐素推重是書，大約因書中神怪各節，所謂陣圖法寶者，皆有寓意，而偏嗜之，然不免好奇之過也。

蟫史　此小說中之協律郎詩魁記公文是也。書中主人甘鼎，蓋指傅鼐，傅之材力在明韓襄毅王威寧右，而未竟其用，舉世悼惜，故好事者撰爲是書，以同時一切戰績，歸傳一身，致崇拜之意。但懾於忌諱，故出之以庾詞隱語，飾之以牛鬼蛇神，以炫閱者之耳目。但細考之，書中人物事跡，仍歷歷顯露（如石玉之爲琅玕，金舜佐之爲李侍堯，舺斯貴爲福康安，賀蘭觀之爲海蘭察，龍木蘭之爲龍公妹，木宏綱之爲柴大紀，梅颯采嚴多稼之爲林爽文莊大田，其餘若羣綱鶖鸞二城，則諸羅鳳山也。青黃黑赤白五苗，則九股十三姓諸種也。五斗米賊，則川陝各號之白蓮教匪也。當時朝議甚惜齊王氏之才，有欲撫之使平苗自贖者，故尊之為瑣骨菩薩，別樹一幟，不混於五斗米賊中。陳文述曾命常熟為諸名士所推服，所謂都毛子者，殆即其人也。餘不備述。）雖章回小說乎，而有如莊列者，有如竹書路史者，有如易林太玄者，有如山海岳續神異經者，有如雜事祕辛飛燕外傳周秦行記者。蓋奄有水滸傳西遊記金瓶梅諸特色，而無一語襲其窠臼，雖好用詞藻，及侈陳五行禨祥，而乏眞情逸致，然不可謂非奇作也。小說界中之富於特別思想者，除西遊補外，無能述者，但不便於通俗耳。按此書筆意頗與說部中璅蛣雜記（一名六合內外瑣言）相似，但彼係散篇，此為長本，勞逸難易，固不同也。乾嘉中文字能為此狡猾伎倆者，惟舒位王曇，究不知誰作也。（或即舒位所作。蓋舒參戎幕時，曾與龍公妹有情愫，其贈詩所謂「上馬一雙金齒屐，乘鸞十八玉腰奴」者是也。書中盛述木蘭神通，若有味乎其言之，當非無故。而所謂桑蛽生者，意即作者自指焉。）

鼎盛萬年青　此書有眞贋二本，眞本事迹與南巡紀事相出入，當有稗乘價值。今坊間所發行者，蓋贋本也，三四集下尤惡劣萬狀，則贋之贋者也。（古今僞書極多，心勞日拙，已覺無謂，而章回小說之下乘者，亦復襲其風氣——如此書及說唐大紅袍鐵冠圖之類，——是可見人心之日下，掀葉公之好者日多，而馮贇楊愼等作俑之流極無已焉。）

吾國小說，具歷史性質者，正指不勝屈，而鄙人見聞淺狹，且記憶力日減退，有誌其書名而事迹不能追省者，亦有事迹了然而忘其書名者，隨手掇拾，挂一漏萬。海內博雅君子見之，寧無遼豕之誚？〔當代，黃摩西〕

清稗類鈔　好小說家言者，首推紀文達公昀。詼諧善談，今所傳灤陽銷夏錄，續錄，桐陰雜記，如是我聞，姑妄聽之是也。袁枚嘗作子不語，然不及其雅飭。蒲松齡之聊齋志異，尤爲卓絕，其敍事簡古，人比之史馬遷史記。餘如金人瑞之西城風俗記，湯傳楹之閒餘筆話，余懷之板橋雜記，吳翊鳳之秋燈叢錄，均能巧言切狀，如印之印泥，不加雕削，而曲寫毫芥。至章回小說，自達海以滿字翻譯三國演義，以敎旗人，而忠毅公額勒登保直視同古兵法，破川楚敎匪，爲一期名將。此亦可見小說之有裨實用矣。若呂撫之二十四史通俗演義，蔡奡之東周列國志，胡爲而之東漢演義，褚人穫之改正隋唐演義，雖較之三國志演義，文質殊體，雅俗異態，而貞百慮於一致，驅萬途於同歸，亦能使紛煩衆理，無倒置之乖，殽雜羣言，無棼絲之亂，譬如葑菲，節取焉可也。言情之作，則莫如曹寅之紅樓夢；譏世之書，則莫如吳敬梓之儒林外史。曹以婉轉纏緜勝，思理爲妙，神與物游，有「將軍欲以巧勝人，盤馬彎弓故不發」之致。吳以精刻廉悍勝，窮形盡相，惟妙唯肖，有「箭在弦上不得不發」之勢，所謂各造其極也。至善評小說者，則推金人瑞，筆端有刺，舌底瀾翻，亦爽快亦敏妙，鍾惺李卓吾之徒，望塵莫及矣。文清游戲，繆艮所作，近代則之厥風大暢。東方諧謔，淳于滑稽，其於世道人心，蓋亦有功不少云。〔當代，徐珂〕

清稗類鈔　小說家多好以自身所經過之歷史爲著述之資料。如儒林外史中之杜少卿，卽著者吳敬梓徵君之自寓也。兒女英雄傳著者文鐵僊，侍簡駐藏大臣，以事不果往，故書中安龍媒將有烏里雅蘇台之役，而卒不成行。殆亦以泄筆之時，感觸身世，因而自爲描寫耳。〔當代，徐珂〕

小說撰者錄

大宋宣和遺事——元無名氏

燈花婆婆——元無名氏，

水滸傳——明羅貫中，

三國志演義——明羅貫中，

西遊記——明吳承恩，

金瓶梅——明蘭陵笑笑生，

封神演義——明許仲琳，

三遂平妖傳——明羅貫中，

繡榻野史——明呂天成，

三寶太監西洋記——明羅懋登，

楊家將——明無名氏，

祈禹傳——明茅鑣，

三言——明馮夢龍

英烈傳——明徐文長，
遼東傳——明無名氏，
二拍——明凌濛初，
開闢衍繹——明周游，
今古奇觀——明抱甕老人，
龍圖公案——明無名氏，
歡喜冤家——明西湖漁隱主人，
如意君傳——明無名氏，
檮杌閒評——明無名氏，
華光天王傳——明余象斗，
黑白傳——明無名氏，
水滸後傳——明陳忱，
西遊補——明董說，
東周列國演義——明余邵漁，
說岳全傳——清錢彩，

續金瓶梅——清，丁耀亢
無聲戲——清，李漁
十二樓——清，李漁
女仙外史——清，呂熊
隋唐演義——清，褚人穫
隔簾花影——清，四橋居士
醒世姻緣傳——清，西周生
劉公案——清，無名氏
兒女英雄傳——清，文康
說唐演義——清，無名氏
紅樓夢——清，曹霑
飛龍傳——清，吳璿
五虎平西——清，無名氏
儒林外史——清，吳敬梓
蟫史——清，屠紳

大禹治水——清，沈滕友
燕山外史——清，無名氏
清風閘——清，浦琳
南花小史——清，無名氏
鏡花緣——清，李汝珍
施公案——清，無名氏
蕩寇志——清，俞萬春
品花寶鑑——清，陳森書
青樓夢——清，俞達
三俠五義——清，無名氏
古今奇聞——清，東壁山房主人
野叟曝言——清，夏敬渠
平山冷燕——清，張博山
花月痕——清，魏秀仁
海上花列傳——清，韓子雲

官場現形記——清，李寶嘉

二十年目覩之怪現狀——清，吳沃堯

活世生機——清，無名氏

史料引見編目

(一)宋代

耐得翁：都城紀勝

周密：武林舊事　癸辛雜識續集

吳自牧：夢粱錄

(二)元代

賈仲名：續錄鬼簿

(三)明代

郎瑛：七修類稿　七修續稿

高儒：百川書志

田汝成：西湖遊覽志餘

王圻：續文獻通考

周弘祖：古今書刻

袁中道：遊居柿錄

錢希言：戲瑕

惠康野叟：識餘

王驥德：曲律

沈德符：野獲編　野獲編補遺　顧曲雜言

謝肇淛：五雜組

胡應麟：少室山房筆叢

陳宏緒：寒夜錄

李清：三垣筆記

余懷：東山譚苑

談遷：棗林雜俎

徐樹丕：識小錄

劉若愚：酌中志

李遜之：三朝野記

天啓淮安府志

(四)清代

陳鼎：黔遊記
錢曾：也是園書目
周亮工：因樹屋書影
王晫：今世說
嚴元照：蕙櫋雜記
吳玉搢：山陽志餘
陸次雲：湖壖雜記
納蘭性德：淥水亭雜記
褚人穫：堅瓠集　堅瓠九集
朱彝尊：明詩綜
劉鑾：五石瓠
吳陳琰：曠園雜志
鈕琇：觚賸　觚賸續編
王士禎：香祖筆記　居易錄　古夫于亭雜錄
沈彤：震澤縣志

焦循：劇說

顧公燮：消夏閒記

錢大昕：十駕齋養新錄

翟灝：通俗編

程晉芳：勉行齋文

趙翼：簷曝雜記

師範：習園藏稿鸚亭詩話合序

袁枚：隨園詩話

桂馥：晚學集

紀昀：如是我聞

清涼道人：聽雨軒筆記　聽雨軒餘記

章學誠：丙辰箚記

陳尚古：簪雲樓雜記

曹家駒：說夢

謝章鋌：賭棋山莊文集　課餘續錄

戴延年：秋鐙叢話　搏沙錄

昭槤：嘯亭雜錄　嘯亭續錄

唐震鈞：天咫偶聞

王之春：椒生隨筆

洪亮吉：玉塵集　北江詩話

姚元之：竹葉亭雜記

黃之雋：㾈堂集

張祥河：關隴輿中偶憶編

俞正燮：癸巳存稿

梁紹壬：兩般秋雨盦隨筆

楊懋建：夢華瑣簿

之江抱陽生：甲申朝事小紀

金捧閶：客窗偶筆　客窗二筆

梁拱辰：勸戒近錄　勸戒續錄　勸戒三錄　勸戒四錄

梁章鉅：歸田瑣記　浪跡叢談　浪跡續談

陸以湉：冷廬雜識
丁晏：石亭記事續編
倪鴻：桐陰清話
王侃：江州筆談
采蘅子：蟲鳴漫錄
焦東周生：揚州夢
毛祥麟：墨餘錄
朱梅叔：埋憂集
陳其元：庸閒齋筆記
陳康祺：郎潛記聞　郎潛記聞二筆　郎潛紀聞三筆　燕下鄉脞錄
張維屏：國朝詩人徵略　國朝詩人徵略二編
沈濤：交翠軒筆記
李元度：國朝先正事略
程鴻詔：心齋集
毛慶臻：一亭雜記

强汝詢：求益齋文集

林昌彝：海天琴思錄

秉衡居士：荷香館瑣言

李元復：常談叢錄

陳景鐘：清波三志

葉名澧：橋西雜記

俞樾：春在堂隨筆　小浮梅閒話　九九消夏錄　茶香室叢鈔　茶香室續鈔　茶香室三鈔　壺東漫錄

鄒弢：三借廬筆談

汪曰楨：南潯鎮志

金武祥：粟香隨筆　粟香三筆　江陰藝文志

楊文會：等不等觀雜錄

李慈銘：荀學齋日記

金植：巾箱說

呂湛恩：聊齋志異注

潘祖蔭：秦輶日記

顧家相：五餘讀書廛隨筆

況周頤：蕙風簃二筆

乾隆諸城志

四庫全書總目

乾隆烏程縣志

同治湖州府志

同治山陽縣志

光緒江陰縣志

光緒烏程縣志

光緒嘉興府志

(五)當代

孫靜菴：棲霞閣野乘

王葆心：虞初支志

陳衍：石遺室詩話

鄧文如：骨董瑣記　骨董續記

王國維王靜菴文集：錄曲餘談
易宗夔：新世說
林紓：畏廬瑣記
解弢：小說話
黃摩西：小說小話
吳沃堯：我佛山人筆記
顧燮光：穠堪墨話
雷瑨：雷顛隨筆　藝海叢談
周桂笙：新菴筆記
徐珂：清稗類鈔
蔣瑞藻：小說考證　小說考證續編　小說枝譚　小說考證拾遺等書中引見書名：譚瀛室筆記　景船齋雜記　燕居續語　寒花盦隨筆　桃花聖解盦日記　秋水軒筆記　慵儂屭抹　納川叢話　一葉軒漫筆　松風閣筆乘　毘梨耶室隨筆　談瀛室隨筆　菽園贅談　郙羅延室筆記　柚堂續筆談　寃言　廖居聞見錄　新義錄　松煙小錄　蕁廬雜綴　老圃叢談　海漚閒話　花簾塵影　寄蝸殘贅　乘光舍筆記　樗椒軒叢談　燕市貞明錄　能靜居筆記　春冰室野乘　傭餘漫墨　娛萲室隨筆　餐櫻廡隨筆　續閱微草堂筆記　小奢摩館脞錄

（完）

中華語文叢書
中國小說史料

作　　者／孔另境　編
主　　編／劉郁君
美術編輯／中華書局編輯部

出 版 者／中華書局
發 行 人／張敏君
行銷經理／王新君
地　　址／11494 台北市內湖區舊宗路二段181巷8號5樓
客服專線／02-8797-8396　　傳　真／02-8797-8909
網　　址／www.chunghwabook.com.tw
匯款帳號／兆豐國際商業銀行　東內湖分行
067-09-036932　中華書局股份有限公司

法律顧問／安侯法律事務所
印刷公司／維中科技有限公司　海瑞印刷品有限公司
出版日期／2015年11月台五版
版本備註／據1982年3月台四復刻重製版
定　　價／NTD 270

國家圖書館出版品預行編目（CIP）資料

中國小說史料 / 孔另境編. —臺五版.—臺北市
: 中華書局, 2015.11
面 ; 公分. — (中華語文叢書)
ISBN 978-957-43-2874-1(平裝)

1.中國小說 2.史料 3.中國文學史

820.97　　104020209

NO.H1012
ISBN 978-957-43-2874-1（平裝）

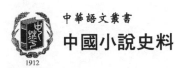